U0513660

長生殿

【清】洪　昇　著
【清】吳　人　評点
李保民　点校

上海古籍出版社

图书在版编目（CIP）数据

长生殿／（清）洪昇著；（清）吴人评点；李保民
点校.—上海：上海古籍出版社，2016.7（2024.12 重印）
（国学典藏）
ISBN 978 - 7 - 5325 - 8103 - 0

Ⅰ.①长… Ⅱ.①洪… ②吴… ③李… Ⅲ.①传奇剧
（戏曲）—剧本—中国—清代 Ⅳ.①I237.2

中国版本图书馆 CIP 数据核字（2016）第 103821 号

国学典藏
长生殿
［清］洪昇　著
［清］吴人　评点
李保民　点校

上海世纪出版股份有限公司
上 海 古 籍 出 版 社　出版
（上海市闵行区号景路 159 弄 1 - 5 号 A 座 5F　邮政编码 201101）
（1）网址：www.guji.com.cn
（2）E - mail：guji1@guji.com.cn
（3）易文网网址：www.ewen.co
上海世纪出版股份有限公司发行中心发行经销
江阴市机关印刷服务有限公司印刷

开本 890×1240　1/32　印张 6.125　插页 5　字数 143,000
2016 年 7 月第 1 版　2024 年 12 月第 8 次印刷
印数 28,001—31,100
ISBN 978 - 7 - 5325 - 8103 - 0
Ⅰ·3065　定价：32.00 元
如有质量问题，请与承印公司联系

前　言

李保民

在17世纪的下半叶，中国戏剧史上诞生了两部划时代的历史名剧，即洪昇的《长生殿》和孔尚任的《桃花扇》，它们代表着清代戏剧创作的最高成就，长期以来与《西厢记》《牡丹亭》一起在舞台上盛演不衰，享誉中外，拥有无数的读者和观众。

洪昇，字昉思，号稗畦，浙江钱塘人。他出生在一个富裕的士大夫家庭，早岁拜文坛名宿毛先舒、陆繁弨为师，接受了良好的文学熏陶。其师毛氏著有戏曲专论，陆氏是当时的骈文大家，这对洪昇日后从事戏剧创作有着直接的影响。洪昇游京师时，受业于名诗人王士禛，得诗法于施闰章，又结交诗友朱彝尊、查慎行、赵执信、毛奇龄、吴人等，所作诗歌高超闲淡，不落凡境。从二十多岁起至四十五岁止，洪昇做了二十多年的太学生，没有担任过一官半职。1689年因为在佟皇后丧期内观演《长生殿》而得罪，被革去监生，落寞地回到浙江杭州，从此过着寂寥凄凉、郁郁寡欢的生活。1704年，他在浙江吴兴浔溪酒醉后不幸失足落水而死。

洪昇是清初杰出的诗人，在戏曲创作上则更有成就。他著有杂剧、传奇九种，流传至今的仅有《四婵娟》《长生殿》二种。

《长生殿》的写作是以唐代安史之乱为背景，其主要内容围绕着唐明皇与杨贵妃的爱情故事而展开。在《长生殿》问世之前，已有诸多同类题材的文学作品在民间流行，著名的有白居易《长恨歌》、陈鸿《长恨歌传》、王伯成《开元天宝遗事诸宫调》、白朴《梧桐雨》、吴世美《惊鸿记》、屠隆《彩毫记》，它们从不同的侧面为洪昇的《长生殿》创作提供了丰富的历史素材和多方面的艺术借鉴。

洪昇在写作《长生殿》的过程中，继承和发展了《长恨歌》和《梧桐雨》描写李、杨爱情悲剧的主题，热烈地歌颂了发生在他们之间生死不渝的爱情故事。《长生殿》在情节安排和艺术构思上显然是经过精心细致的琢磨，它与白居易《长恨歌》和白朴《梧桐雨》比较起来，基本上延续了上述文学作品突出李、杨之间真情挚爱的内容，但又不同于《长恨歌》《梧桐雨》共同的倾向：即仅局限于对爱情悲剧的深切同情或兴亡之感，而绝少涉及和批判他们在爱情生活上所暴露出来的骄奢淫逸，以及由此而带来严重的政治危机和社会动荡。洪昇在创作《长生殿》过程中，非常注意人物艺术形象的塑造，对有关李、杨爱情史实严于取舍："凡史家秽语，概削不书。非曰匿瑕，亦要诸诗人忠厚之旨云尔。"作者有意回避了杨贵妃与寿王、安禄山的关系，强调了她对爱情的忠贞，意在避免有损女主角爱情专一的形象。即使写明皇寄情声色，与梅妃幽会，恩幸虢国夫人，也是为了前后对照，映衬出他对杨贵妃的爱情渐趋专一，使人物的行为更趋于真实可信。

毫无疑问，着力刻画李、杨真挚的爱情是《长生殿》主旨所在。如果说前半部在叙述李、杨爱情时还掺杂着细微不纯的杂质，暴露出唐明皇与虢国夫人、梅妃情丝不断，用情不专，那么随着李、杨爱情的一步步深入，风波消解，后半部则以浪漫的幻想集中表现他们刻骨相思，海誓山盟，痴情不变，谱写出一曲惊天地而泣鬼神的爱情故事。不难看出，洪昇在描写李、杨爱情时，所表现出来的思想感情无疑是相当复杂的，他既对李、杨的爱情悲剧寄予深切的同情与肯定，细腻鲜活地刻画出他们之间生离死别，难舍难分的悲怆情景，又严厉斥责李、杨享乐奢靡、昏庸失道，造成国势岌岌可危的严重后果。更为难能可贵的是围绕李、杨的爱情悲剧，作者将全剧置于安史之乱这一广阔的历史背景之中，揭示了造成这悲剧的根本缘由在于尖锐的民族矛盾和阶级矛盾。随着李、杨爱情故事拉开帷幕，《长生殿》无情地揭露了封建统治阶级内部的争权夺利，将矛头直指贪婪狡猾、心狠毒辣的范阳节度使安禄山和败坏朝纲、专权误国的宰相杨国忠。在《疑谶》一出中，作者借爱国志士郭子仪之口，怒斥杨国忠"窃弄威权"、安禄山"滥膺宠眷"，慨叹杨氏兄妹穷奢极欲，大兴土木："朱甍碧瓦，总是血膏涂！"而《骂贼》一出形象地展现了乐工雷海青慷慨激昂的爱国情怀，怒骂占据中原的侵略者安禄山："窃神器，上逆皇天，少不得顷刻间尸横血溅。我掷琵琶，将贼臣碎首报开元。"怒斥投降敌人的无耻之徒："平日家张着口将忠孝谈，到临危翻着脸把富贵贪。早一齐儿摇尾受新衔，把一个君亲仇敌当作恩人感。咱，只问你蒙面可羞惭？"所有这些描写，与《长生殿》表现李、杨爱情有机的交织互动，是全剧最具思想意义的地方。作者的意图就是要将爱情和政治联系在一起，达到"乐极哀来，垂戒后世，意即寓焉"（《长生殿自序》）的效果，最终收到以爱情来抒写国家兴亡的目的。

《长生殿》在作者身前就广为流传，人们不仅爱读爱看，而且爱听爱唱，"一时朱门绮席，酒社歌楼，非此曲不奏，缠头为之增价"（徐麟《长生殿序》），"爱文者喜其词，知音者赏其律。以是传闻益远，畜家乐者攒笔竞写，转相教习。优伶能是，升价什伯。他友游西川，数见演此，北边、南越可知已"（吴人《长生殿序》），可见当时的读者和观众对《长生殿》传奇格外着迷钟爱。

徐、吴二人均是洪昇相知的文友，有感于《长生殿》词曲之工，一新耳目，与《西厢》《琵琶》相掩映，故不吝笔墨为之揄扬，分别从曲律、剧情、结构、意旨、字句等可圈可点处着眼评述。尤其是吴人的评点，抉幽发微，大都能准确地阐述揭示《长生殿》所蕴含的真谛实义，用洪昇自己的话来说"发予意所含蕴者实多"（《长生殿例言》），可谓相当的赞同。

在《长生殿》长期的流传过程中，吴人评点本是一个极具特色的本子，从剧情内容到艺术特点都不乏精彩独到的见解，对读者深入理解《长生殿》很有帮助。吴评主要的刻本有清康熙稗畦草堂本、民国暖红室精刻本，两本属于同一版本系统。比较而言，暖红室本较目前所能看到的稗畦草堂本字迹舒朗清晰，且溢出序跋若干篇，有助于研究工作者和文学爱好者阅读《长生殿》时参考，故据以整理。不当之处，敬请读者批评指正。

2006年6月于上海

目　录

长生殿序

　　自唐乐史作杨贵妃传,陈鸿更为《长恨传》,香山衍而歌之,从此诗人公然播诸乐府,以视武媚娘《桑条韦》殆有甚焉。金元杂剧,有白仁甫《梧桐雨》,庾吉甫《霓裳怨》,岳百川《梦断杨贵妃》三种,考其弦索,亦寥寥矣。钱唐洪子昉思,素以填词擅场,流寓青门,尝取《开元天宝遗事》谱成院本,名《长生殿》,一时梨园子弟,传相搬演。关目既巧,装饰复新,观者堵墙,莫不俯仰称善。亡何,以违例宴客,为台司所纠,天子薄其罪,仅褫弟子员以去。洪子既归,放浪西湖之上,吴越好事闻而慕之,重合伶伦,醵钱请观焉。洪子狂态复发,解衣箕踞,纵饮如故。噫嘻! 昔康对山罢官汧东,自弹琵琶,令青衣歌小令侑酒。彼曲子相公薄太史不为,况措大前程,宁足惜乎? 若以本事言之,古来宫闱恩爱,无有过于玉奴者。华清赐浴,广寒教舞,一骑荔枝香,固为风流佳话。至七月七夕感牛女事,私誓"生生世世,愿为夫妇",则君王臣妾,得未曾有者。既而兴庆楼前,秋风飞雁;马嵬坡下,夜雨淋铃。宛转蛾眉,伤心千古。洎夫方士招魂,九华惊梦;金钗钿盒,重话三生;比翼连枝,天长地久。其与汉家天子"是耶非耶",迥不侔矣。计其离合姻缘,备极人生哀乐之至。今得洪子一笔挥写,妙绝淋漓,假使妃子有灵,生既遇太白于前,死复逅昉思于后,两人知己,可不恨矣! 安知不酌葡萄,敛绣巾,笑领歌意,为清平调之续乎? 乃洪子持此传奇,要余题跋,余八十老翁,久不作狡狯伎俩,兼之阿堵昏花,坐难卜夜,虽使妖姬踏筵,亦未见其罗袖动香香不已也。聊酬数语,以代周郎一顾而已。西堂老人尤侗,书于亦园之揖青亭。

才人不得志于时,所至诎抑,往往借鼓子、调笑为放遣之音。原其初,本不过自摅其性情,并未尝怨尤于人。而人之嫉之者,目为不平,或反因其词,而加诎抑焉。然而其词,则往往藉之以传。洪君昉思好为词,以四门弟子遨游京师。初为《西蜀吟》,既而为大晟乐府,又既而为金、元间人曲子。自散套杂剧,以至院本,每用之作长安往来歌咏酬赠之具。尝以不得事父母,作《天涯泪》剧,以寓其思亲之旨。余方哀其志,而为之序之。暨余出国门,相传应庄亲王世子之请,取唐人《长恨歌》事,作《长生殿》院本,一时勾栏多演之。越一年,有言日下新闻者,谓长安邸第,每以演《长生殿》,为见者所恶。会国恤止乐,其在京朝官,大红小红已浃日,而纤练未除。言官谓遏密读曲,大不敬,赖圣明宽之,第褫其四门之员,而不予以罪。然而京朝诸官,则从此有罢去者。或曰牛生《周秦行记》,其自取也;或曰沧浪无过,恶子美,意不在子美也。今其事又六七年矣。康熙乙亥,余医痹杭州,遇昉思于钱湖之滨。道无恙外,即出其院本,固请余序。曰:“余敢序哉? 虽然,在圣明固宥之矣。”余少时选越人诗,而越人恶之,讼余于官。捕者执器就余家,捆余所为诗,爨毁之。姜黄门赠余序曰:“膏以明自煎,所煎者固在膏也。然而象有齿以焚其身,未闻并其齿而尽焚之也。”昉思之齿未焚矣。唐人好小说,争为乌有,而史官无学,率摭而入之正史。独是词不然,诬罔秽亵概屏之而勿之及,与世之所为淫词艳曲者,大不相类。惟是世好新闻,因其词以及其事;亦遂因其事,而并求其词。虽幸存而或妍或否,任人好恶,余又安得而豫为定之。萧山毛奇龄题。

元人杂剧中辄喜演太真故事，如白仁甫之《幸月宫》《梧桐雨》，庚吉甫之《华清宫》、《霓裳怨》，关汉卿之《哭香囊》，李直夫之《念奴教乐》，岳百川之《梦断贵妃》是也。或谓古人有作，当引避之。譬诸登黄鹤楼，岂可和崔颢诗乎！此大不然。善书者，必草《兰亭》；善画者，多仿《清明上河图》。就其同而不同乃见也。钱塘洪子昉思不得志于时，寄情词曲，所作《长生殿》传奇，三易稿而后付梨园演习，匪直曲律之精而已。其用意一洗太真之秽，俾观览者只信其为神山仙子焉。方之元人，盖不啻胜三十筹也。秀水弟朱彝尊题。

余于燕会之间，时听唱《长生殿》乐府，盖余友洪子昉思之所谱也。往至武林，过昉思索其稿，仅得下半。后五年，为康熙庚辰岁夏六月，复至武林，乃索其上半读之，而后惊诧其行文之妙。窃惟黄帝命伶伦作为律而乐兴焉，下逮春秋时，郊庙、燕飨、朝会，莫不用乐。其所歌者，类皆三百篇之诗。汉兴，至孝武帝始立乐府，采诗夜诵，有越、代、秦、楚之讴。以李延年为协律都尉，举司马相如等数十人造为诗篇，论律吕以合八音之调。六代三唐，亦多以乐府题为诗。唐之末世，遂变为词。至金则以词编入小说家言，至元而盛，至明而益扬其流。凡燕会间，宾入大门而奏，卒爵而乐阕，莫酬而工升歌。歌者在上，匏竹在下，依然犹有先王之遗风焉。外此而弗用者，第郊庙而已。然论其文之工者，《西厢》、《琵琶》、《牡丹亭》而外，指不多屈。昉思是编，凡三易稿乃成。故其文字有意以立句，句有意以连章，章有意以成篇；篇而章，章而句，句而字，累累乎端如贯珠。故其音悠扬婉转，而出于歌者之喉，听者但知其妙而不知其所以妙。夫不知其所以妙者，何也？以其不知行文之妙也。余因反之复之，讽咏徘徊。见其后者、先者，反者、正者，曲者、直者，缓者、急者，伏者、见者，呼者、应者，莫不合于先民之矩矱。昉思怀才不得志于时，胸中郁结不可告语。偶托于乐府，遂极其笔墨之致，以自见其文。虽为昉思之文，而其事实天宝之遗事，非若《西厢》《琵琶》《牡丹亭》者，皆子虚无是之流亚也。窥其自命之意，似不在实甫、则诚、临川之列，当与相如词赋上追律吕声气之元，而独乐府云乎哉！是岁嘉平月，弟无锡朱襄序。

　　余尝自负能论文，外而仰观于天，见天之时时能变也，而善为文者，亦笔笔能变；内而俯察于心，见心之念念能转也，而善为文者，亦笔笔能转。余是以知文章之妙，固出之于天，发之于心，不必仿步前人，锢其所法，障我性灵。而自为之，则字字幻化，句句幻化，节节幻化，篇篇幻化。不可拘执，不可捉摸，纵横肆出，冲亘八隅。如惊雷，如掣电；如暴风，如疾雨；如烈日，如寒冰；如秋空之皎月，如幽谷之香兰；如桃李之铺于万顷，如松柏之不雕于岁寒；如天马之驭空，如仙子之独步；如处女，如脱兔；如忠臣孝子之愁思，如鳏夫寡妇之叹息；如幽人之于于，如烈士之矫矫。奇怪百出，难以形状，略举数则，不能尽之。然每际名下士，与之抵掌掀髯，倾翻今古，论列是非，指摘可否。始而瞪目，既而竖眉，则叱我恨我，让我骂我，掉臂疾去，都欲杀我。何哉？我则终日以思，终夜以泣。某某固名下士也，而何以出此言耶？必吾言之过也。遂反复检圣人之言以读之，终日夜仰观于天而问之。俯吾之灵明，而心继心以辨之，则翻然益信吾言之无过，而知名下士不识天与心也。呜呼哀哉！终日游于天之下，而不识天；终日驰于心之内，而不识心。而执笔为文，号于天下，曰吾雄也、迁也、韩也、柳也、欧也、苏也，能不自反而问诸天，问诸心耶？呜呼哀哉！彼名下士，固同受教于冬烘先生者也。同受教于冬烘先生，则同是一冬烘之天，冬烘之心，冬烘之手，冬烘之笔。同为冬烘之文，因而集天下之冬烘，同发冬烘之论，而共谋以杀。夫违冬烘之言者,则安能与之敌也。或者进余而问曰:"子论文而言天与心,麾斥名下士,殆何所据耶? 然今日名下士之文,亦非可轻矣。吾尝读其文,有反有正,有呼有应,有回有互,有承有转,有收束,有开拓,有段络,有辞华,子亦未可轻言也。"呜呼哀哉! 此余之所以谓此为冬烘也。举世以此为文,所以余谓世无文也。我不识何时何人,作此反正等法,流至于今,而群起而奔趋于内,为其所缚,忘其所自,死守其法而不出耶。天下至尊而可师者,莫若圣人。圣人曰:"吾法诸天,吾求之心。"以圣人而犹法天求心,而吾人独何从乎? 文章非细事也,所以明圣人之道也,明吾人之性也,明吾人之情也。而不法于天,求于心,得乎? 盖名下士只知其为文之法,而不知其法之所从出,故谓之冬烘也。能知天与心,乃法之所从出,则自能生等等至百千万亿不可说。不可说之法,而岂若冬烘不过一反正呼应数法而即已也哉! 余之论文而必归诸天与心者,盖谓天与心,不知其所从来,不知其所从去,亦不知其为谁也。而能作斯天斯心,亦不知斯天斯心独钟于谁也。而能得其精天时而动也,不知其动自何因,则时寒时暑,时暖时凉,时风时雨,时晦时明,时发万物于春夏,时枯万物于秋冬。若憎若爱,若弃若珍,难量难测,恍惚杳冥。日日能变,日日能新。心因触而动也,可歌可泣,可悲可欣,可恨可怒,可憎可矜,可笑可哭,可信可凭。可以发千古之秘密,可以抉吾人之性情。能一往而不回,能百折而不屈。灵忽莫定,出入无穷。视不可见,听不可闻,杳然而出于天地之先,即太始亦若出乎其后者也,同夫天亘万古而不穷者也,盖以其真故也。惟世间之最真者,莫如天与心;惟天与心为最真,故其动而触也,为人所不能测;惟善能文者,剖天抉心,自行所法,故其说亦为人所不能测。是故文之真也,能朴能茂,能肆能收,能微能显,能精能粗,能雅能俗,能死能生,能奇能平,能直能曲,能冲能突,能纡能回,能续能断,能俭能华,能忽能常,能灵能顽，能戏能庄，能散能整；能有情，能无情；能有心，能无心；能幻化百千万亿形状声音，悲喜慨叹，憎爱恨怒，离文夭矫光怪，坚深孤洁，寒俭丰腴，清劲吞吐，惊骇苦痛，大哭大笑，而莫可端倪。然亦并不知有若是之能，而行乎不得不行，止乎不得不止，亦若夫天与心之不测。而或者乃指其文曰：某处为反，某处为正，某处为呼为应，为承为转，为收拾，为开拓等等之法，学文者当以为宗，不亦痴乎？不悟法之原而自为法，而拘于法而失其原，此冬烘所以见悲于识者也，此余之所以为据者也。故曰余尝自负能论文。壬午夏，洪子昉思自杭州来，持所作《长生殿》掷余前曰："闻子能论文，能识我文乎？"余以为是名下士也，置案头三日不翻阅。偶朝起，俟水洗面，呆立案左，随手掀《定情》篇读之，不觉神为所摄。噫嘻，异哉！昉思为谁也，而能是文耶？是文也，而竟出自昉思耶？急追次篇读之不自禁。又追其次之次读之，至昼午遂尽上卷。又急追下卷读之，不自知其拍案呼曰：昉思其耐庵后身耶？实甫、临川后身耶？殆玉环后身耶？抑明皇后身耶？何其声音悲笑，毕肖其人耶？抑得乎天？得乎心？而幻化百千万亿不可测之境情，假此游戏人间耶？固超乎冬烘先生之法，而自为法者耶？虽然，何其多情也。多情而出于性，殆将有悟于道耶？然欢娱之词少，悲哀之词多，昉思其深情而将至忘情，以悟情之即性即道耶？噫嘻，异哉！此所谓心合乎天，而发于真者耶？世有昉思之文，则吾侪之真能论文者，可无寂寞之忧，然不免冬烘先生之谋之杀也。昔卓吾云："即为世人辱我骂我，打我杀我，终亦不忍吾文藏之深山，投之水火。"盖其意欲公诸天下，而不忍文之真种子断绝于世，使后人无所依归也。余于昉思之文亦然。金陵王廷谟议将拜序。

　　洪君昉思客长安，衍明皇妃子事曰《长生殿》，纪实亦□始也。

一时纸贵都下，山左赵内翰尤为赏鉴。此自有精神命脉，绝不向词句间讨生活。故心之所发，动人最切。余向作《幻花缘》数出，好事者持付梨园，乃今而知红氍毹上，不免使巧匠露齿。夫丝不如竹，竹不如肉，固也。然音节不细，顿乏天然之妙，令歌者舌拆不下，则亦安在肉之果胜哉！昉思此剧，不惟为案头书，足供文人把玩，近时宴会家纠集伶工，必询《长生殿》有无。设俳优非此，俱为下里巴词，一如开元名人，潜听诸妓歌声，引手画壁，竞为角胜者然。是此剧之动人，岂徒优孟衣冠作傀儡故事已邪？我辈闲情著述，要当令及身享有荣名，方不负一生心血。昔王摩诘制《郁轮袍》曲，见知于时，卒致通显。在昉思，初何有他冀，而风流文采，殆过摩诘。后有识者，幸毋以才人本色，第作周郎顾误观，斯为知我昉思者矣！容安弟□□拜草。

南北曲之工者，莫如《西厢》、《琵琶》矣。世既目《西厢》为淫书，而《尧山堂杂纪》又谓《琵琶》寓刺王四、不花，重诬蔡氏，此皆忮刻之论。夫则诚感刘后村诗"死后是非谁管得，满村争唱蔡中郎"而作，牛、赵名氏自宋人弹词已然，岂高臆造哉！余友洪子昉思，工诗，以其余波填南北曲词，乐人争唱之。近客长安，采摭天宝遗事，编《长生殿》戏本。芟其秽嫚，增益仙缘，亦本白居易、陈鸿《长恨歌》、《传》，非臆为之也。元剧如《汉宫秋》、《梧桐雨》多写天子钟情，而南曲绝少。每以闺秀、秀才剿说不已，间及宫闱，类如韩夫人、小宋事。数百年来，歌筵舞席间，戴冕披衮，风流歇绝。伶玄序《飞燕外传》云："淫于色，非慧男子不至也。"汉以后，竹叶羊车，帝非才子；后庭玉树，美人不专。两擅者，其惟明皇、贵妃乎！倾国而复平，尤非晋、陈可比。稗畦取而演之，为词场一新耳目。其词之工，与《西厢》《琵琶》相掩映矣。昔则诚居栎社沈氏楼，清夜按歌，几上蜡炬二枝，光忽交合，因名楼曰"瑞光"。明太祖尝称《琵琶记》如珍玉百味，富贵家不可阙。然则诚以不寻宫数调自解，韵每混通，遗误来学。昉思句精字研，罔不谐叶。爱文者喜其词，知音者赏其律。以是传闻益远，畜家乐者攒笔竞写，转相教习。优伶能是，升价什伯。他友游西川，数见演此，北边、南越可知已。是剧虽传情艳，而其间本之温厚，不忘劝惩。或未深窥厥旨，疑其诲淫，忌口腾说。余故于暇日评论之，并为之序。同里弟吴人舒凫题。

　　元人多咏马嵬事，自丹丘先生《开元遗事》外，其余编入院本者，毋虑十数家，而白仁甫《梧桐雨》剧最著。迄明则有《惊鸿》、《彩毫》二记。《惊鸿》不知何人所作，词不雅驯，仅足供优孟衣冠耳。《彩毫》乃屠赤水笔，其词涂金缋碧，求一真语、隽语、快语、本色语，终卷不可得也。稗畦洪先生以诗鸣长安，交游燕集，每白眼踞坐，指古摘今，无不心折。又好为金元人曲子。尝作《舞霓裳》传奇，尽删太真秽事。余爱其深得风人之旨。岁戊辰，先生重取而更定之。或用虚笔，或用反笔，或用侧笔、闲笔，错落出之，以写两人生死深情，各极其致。易名曰《长生殿》。一时朱门绮席，酒社歌楼，非此曲不奏，缠头为之增价。若夫措词协律，精严变化，有未易窥测者。自古作者大难，赏音亦复不易。试杂此剧于元人之间，直可并驾仁甫，俯视赤水。彼《惊鸿》者流，又乌足云！长洲同学弟徐麟灵昭题。

　　唐宗祸患，实始屏藩；李氏颠危，率由宫寝。念牝鸡之司旦，则九庙皆倾；恨封豕之当涂，则三灵皆晦。缅惟上皇秽德，几于燕啄龙漦；原夫天宝颓纲，类彼易牛雏雉。伤心养子，竟卸黄裙；太息穷途，长埋紫褓。此先朝阿监，难禁永夜悲来；而旧日梨园，时复数行泣下。粤自神尧应运而后，带砺无虞；天策建议之初，闺闱整肃。

好鹰爱马，重思太穆遗言；流水游龙，曾睹昭阳快论。盖襄阳公主之女，合奠坤维；且长孙无忌之门，应娴内则。迨院入回心，人来感业，武媚娘之宣淫中篝，远逾斗腕何妃；韦庶人之渎乱宸居，更甚贻诗昭珮。灾生弃妇之年，蚍起裹儿之手，千古慨然，从来旧矣！既而受制中珰，移权节度，已忘祖父之艰难，顿使钟簴之寥落。霓裳曲里，骨肉飘零；羯鼓声中，山河破碎。揽半钩之锦袜，浑如白玉连环；捧下地之香囊，直似蓝丝条脱。招魂沧海，返也无时；沈醉三郎，悔将何及！所以连昌故址，匪但哀感尚书；长恨新歌，不独愁萦司马也。老友洪昉思先生，狂若李生，达于贺监。铁拨银筝之座，猥怜倾国佳人；柔丝脆竹之场，每说开元遗事。因寄情于乐部，遂传习于教坊。宫中娘子，绰约如生；塞上吴儿，蹒跚斯在。还看绣襦以牵车，又见黄衫而舞马。五家巷陌，云霞之罗绮常新；十宅轩除，姊妹之衣香不散。望仙楼风景依稀，朝元阁恩波仿佛。乃复写精心于初睡，传密意于横吹。深摹鬋发之情，曲绘扫眉之态。可谓芙蓉帐底，亲试鸳鸯；玳瑁筵前，微闻芗泽者矣。若夫渔阳突骑，潼关稠叠之霜戈；龙武顿军，蜀道崎岖之麦饭。竹林大去，奔马何之？佛室遄归，含鱼不得。莫不停杯慷慨，心摧一骑红尘；度曲凄凉，泪滴三条桦烛。至于殷勤钿盒，再到人间；奄冉领巾，仍来天上。展画图于别馆，想形影于前生。则又须眉毕肖，汉武帝之辗转灯前；颜色宛然，殷淑仪之徘徊幕下也。呜呼！笙箫两部，顿教老兴淋漓；风月一帘，不过才人游戏。而俯仰道衣遇主之初，追维长门伏地之始。范阳余孽，歼灭无存；杨氏诸姨，风流何在？才终一阕，能消上客之雄心；试阅全编，可作大唐之实录。仆惯听引喉，未娴搞箸。生憎肥婢，谁凭小史以新翻；梦入瑶台，不解中丞之绝调。何来协律，唱彻曼声？留得庭兰，偏增百感。明珠颗颗，须倾七宝颇梨；红豆累累，欲下万年鹦鹉。坐春风而按拍，快逢君于大令之园；瞻云汉而相思，恍置我以长生之殿。同里苏轮拜题。

曾闻秋士，最易兴悲；况说倾城，由来多怨。青天恨满，已无寻乐之区；碧海泪深，孰是寄愁之所。所以郑生马上，诗纪津阳；白傅筵中，歌传长恨。踵为填词，良有以也。逮余泛览天宝之事，流连秘殿之盟，见夫元人杂剧，多演太真；明代传奇，亦登阿莘。而或缘情之作，聊资子野清歌；累德之辞，间杂温公秽语。春华秋实，未可相兼；乐旨潘辞，尤难互济。今读稗畦先生《长生殿》院本，事与曩符，意随义异。声传水际，渊鱼听而耸鳞；响遏云端，皋禽闻而振羽。曲调之工，畴能方驾。至所载钗盒定情之后，羽霓奏曲之时，梦雨台边，朝朝荐枕；避风殿上，夜夜留裙。氏妁参媒，笑匏瓜之无匹；可离独活，羡连理之交荣。今古情缘，非兹谁属？或谓虚后宫而故剑是求，得遗世而倾国不惜。岂有他生未卜，旋叹芝焚；此世难期，忍看玉碎。得自小过，取笑双星。不知尘坌入而时异处堂，宗社危而势难完璧。徐温之刃，已渐及于杨庭；鹥拳之兵，行将陵于楚子。此而隐忍，不几覆后稷之宗；若更依回，将且致夫差之踣。权衡常变，夫岂渝盟；审察机宜，乃为善后。推斯意也，知其黄土之封，荣于金屋；白杨之覆，等于碧城。然吾于此窃有慨焉！设使包胥告急，依墙之计不行；烛武如秦，围城之师未解。则是珠襦玉匣，安能对香佩以伤心；碧水青山，何止听淋铃而出涕。就令乘舆无恙，南内深居，而天孙无补恨之方，方士乏返魂之术。亦只吊盛姬于泉下，何由效叔宝于台边。千古悲凉，何堪胜道！即如班姬失宠，感团扇之微风；陈后辞恩，望长门之明月。许婕好不平之曲，泪涩朱弦；卫庄姜太息之言，心忧黄里。他若明妃毳帐，侯媛锦囊，或辽落于江南，或飘零乎塞北。啜其泣矣，伤如之何？兹乃补娲皇之石，赖有蜀笺；填精卫之波，幸存江笔。繁弦哀玉，适足写其绸缪；短拍长歌，亦正形其怨咽。嗟乎！郑卫岂导淫之作，楚骚非变雅之音。是以归黄赠芍，每托喻于美人；扈茞滋兰，原寄情于君父。而孔公正乐，不尽删除；屈子抽思，并存比兴。犹之子虚乌有，未尝实有其人；回雪凌波，要亦绝无是事。于是循环宝帙，似属寓言；倡叹雕章，无非雅则。马、郑、王、白之外，饶有渊源；施、高、汤、沈之间，相推甲乙。使逢季札，定观止而无讥；若遇周郎，亦低徊而囷顾。故知群推作者，洵为唐帝功臣；事竟硅然，恐是玉妃说客。同里门人汪熷拜识。

长生殿题辞

越州吴向荣

由来尤物易伤人，旧谱霓裳一曲新。坐客不须悲落职，当时天子尚蒙尘。

宛陵梅庚

老按红牙尚放颠，惊弦已脱罢相怜。开元天子无愁曲，不挂弹文事不传。

会饮征歌过亦轻，飞章元借舜钦名。谁知白下司农第，又打长生院本成。

武进陈玉璂

渺渺燕云入望微，金台逾比旧时非。君才小露长生殿，便尔惊人放逐归。

风流词客挂弹章，七字惊魂复断肠。不道长生私誓后，翻教情薄李三郎。

淮南杜首言

开元盛事过云烟，一部清商见俨然。绣口锦心新谱出，弹词借手李龟年。

回护当年用意深，风流天子感知音。传奇大雅存忠厚，观者须思作者心。

会稽罗坤

拍手旗亭乐不支，才人慢世许谁知。应将一曲山香舞，堪比洪生绝妙词。

词笔娄东迥绝尘，排场我爱秣陵春。六朝感慨风流后，跌宕中原有几人。

搔首天涯唤奈何，红牙象板手摩娑。多才何处消怀抱，且谱当年长恨歌。

大梁周在浚

钱塘才子谱新腔，纸贵长安递写忙。不数沉香亭畔调，何妨名姓入弹章。

渔阳鼙鼓自天来，火照潼关四扇开。舞罢霓裳新月冷，何人更为马嵬哀。

惊才艳思写乌丝，画出开元全盛时。栈阁淋铃叹秋雨，此时情事少人知。

牟山孙凤仪

风流遗事长生殿，名擅词坛重一时。谱出几多肠断处，淋铃细雨滴梧枝。

吴山顶上逢高士，广席当头坐一人。短发萧疏公瑾在，看他裙屐斗妆新。
余于吴山演《长生殿》剧，是日恰遇先生。

萍踪忽合果称奇，艳曲明妆赛夜辉。虽是天涯沦落客，江州未许湿罗衣。

至尊偏是占风流，午夜香盟七夕秋。已信曲中讹字少，周郎故故动星眸。

载酒江湖乘白舫，征歌花鸟拍红牙。何如一曲长生殿，消尽离魂在碧纱。

绣水王概

共歌致曲蹈临川，功德奚关亦艳传。几见弹文加俗骨，谴繇风月即神仙。
结用放翁自述。

或用抄存置案头,要翻长恨作无愁。个中理法尤兼到,卓是词家第一流。

□□□□□

锦瑟琼箫玉树筝,开元旧事谱新声。伤心宛转蛾眉死,一代红颜一掷轻。

阳阿激楚调弥高,稗老摛词兴最豪。不道怜才皆欲杀,于时还笑郁轮袍。

霓裳曲自禁中传,转眼春风事播迁。独抱琵琶流落去,空教肠断李龟年。

仆本江郎赋恨人,歌来长恨更酸辛。楼台海上虚无里,何处仙山觅太真。

临平王绍曾

拍罢红牙满院春,当筵花草一时新。灯前仿佛三郎在,暮雨淋铃哭太真。

玉环幽怨写新词,想见明皇不自持。夜半星前含泪语,长生殿内有谁知。

娄江周鼎

征君才调过伶玄,为有清愁托感甄。外传书成通德去,可知长恨亦年年。

江宁黄鹤田

西陵才子谱新声,人在长安旧有名。艳思惊才夸绝代,长生殿里证深情。

海宁杨嗣震

曾是江湖羁罴身,归来暂喜卧湖滨。狂名厌杀天涯满,小字呼来北里真。

窈窕吴娘歌此曲,风流老辈数斯人。旗亭市上红楼里,群指先生折角巾。

3

文章豪侠动公卿，水调何妨曲转清。是处青衫增悒怅，可怜红豆误功名。

话来天宝千年恨，翻出霓裳一部声。我欲灯前亲按拍，舞裙歌扇未分明。

江上王位坤

花落春城雨似丝，五侯池馆笛悲时。青绫枉负平生志，红豆凭传到处词。

岸帻独惊焦遂酒，方袍闲赌谢公棋。于今纵有清平句，不拟濡毫上玉墀。

语水许观光雯题

海内争传绝妙辞，红牙檀板按歌时。当年法曲来天上，此日新腔遍教师。

删却烦言偷换谱，装成丽句助弹丝。玲珑有调吾能唱，谁似风流独尔司。

□□吴来伦

渔阳烽火照长安，院宇荒凉不忍看。蜀道离魂悲白练，蓬山密誓托青鸾。

霓裳小院歌声歇，石马昭陵汗血干。莫向马嵬寻宿草，香囊钿盒事漫漫。

长生殿自序

　　余览白乐天《长恨歌》及元人《秋雨梧桐》剧,辄作数日恶。南曲《惊鸿》一记,未免涉秽。从来传奇家,非言情之文,不能擅场。而近乃子虚乌有,动写情词赠答,数见不鲜,兼乖典则。因断章取义,借天宝遗事,缀成此剧。凡史家秽语,概削不书,非曰匿瑕,亦要诸诗人忠厚之旨云尔。然而乐极哀来,垂戒来世,意即寓焉。且古今来逞侈心而穷人欲,祸败随之,未有不悔者也。玉环倾国,卒至陨身。死而有知,情悔何极!苟非怨艾之深,尚何证仙之与有。孔子删《书》而录《秦誓》,嘉其败而能悔,殆若是欤?第曲终难于奏雅,稍借月宫足成之。要之广寒听曲之时,即游仙上升之日。双星作合,生忉利天,情缘总归虚幻。清夜闻钟,夫亦可以蘧然梦觉矣。康熙己未仲秋,稗畦洪昇题于孤屿草堂。

长生殿例言

　　忆与严十定隅坐皋园，谈及开元、天宝间事，偶感李白之遇，作《沉香亭》传奇。寻客燕台，亡友毛玉斯谓排场近熟，因去李白，入李泌辅肃宗中兴，更名《舞霓裳》，优伶皆久习之。后又念情之所钟，在帝王家罕有，马嵬之变，已违夙愿，而唐人有玉妃归蓬莱仙院，明皇游月宫之说，因合用之，专写钗盒情缘，以《长生殿》题名，诸同人颇赏之。乐人请是本演习，遂传于时。盖经十余年，三易稿而始成，余可谓乐此不疲矣。

　　史载杨妃多污乱事，余撰此剧，止按白居易《长恨歌》、陈鸿《长恨传》为之，而中间点染处，多采《天宝遗事》、《杨妃全传》。若一涉秽迹，恐妨风教，绝不阑入，览者有以知余之志也。今载《长恨歌传》以表所由，其杨妃本传、外传，及《天宝遗事》诸书，既不便删削，故概置不录焉。

　　棠村相国尝称余是剧，乃一部闹热《牡丹亭》也，以为知言。余自惟文采不逮临川，而恪守韵调，罔敢稍有逾越。盖姑苏徐灵昭氏为今之周郎，尝论撰《九宫新谱》，余与之审音协律，无一字不慎也。

　　曩作《闹高唐》、《孝节坊》诸剧，皆友人吴子舒凫为余评点。今《长生殿》行世，伶人苦于繁长难演，竟为伧辈妄加节改，关目都废。吴子愤之，效《墨憨十四种》，更定二十八折，而以虢国、梅妃别为饶戏两剧，确当不易。且全本得吴论文，发余意所涵蕴者实多。分两日唱演殊快，取简便当觅吴本教习，勿为伧误可耳。

　　是书义取崇雅,情在写真,近唱演家改换有必不可从者,如增虢国承宠、杨妃忿争一段,作三家村妇丑态,既失蕴藉,尤不耐观。其哭像折,以哭题名,如礼之凶奠,非吉祭也。今满场皆用红衣,则情事乖违,不但明皇钟情不能写出,而阿监宫娥泣涕,皆不称矣。至于舞盘及末折演舞,原名霓裳羽衣,只须白袄红裙,便自当行本色。细绎曲中舞节,当一二自具。今有贵妃舞盘学浣纱舞,而末折仙女或舞灯、舞汗巾者,俱属荒唐,全无是处。

洪昇昉思父识

第一出　传　概

【南吕引子】【满江红】(末上)今古情场,问谁个真心到底?但果有精诚不散,终成连理。万里何愁南共北,两心那论生和死。笑人间儿女怅缘悭,无情耳。情场恨事,有情而无缘者,不可胜数。惟合生死论之,则情缘自相牵引,故以青陵冢树为征也。　　感金石,回天地。昭白日,垂青史。看臣忠子孝,总由情至。先圣不曾删郑卫,吾侪取义翻宫徵。借太真外传谱新词,情而已。家门引子,须缕悉情事,又须一气贯穿。今人不讲此法久矣,《广陵散》于斯复见。

【中吕慢词】【沁园春】天宝明皇,玉环妃子,宿缘正当。提明"宿缘"二字,为证仙串合,首尾皆动。自华清赐浴,初承恩泽。长生乞巧,永订盟香。妙舞新成,清歌未了,鼙鼓喧阗起范阳。马嵬驿、六军不发,断送红妆。　　西川巡幸堪伤,奈地下人间两渺茫。幸游魂悔罪,已登仙籍。回銮改葬,只剩香囊。证合天孙,情传羽客,钿盒金钗重寄将。月宫会、霓裳遗事,流播词场。徐曰:〔沁园春〕五处对句,合调法。

唐明皇欢好霓裳宴,杨贵妃魂断渔阳变。

鸿都客引会广寒宫,织女星盟证长生殿。长生殿结句正名,是元人家法。

第二出　定　情

【大石引子】【东风第一枝】（生扮唐明皇引二内侍上）端冕中天，垂衣南面，山河一统皇唐。层霄雨露回春，深宫草木齐芳。升平早奏，韶华好，行乐何妨。愿此生终老温柔，白云不羡仙乡。明皇，英主也，非汉成昏庸之比。只因行乐一念，便自愿老温柔，酿成天宝之祸，末路犹不若汉成。升平数语，足为晏安之戒。"韶华入禁闱，宫树发春晖。天喜时相合，人和事不违。九歌扬政要，六舞散朝衣。别赏阳台乐，前旬暮雨飞。"朕乃大唐天宝皇帝是也。起自潜邸，入缵皇图。任人不二，委姚、宋于朝堂；从谏如流，列张、韩于省闼。且喜塞外风清万里，民间粟贱三钱。真个太平致治，庶几贞观之年；刑措成风，不减汉文之世。近来机务余闲，寄情声色。昨见宫女杨玉环，德性温和，丰姿秀丽，卜兹吉日，册为贵妃。已曾传旨，在华清池赐浴，命永新、念奴伏侍更衣。即着高力士引来朝见，想必就到也。

【玉楼春】（丑扮高力士，二宫女执扇，引旦扮杨贵妃上）恩波自喜从天降，浴罢妆成趋彩仗。白内补赐浴华清，"恩波"字即从新浴生出。此是杨妃承恩第一事，必从此写起。（宫女）六宫未见一时愁，齐立金阶偷眼望。（到介）（丑进见生跪介）奴婢高力士见驾。册封贵妃杨氏，已到殿门候旨。（生）宣进来。（丑出介）万岁爷有旨，宣贵妃杨娘娘上殿。（旦进拜介）臣妾贵妃杨玉环见驾，愿吾皇万岁！（内侍）平身。（旦）臣妾寒门陋质，充选掖庭，忽闻宠命之加，不胜踰越之惧。（生）妃子世胄名家，德容兼备。取供内职，深惬朕心。（旦）万岁！（丑）平身。（旦起介）（生）传旨排宴。（丑传旨介）（内奏乐介）（旦送生酒介）（宫女送旦酒介）（生正坐，旦傍坐介）

【过曲】【念奴娇序】(生)寰区万里，遍征求窈窕，谁堪领袖嫔嫱？徐曰：旧谱"里"字截板，至"谁"字始下板。今增"窈"字一板，次曲亦然。佳丽今朝天付与，端的绝世无双。思想，擅宠瑶宫，褒封玉册，只此一封，已见教猱升木。三千粉黛总甘让。(合)惟愿取、恩情美满，地久天长。

【前腔】〔换头〕(旦)蒙奖。沉吟半晌，怕庸姿下体，不堪陪从椒房。受宠承恩，一霎里身判人间天上。惊喜逼肖。须仿，冯嫛当熊，班姬辞辇，永持彤管侍君傍。(合前)

【前腔】〔换头〕(宫女)欢赏，借问从此宫中，阿谁第一？似赵家飞燕在昭阳，宠爱处，应是一身承当。休让，金屋装成，玉楼歌彻，千秋万岁捧霞觞。(合前)

【前腔】〔换头〕(内侍)瞻仰，日绕龙鳞，云移雉尾，天颜有喜对新妆。频进酒，合殿春风飘香。堪赏，圆月摇金，余霞散绮，五云多处易昏黄。此二曲"捧霞觞"、"频进酒"句方合筵上语。宫娥口中微含妒意，更得神理。引起月上。(合前)(丑)月上了，启万岁爷撤宴。(生)朕与妃子，同步阶前，玩月一回。(内作乐。生携旦前立，众退后，齐立介)

【中吕】【古轮台】(生)下金堂，笼灯就月细端相，庭花不及娇模样。轻偎低傍，这鬓影衣光，掩映出丰姿千状。(低笑，向旦介)此夕欢娱，风清月朗，笑他梦雨暗高唐。月华写艳，梦雨翻新，俱是绝妙好辞。(旦)追游宴赏，幸从今得侍君王。瑶阶小立，春生天语，香萦仙仗，玉露冷沾裳。还凝望，重重金殿宿鸳鸯。引起睡情。(生)掌灯往西宫去。(丑应介)(二内侍、二宫女各执灯引生，旦行介)

【前腔】〔换头〕(合)辉煌，簇拥银烛影千行。回看处珠箔斜开，银河微亮。复道回廊，到处有香尘飘扬。夜色如何？月高仙掌。今宵占断好风光，红遮翠障，锦云中一对鸾凰。"琼花"、"玉树"，"春江夜月"，声声齐唱，月影过宫墙。褰罗幌，好扶残醉入兰房。(丑)启万岁爷，到西宫了。(生)内侍回避。(丑)春风开紫殿，(内侍)天乐下珠楼。(同下)

【余文】(生)花摇烛，月映窗，把良夜欢情细讲。三曲皆以月字映带。 美人韵致，惟在定情之际。杜牧所谓"豆蔻梢头二月初"也。莽男儿或急色，或沉醉，草草成欢，最为可惜。"细讲"二字，妙有无数温存在内。若少卤莽，便是党家风味矣。(合)莫问他别院离宫玉漏长。(宫女与生、旦更衣暗下)(生、旦坐介)(生)银烛回光散绮罗，(旦)御香深处奉恩多。(生)六宫此夜含颦望，(合)明日争传《得宝歌》。杨未承宠，亦别院人也。得意时便不管失意之苦，负恃争怜，于此可见。不但文笔拓开，饶有远神也。 《得宝子》是明皇本事曲名。(生)朕与妃子偕老之盟，今夕伊始。(袖出钗、盒介)特携得金钗、钿盒在此，与卿定情。

【越调近词】【绵搭絮】这金钗、钿盒，百宝翠花攒。徐曰：首句本止七字，"百宝"二字，乃衬也。今人以此二字作实字，而于"盒"字下画一截板，且于"盒"字悍然用韵，误矣。我紧护怀中，珍重奇擎有万般。今夜把这钗呵，与你助云盘，斜插双鸾。这盒呵，早晚深藏锦袖，密裹香纨。愿似他并翅交飞，牢扣同心结合欢。(付旦介)(旦接钗、盒谢介)

【前腔】〔换头〕谢金钗钿盒赐予奉君欢。只恐寒姿，消不得天家雨露团。(作背看介)恰偷观，凤翥龙蟠，爱杀这双头旖旎，

两扇团圞。惟愿取情似坚金，钗不单分盒永完。钗、盒乃本传始
终作合处，故于进宫更衣后特写二曲，以致珍重之意，非止文情尽致，场上并有
关目。

(生)胧明春月照花枝，元　稹　(旦)始是新承恩泽时。白居易
(生)长倚玉人心自醉，雍　陶　(合)年年岁岁乐于斯。赵彦昭

第三出　贿　权

【正宫引子】【破阵子】(净扮安禄山箭衣、毡帽上)失意空悲头
角，伤心更陷罗罝。异志十分难屈伏，悍气千寻怎蔽遮？徐
曰：首二句对起，中二句两反，对调法如是。权时宁耐些。一起尽奸雄失路
之苦。"腹垂过膝力千钧，足智多谋胆绝伦。谁道蛰龙甘蠖屈，翻江
搅海便惊人。"自家安禄山，营州柳城人也。俺母亲阿史德，求子
轧荦山中，归家生俺，因名禄山。那时光满帐房，鸟兽尽都鸣窜。
后随母改嫁安延偃，遂冒姓安氏。自述灵异，即叙出随母冒姓之丑，与《史
记》入李斯厕鼠、马卿犬子，同一笔法。在节度使张守珪帐下投军。他道
我生有异相，养为义子。授我讨击使之职，去征讨奚契丹。一时恃
勇轻进，杀得大败逃回。幸得张节度宽恩不杀，解京请旨。昨日到
京，吉凶未保。且喜有个结义兄弟，唤作张千，原是杨丞相府中干
办。昨已买嘱解官，暂时松放，寻他通个关节，把礼物收去了，着我
今日到彼候覆，不免前去走遭。(行介)唉！俺安禄山也是个好汉，难
道便这般结果了么？想起来好恨也！

【过曲】【锦缠道】莽龙蛇、本待将河翻海决，翻做了失水
瓮中鳖，恨樊笼窭时困了豪杰。将禄山跋扈之本，略为逗露。早知道失

军机要遭斧钺，倒不如丧沙场免受缧绁，蓦地里脚双跌。全凭仗金投暮夜，把一身离阱穴。算有意天生吾也，不争待半路枉摧折。均一死也，受戮之与战亡，相去万里。如东门牵犬，华亭唳鹤，皆共此一悔。来此已是相府门首，且待张兄弟出来。（丑扮张千上）"君王舅子三公位，宰相家人七品官。"（见介）安大哥来了。丞相爷已将礼物全收，着你进府相见。赇宥禄山本李林甫事，剧中恐多枝节，移置国忠，亦因其召乱而文致之。所谓君子恶居下流，勿疑与正史相反也。（净揖介）多谢兄弟周旋。（丑）丞相爷尚未出堂，且到班房少待。全凭内阁调元手，（净）救取边关失利人。（同下）

【仙吕引子】【鹊桥仙】（副净扮杨国忠引祗从上）荣夸帝里，恩连戚畹，兄妹都承天眷。中书独坐揽朝权，看炙手威风赫烜。"国政归吾掌握中，三台八座极尊崇。退朝日晏归私第，无数官僚拜下风。"下官杨国忠，乃西宫贵妃之兄也。官居右相，秩晋司空。分日月之光华，掌风雷之号令。（冷笑介）穷奢极欲，无非行乐及时；纳贿招权，真个回天有力。左右回避。（从应下）（副净）适才张千禀说，有个边将安禄山，为因临阵失机，解京正法。特献礼物到府，要求免死发落。我想胜败乃兵家常事，临阵偶然失利，情有可原。（笑介）就将他免死，也是为朝廷爱惜人才。从来权奸变乱黑白，皆有曲说自文。今以爱惜人才，附会古人使过之意，真足蔽聪。已曾分付，令他进见，再作道理。（丑暗上见介）张千禀事：安禄山在外伺候。（副净）着他进来。（丑）领钧旨。（虚下，引净青衣、小帽上）（丑）这里来。（净膝行进见介）犯弁安禄山，叩见丞相爷。（副净）起来。（净）犯弁是应死囚徒，理当跪禀。（副净）你的来意，张千已讲过了。且把犯罪情由，细说一番。（净）丞相爷听禀：犯弁遵奉军令，去征讨奚契丹呵，（副净）起来讲。（净起介）

【过曲】【解三酲】恃勇锐冲锋出战，指征途所向无前。

不堤防番兵夜来围合转,临白刃,剩空弮。(副净)后来怎生得脱?
(净)那时犯弁杀条血路,奔出重围。单枪匹马身幸免,徐曰:幸免"幸"
字,与下曲有权"有"字,俱用仄声,合调。只指望鉴录微功折罪愆。谁
想今日呵,当刑宪!(叩首介)望高抬贵手,曲赐矜怜。(副净起介)

【前腔】〔换头〕论失律丧师关巨典,我虽总朝纲敢擅专?
况刑书已定难更变,恐无力可回天。徐曰:换头二句与首调不同,
点板亦异。今人概作首调句法,非也。(净跪哭介)丞相爷若肯救援,犯弁就
得生了。(副净笑介)便道我言从计听微有权,这就里机关不易言。
胸中已极俞许,言下故作推托,写机变人情事酷肖。(净叩头介)全仗丞相爷做
主!(副净)也罢。待我明日进朝,相机而行便了。乘其便,便好开
罗撒网,保汝生全。不说明救援之法,最得神理。大凡深心人事机决不先
露也。(净叩头介)蒙丞相爷大恩,容犯弁犬马图报。就此告辞。(副净)张
千引他出去。(丑应,同净出介)"眼望捷旌旗,耳听好消息。"(同下)(副净想
介)我想安禄山乃边方末弁,从未著有劳绩。今日犯了死罪,我若特
地救他,必动圣上之疑。(笑介)哦,有了。前日张节度疏内,曾说他通
晓六番言语,精熟诸般武艺,可当边将之任。我就授意兵部,以此为
辞,奏请圣上,召他御前试验于中乘机取旨,却不是好。奸相行事,必
授意他人发之;又必令主上自裁之,以免疑而固宠。此段曲尽小人肺肝。

专权意气本豪雄,卢照邻　万态千端一瞬中。吴　融
多积黄金买刑戮,李咸用　不妨私荐也成公。杜荀鹤

第四出　春　睡

【越调引子】【祝英台近】(旦引老旦扮永新、贴旦扮念奴上)梦回

7

初,春透了,人倦懒梳裹。欲傍妆台,羞被粉脂涴。一承恩,便作如许娇慵,的是怙宠人情态。(老旦、贴)趁他迟日房栊,好风帘幕,且消受熏香闲坐。永、念见其倦妆之状,即以迟日好风、熏香闲坐迎合之。小人先意承志如是。永新、念奴叩头。(旦)起来。〔海棠春〕流莺窗外啼声巧,睡未足,把人惊觉。(老旦)翠被晓寒轻,(贴)宝篆沉烟袅。(旦)宿醒未醒宫娥报,(老旦、贴)道别院笙歌会早。(旦)试问海棠花,(合)昨夜开多少? (旦)奴家杨氏,弘农人也。父亲玄琰,官为蜀中司户。早失怙恃,养在叔父之家。生有玉环,在于左臂,上隐"太真"二字,因名玉环,小字太真。原名字之由,与禄山同一写法,是作者微文。性格温柔,姿容艳丽。漫揩罗袂,泪滴红冰;薄试霞绡,汗流香玉。荷蒙圣眷,拔自宫嫔。位列贵妃,礼同皇后。有兄国忠,拜为右相,三姊尽封夫人,一门荣宠极矣。昨宵侍寝西宫,(低介)未免云娇雨怯。今日晌午时分,才得起来。(老旦、贴)镜奁齐备,请娘娘理妆。(旦行介)绮疏晓日珠帘映,红粉春妆宝镜催。(坐对镜介)

【过曲】【祝英台】把鬓轻撩,鬟细整,临镜眼频睃。唐周昉辈多写杨妃图,后人传有《春妆》、《春睡》二粉本。此四曲形容尽致,可谓曲中有画。(老旦)请娘娘贴上这花钿。(旦)贴了翠钿,(贴)再点上这胭脂。(旦)注了红脂,(老旦)请娘娘画眉。(旦画眉介)着意再描双蛾。徐曰:"贴了翠钿"等句,读去似拗,而唱来正协,若用寻常仄仄平平,便不谐矣。(旦立起介)延俄,慢支持杨柳腰身,(贴)呀! 娘娘花儿也忘戴了。(代旦插花介)好添上樱桃花朵。戴花另作一层写,非但情事宛然,文波亦增委折。(老旦、贴作看旦介)看了这粉容嫩,只怕风儿弹破。(老旦、贴)请娘娘更衣。(与旦更衣介)

【前腔】〔换头〕飘堕,麝兰香,金绣影,更了杏衫罗。(旦步介)(老旦、贴看介)你看小颤步摇，轻荡湘裙，(旦兜鞋介)低蹴半弯凌波，停妥。(旦顾影介)(老旦、贴)袅临风百种娇娆。(旦回身临镜介)(老旦、贴)还对镜千般婀娜。临镜试妆，妆成复临镜，想见百媚千娇，顾影自许。(旦作倦态，欠伸介)(老旦、贴扶介)娘娘，恁恹恹，何妨重就衾窝。因欠伸而劝睡，亦是迎合之意。(旦)也罢，身子困倦，且自略睡片时。永新、念奴，与我放下帐儿。正是："无端春色薰人困，才起梳头又欲眠。"(睡介)(老旦、贴放帐介)(老旦)万岁爷此时不进宫来，敢是到梅娘娘那边去么？闲谈中写出关目，曲家解此者，惟玉茗与稗畦耳。(贴)姐姐，你还不知道，梅娘娘已迁置上阳楼东了！(老旦)哦，有这等事！(贴)永新姐姐，这几日万岁爷专爱杨娘娘，不时来往西宫，连内侍也不教随驾了。我与你须要小心伺候。

【前腔】〔换头〕(生行上)欣可，后宫新得娇娃，一日几摩挲。老夫得少妻，真有此状，转觉"剧于十五女"诗善于比似。(生作进，老旦、贴见介)万岁爷驾到。娘娘刚才睡哩。(生)不要惊他。(作揭帐介)试把绡帐漫开，龙脑微闻，一片美人香和。官家能解惜玉怜香之事，是善读《飞燕外传》者。瞧科，爱他红玉一团，压着鸳衾侧卧。(老旦、贴背介)这温存，怎不占了风流高座！(旦作惊醒低问介)

【前腔】〔换头〕谁个？蓦然揭起鸳帏，星眼倦还授。(作坐起，摩眼、撩鬓介)(生)早则浅淡粉容，消褪唇朱，掠削鬓儿欹矬。(老旦、贴作扶旦起，旦作开眼复闭，立起又坐倒介)(生)怜他，侍儿扶起腰肢，娇怯怯难存难坐。(老旦、贴扶旦坐介)(生扶住介)恁朦腾，且索消详停和。(旦)万岁。(生)春昼晴和，正好及时游赏，为何当午睡眠？(旦低语)夜来承宠，雨露恩浓，不觉花枝力弱。衾语更韵。强起梳头，却又朦胧睡去，因此失迎圣驾。(生笑介)这等说，倒是寡人唐突了。(旦娇羞不语介)(生)妃子，看你神思困倦，且同到前殿去，消遣片时。出前殿以便国忠入见。(旦)领旨。(生、旦同行，老旦、贴随行介)(生)落日留王母，(旦)微风倚少儿。(老旦、贴合)宫中行乐秘，少有外人知。(生、旦转坐介)(丑上)"昼漏稀闻高阁报，天颜有喜近臣知。"启万岁爷：国舅杨丞相，遵旨试验安禄山，在宫门外回奏。国忠奉旨试验禄山，入宫回奏，自不觉唐突矣。(生)宣进来。(丑宣介)杨丞相有宣。(副净上)"天下表章经院过，宫中笑语隔墙闻。"(拜见介)臣杨国忠见驾。愿吾皇万岁！娘娘千岁！(丑)平身。(副净)臣启陛下：蒙委试验安禄山，果系人才壮健，弓马熟娴，特此覆旨。(生)朕昨见张守珪奏称：安禄山通晓六番言语，精熟诸般武艺，可当边将之任。禄山犯律，守珪得自行戮，乃请付廷尉，以致留此孽种，毒流函夏。是守珪实阶之祸，故不妨以保奏之恶坐之。今失机当斩，是以委卿验之。既然所奏不诬，卿可传旨安禄山，赦其前罪。明日早朝引见，授职在京，以观后效。(副净)领旨。(下)(丑)启万岁爷：沉香亭牡丹盛开，请万岁爷同娘娘赏玩。(生)今日对妃子，赏名花。高力士，可宣翰林李白，到沉香亭上，立草新词供奉。《清平调》只于白中带过，亦是避熟处。且于后《惊变》折中补写调文，更觉生色。(丑)领旨。(下)(生)妃子，和你赏花去来。

(生)倚槛繁花带露开，罗　虬　(旦)相将游戏绕池台。孟浩然
(生)新歌一曲令人艳，万　楚　(合)只待相如奉诏来。李商隐

第五出　禊　游

【双调引子】【贺圣朝】(丑上)崇班内殿称尊，天颜亲奉朝昏。金貂玉带蟒袍新，出入荷殊恩。咱家高力士是也，官拜骠骑将军，职掌六宫之中，权压百僚之上。迎机导窾，摸揣圣情，曲意小心，荷承天宠。今乃三月三日，万岁爷与贵妃娘娘游幸曲江，命咱

召杨丞相并秦、韩、虢三国夫人，一同随驾，不免前去传旨与他。高力士始终侍从明皇，剧中关目所系，必须一叙家门。安禄山复职承宠，亦须冠带表见，于游春时穿插安顿，绝无痕迹。"传声报戚里，今日幸长杨。"（下）

【前腔】（净冠带引从上）一从请托权门，天家雨露重新。累臣今喜作亲臣，壮怀会当伸。因纳贿而复职，紧相承映。　　徐曰：壮怀"怀"字平声，与前曲"人"字作平俱合调法。俺安禄山，自蒙圣恩复官之后，十分宠眷。所喜俺生的一个大肚皮，直垂过膝。一日圣上见了，笑问此中何有？俺就对说，惟有一片赤心。天颜大喜，自此愈加亲信，许俺不日封王，岂不是非常之遇！左右回避。（从应下）今乃三月三日，皇上与贵妃游幸曲江，三国夫人随驾，倾城士女，无不往观。俺不免换了便服，单骑前往，游玩一番。（作更衣、上马行介）出得门来，你看香尘满路，车马如云，好不热闹也。正是："当路游丝萦醉客，隔花啼鸟唤行人。"（下）

【仙吕人双调过曲】【夜行船序】（副净、外扮王孙，末小生扮公子，各丽服，同行上）（合）春色撩人，爱花风如扇，柳烟成阵。行过处，辨不出紫陌红尘。（见介）请了。（副净、外）今日修禊之辰，我每同往曲江游玩。（末、小生）便是，那边簇拥着一队车儿，敢是三国夫人来了。我每快些前去。（行介）纷纭，绣幕雕轩，珠绕翠围，争妍夺俊。氤氲，兰麝逐风来，衣彩珮光遥认。（同下）此折高力士、安禄山、王孙公子、三国夫人、杨国忠、村姑丑女，杂沓上下，几如满地散钱，而以春游贯之，线索自相牵缀。尤妙在措注三国夫人，一意转折。先从高、安白中引出三国夫人、王孙公子，首曲亦然，次曲三国夫人登场，三曲禄山窥探，四曲国忠嗔阻，五曲村姬辈寻拾簪履，总为三国夫人形容侠丽，六曲三国夫人再见，结尾又归虢国，起下《傍讶》、《幸恩》诸折。虽满纸春光撩乱，而渲花染柳，分晰不爽，真觉笔有化工。

【前腔】〔换头〕(老旦绣衣扮韩国夫人,贴白衣扮虢国夫人,杂绯衣扮秦国夫人,引院子、梅香各乘车行上)(合)安顿,罗绮如云,斗妖娆,各逞黛蛾蝉鬓。蒙天宠,特敕共探江春。(老旦)奴家韩国夫人。(贴)奴家虢国夫人。(杂)奴家秦国夫人。(合)奉旨召游曲江。院子把车儿趱行前去。(院)晓得。(行介)(合)朱轮,碾破芳堤,遗珥坠簪,落花相衬。荣分,戚里从宸游,几队宫妆前进。(同下)(净策马上,目视三国夫人下介)妙啊! 行文之妙,更在用侧笔衬写。如以游人盛丽,映出明皇贵妃之纵侠;以遗钿坠写,映出三国夫人之奢淫,并禄山之无状,国忠之荡检。皆于虚处传神,观者当思其经营惨淡,莫徒赏绝妙好辞也。 徐曰:〔夜行船序〕四曲内两平短韵,俱极自然合法。

【黑蟆序】〔换头〕回瞬,绝代丰神,猛令咱一见,半晌销魂。恨车中马上,杳难亲近。俺安禄山,前往曲江,恰好遇着三国夫人,一个个天姿国色。唉! 唐天子,唐天子,你有了一位贵妃,又添上这几个阿姨,好不风流也! 语语夸荣,儿女子口吻,逼肖。评论,群花归一人,方知天子尊。且赶上前去,饱看一回。望前尘,馋眼迷奚,不免挥策频频。陡作唐突语,是作者微文讽刺,并于闲中露包藏窥窃之意。(作鞭马前奔,杂扮从人上,拦介)咄! 丞相爷在此,什么人这等乱撞? (副净骑马上)为何喧嚷? (净、副净作打照面,净回马急下)(从)小的方才见一人,骑马乱撞过来,向前拦阻。(副净笑介)那去的是安禄山。怎么见了下官,就疾忙躲避了。(作沉吟介)三位夫人的车儿在那里? (从)就在前面。(副净)呀! 安禄山那厮,怎敢这般无礼! 国忠初见禄山,犹疑其畏己回避也,故尔笑问。及知从三国夫人车前来,不觉怒发。一颦一笑,声色毕现,妙处正在含蓄。

【前腔】〔换头〕堪恨，藐视皇亲，傍香车行处，无礼厮混。陡冲冠怒起，心下难忍。叫左右，紧紧跟随着车儿行走，把闲人打开。(众应行介)(副净)忙奔，把金鞭辟路尘，将雕鞍逐画轮。(合)语行人，慎莫来前，怕惹丞相生嗔。(同下)〔锦衣香〕(净扮村妇，丑扮丑女，老旦扮卖花娘子，小生舍人，行上)(合)妆扮新，添淹润；身段村，乔丰韵。更堪怜芳草沾裙，野花堆鬓。每曲中皆有各当行本色语。(见介)(净)列位都是去游曲江的么？(众)正是。今日皇帝、娘娘，都在那里，我每同去看一看。(丑)听得皇帝把娘娘爱的似宝贝一般，不知比奴家容貌如何？(老旦笑介)(小生作看丑介)(丑)你怎么只管看我？(小生)我看大姐的脸上，倒有几件宝贝。(净)什么宝贝？(小生)你看眼嵌猫睛石，额雕玛瑙纹，蜜蜡装牙齿，珊瑚镶嘴唇。(净笑介)(丑将扇打小生介)小油嘴，偏你没有宝贝。(小生)你说来。(丑)你后庭像银矿，掘过几多人。(净笑介)休得取笑。闻得三国夫人的车儿过去，一路上有东西遗下，我每赶上寻看。(丑)如此快走。(行介)(丑作娇态，与小生诨介)(合)和风徐起荡晴云，钿车一过，草木皆春。(小生)且在这草里寻一寻，可有甚么？(老旦)我先去了。向朱门绣阁，卖花声叫的殷勤。(叫卖花下)卖花先下，不特排场变换，且便于改装韩国。(众作寻、各拾介)(丑问净介)你拾的甚么？(净)是一枝簪子。(丑看介)是金的，上面一粒绯红的宝石。好造化！(净问丑介)你呢？(丑)一只凤鞋套儿。(净)好！好！你就穿了何如？(丑作伸脚比介)啐！一个脚指头也着不下。鞋尖上这粒真珠，摘下来罢。(作摘珠丢鞋介)(小生)待我袖了去。(丑)你倒会作揽收拾！你拾的东西，也拿出来瞧瞧。(小生)一幅鲛绡帕儿，裹着个金盒子。(净接作开看介)咦！黑黑的黄黄的薄片儿，闻着又有些香，莫不是耍药么？(小生笑介)是香茶。(丑)待我尝一尝。(净争吃各吐介)呸！稀苦的，吃他怎么。(小生作收介)罢了，大家再往前去。(行介)(合)蜂蝶闲相趁，柳迎花引，望龙楼倒写，曲江将近。一路风光，应接不暇。举头一望，已近行宫,翻有观止之恐,恰合此时神理。(小生、净先下,丑吊场叫介)你们等我一等。阿呀!尿急了,且在这里打个沙窝儿去。(下)

【浆水令】(老旦、贴杂引院子、梅香行上)扑衣香,花香乱熏;杂莺声,笑声细闻。看杨花雪落覆白苹,双双青鸟,衔堕红巾。春光好,过二分,迟迟丽日催车进。(院)禀夫人,到曲江了。(老旦)丞相爷在那里?(院)万岁爷在望春宫,丞相爷先到那边去了。(老旦、杂、贴作下车介)你看果然好风景也!环曲岸,环曲岸,红酣绿匀。临曲水,临曲水,柳细蒲新。(丑引小内侍、控马上)"敕传玉勒桃花马,骑坐金泥蛱蝶裙。"(见介)皇上口敕:韩、秦二国夫人,赐宴别殿。虢国夫人,即令乘马入宫,陪杨娘娘饮宴。起用力士传旨,收用力士口敕。前后照应,亦见章法缜密,断而不乱。(老旦、贴、杂跪介)万岁!(起介)(丑向贴介)就请夫人上马。

【尾声】(贴)内家官,催何紧。姐姐,妹妹,偏背了春风独近。(老旦、杂)不枉你淡扫蛾眉朝至尊。张承吉诗本含风刺,用作热中嘲讪语,更觉入神。然"偏背"一语实就国矜张,自招侮也。(贴乘马,丑引下)(杂)你看裴家姐姐,竟自扬鞭去了。(老旦)且自由他。(梅香)请夫人别殿里上宴。

红桃碧柳禊堂春,沈佺期　(老旦)一种佳游事也均。张　谔

(杂)愿奉圣情欢不极,武平一　(合)向风偏笑艳阳人。杜　牧

第六出　傍　讶

【中吕过曲】【缕缕金】(丑上)欢游罢,驾归来。西宫因

个甚,恼君怀? 敢为春筵畔,风流尴尬。怎一场乐事陡成乖? 教人好疑怪,教人好疑怪。前日万岁爷同杨娘娘游幸曲江,欢天喜地。不想昨日,娘娘忽然先自回宫,万岁爷今日才回,圣情十分不悦。未知何故? 远远望见永新姐来了,咱试问他。贵妃宠幸未几,即以虢国承恩一事,摹写悲离。览者疑其情爱易移矣,不知未经离别,则欢好虽浓,习而不觉。惟意中人去,触处伤心,必得之而后快,始见钟情之至。所谓佳人难再得,生别死离,其致一也。力士与永新傍观闲论,不直贵妃,亦自映出明皇有情耳。

【前腔】(老旦上)宫帏事,费安排。云翻和雨覆,蓦地闹阳台。(丑见介)永新姐,来得恰好。我问你,万岁爷为何不到杨娘娘宫中去? (老旦)唉! 公公,你还不知么? 两下参商后,妆幺作态。(丑)为着甚来? (老旦)只为并头莲傍有一枝开。(丑)是那一枝呢? (老旦笑介)公公,你聪明人自参解,聪明人自参解。(丑笑介)咱那里得知! 永新姐,你可说与我听。(老旦)若说此事,原是我娘娘自己惹下的。(丑)为何? (老旦)只为娘娘,把那虢国夫人呵,

【剔银灯】常则向君前喝采,妆梳淡天然无赛。那日在望春宫,教万岁召他侍宴。三杯之后,便暗中筑座连环寨,哄结上同心罗带。(丑拍手笑介)呵呀! 咱也疑心有此,却为何烦恼哩? (老旦)后来娘娘,恐怕夺了恩宠,因此上嫌猜。恩情顿乖,热打对鸳鸯散开。始也引进同类,继也嫉忌相戕,女子小人,同一机构。(丑)原来虢国夫人,在望春宫有了言语,才回去的。(老旦)便是那虢国夫人去时,我娘娘不曾留得。万岁爷好生不快,今日竟不进西宫去了。娘娘在那里只是哭哩。妇人当抑郁时,弱者动人以哭,强者吓人以死,无他技也。宫闱中死不足云,惟有哭耳。(丑)咱想杨娘娘呵,

【前腔】娇痴性，天生忒利害。前时逼得个梅娘娘，直迁置楼东无奈。如今这虢国夫人，是自家的妹子，须知道连枝同气情非外，怎这点儿也难分爱。力士引梅妃比数亲疏，是傍观平心语。后文虢国亦引梅妃，情切语冷，反藉此作快心，亲疏颠倒矣。(老旦)这且休提。只是往常，万岁爷与娘娘行坐不离，如今两下不相见面，怎生是好？(丑)吾侪，如何布摆，且和你从旁看来。无可奈何，当局者亦袖手，况旁观乎？(内)有旨宣高公公。(丑)来了。

狎宴临春日正迟，韩偓　(老旦)宠深还恐宠先衰。罗虬
(丑)外头笑语中猜忌，陆龟蒙　(老旦)若问傍人那得知。崔颢

第七出　幸　恩

【商调引子】【绕池游】(贴上)瑶池陪从，何意承新宠！怪青鸾把人和哄。寻思万种，这其间无端歇动，奈谣诼蛾眉未容。快心事、亏心事，过后皆不胜尤悔，不胜怨艾，人情每每如是。"玉燕轻盈弄雪辉，杏梁偷宿影双依。赵家姊妹多相妒，莫向昭阳殿里飞。"奴家杨氏，幼适裴门，琴断朱弦，不幸文君早寡；香含青琐，肯容韩掾轻偷？以妹玉环之宠，叨膺虢国之封。虽居富贵，不爱铅华。敢夸绝世佳人，自许朝天素面。不想前日驾幸曲江，敕陪游赏。诸姊妹俱赐宴于外，独召奴家到望春宫侍宴。遂蒙天眷，勉尔承恩。圣意虽浓，人言可畏。此所谓人言，只是贵妃妒色耳。然即此语，亦可见羞恶之心，人皆有之。昨日要奴同进大内，再四辞归。仔细想来，好侥幸人也。

【商调过曲】【字字锦】恩从天上浓，缘向生前种。

金笼花下开,巧赚娟娟凤。烛花红,只见弄盏传杯。传杯处,驀自里话儿唧哝。匆匆,不容宛转,把人央入帐中。思量帐中,帐中欢如梦。绸缪处,两心同。绸缪处,两心暗同。奈朝来背地,有人在那里,人在那里,妆模作样,言言语语,讥讥讽讽。咱这里羞羞涩涩,惊惊恐恐,直憑被他抟弄。徐曰:此调见时曲《群芳绽锦鲜》,歌者每苦难唱。其用字平仄,句法重叠,略欠调停,便不谐协,此于调法可称尽善。 "匆匆"二字,最得神情。大凡狂心酒兴,多以急遽成之,稍缓便顾忌阑珊矣。 宋人诗"新欢入手愁忙里,往事经心忆梦中",正足与此相发明。(末扮院子、副净扮梅香暗上介)

【不是路】(老旦引外扮院子,丑扮梅香上)吹透春风,戚畹花开别样秾。前日裴家妹子,独承恩幸。我约柳家妹子,同去打趂一番。不料他气的病了,因此独自前去。相约而来,必至之情。秦国最少,又宜其急色而病,只此安顿数语,尽化入神。(外)禀夫人,已到虢府了。(老旦)通报去。(外报介)(末传介)韩国夫人到。(贴)道有请。(副净请介)(外、末暗下,贴出迎老旦进介)(贴)姊姊请。(副净、丑诨下)(老旦)妹妹喜也。(贴)有何喜来?(老旦)邀殊宠,一枝已傍日边红。(贴作羞介)姊姊,说那里话!我进离宫,也不过杯酒相陪奉,湛露君恩内外同。支吾语,雅隽得体。(老旦笑介)虽则一般赐宴,外边怎及里边。休调哄,九重春色偏知重,有谁能共? (贴)有何难共? (老旦)我且问你,看见玉环妹妹,在宫光景如何?

【满园春】(贴)春江上,景融融。催侍宴,望春宫。那玉环妹妹呵,新来倚贵添尊重。(老旦)不知皇上与他怎生恩爱? (贴)春宵里,春宵里,比目儿和同。谁知得雨云踪? 只写曲江风景，略带不平之意。及问恩爱，则推掉不知，正是乖人出脱自己处。(老旦)难道一些不觉？(贴)只见玉环妹妹的性儿，越发骄纵了些。细窥他个中，漫参他意中，使惯娇憨。惯使娇憨，寻瘢索绽，一谜儿自逞心胸。再问则就"倚贵"上畅发不平之语。所谓言者心之声也，不自觉由中而露。(老旦)他自小性儿是这般的，妹妹，你还该劝他才是。(贴)那个耐烦劝他。

【前腔】〔换头〕(老旦)他情性多骄纵，恃天生百样玲珑，姊妹行且休傍作诵。况他近日呵，昭阳内，昭阳内，一人独占三千宠，问阿谁能与竞雌雄？(贴)谁与他争！只是他如此性儿，恐怕君心不测。虽是虢国妒语，亦见事几先兆。(老旦起，背介)细听裴家妹子之言，必有缘故。细窥他个中，漫参他意中，使恁骄嗔。恁使骄嗔，藏头露尾，敢别有一段心胸！同一语而略更数字，口吻各别。一憨一嗔，更宛肖两人情事。(末上)"意外闻严旨，堂前报贵人。"(见介)禀夫人，不好了。贵妃娘娘忤旨，圣上大怒，命高公公送归丞相府中了。(老旦惊介)有这等事？(贴)我说这般心性，定然惹下事来。(老旦)虽然如此，我与你姊妹之情，且是关系大家荣辱，须索前去看他才是！(贴)正是，就请同行。

【尾声】(老旦)忽闻严谴心惊恐，(贴)整香车同探吉凶。姊姊，那玉环妹妹，可不被梅妃笑杀也！(合)倒不如冷淡梅花仍开紫禁中！合语在虢国是冷笑，在韩国是热痛。若单作虢国语，反不隽永矣。

(贴)传闻阙下降丝纶，刘长卿 (老旦)出得朱门入戟门。贾 岛
(贴)何必君恩能独久，乔知之 (老旦)可怜荣落在朝昏。李商隐

第八出　献　发

(副净急上)"天有不测风云，人有旦夕祸福。"下官杨国忠，自从妹子册立贵妃，权势日盛。不想今早，忽传贵妃忤旨，被谪出宫，命高内监单车送到门来。未知何故？好生惊骇！且到门前迎接去。(暂下)

【仙吕过曲】【望吾乡】(丑引旦乘车上)无定君心，恩光那处寻？蛾眉忽地遭擿窖，思量就里知他怎？弃掷何偏甚！长门隔，永巷深。回首处，愁难禁。妒宠之时，惟恐入长门永巷。及宫车谪遣，并欲求长门永巷而不可得。此种伤心，真是不堪回首。(副净上，跪接介)臣杨国忠迎接娘娘。(丑)丞相，快请娘娘进府，咱家还有话说。(副净)院子，分付丫鬟每，迎接娘娘到后堂去。(丫鬟上，扶旦下车，拥下)(副净揖丑介)老公公请坐，不知此事因何而起？(丑)娘娘呵，

【一封书】君王宠最深，冠椒房，专侍寝。昨日呵，无端忤圣心，骤然间，商与参。丞相不要怪咱家多口，娘娘呵，生性娇痴多习惯，未免嫌疑生抱衾。(副净)如今谪遣出来，怎生是好？(丑)丞相且到朝门谢罪，相机而行。谢罪之举必不可少，国忠未必想到。力士言之，可见幸珰权相，平日交结之密。又可见小人失志，一时昏瞀之情。(副净)老公公，全仗你进规箴，悟当今。(丑)这个自然。(合)管重取宫花入上林。(丑)就此告别。(副净)下官同行。(向内介)分付丫鬟，好生伺候娘娘。(内应介)(副净)"乌鸦与喜鹊同行，吉凶事全然未保。"(同丑下)

【中吕引子】【行香子】(旦引梅香上)乍出宫门，未定惊魂，甫遭严谴，犹含望幸之心，更多不测之虑，此惊魂所以未定也。渍愁妆满面

啼痕。其间心事，多少难论。但惜芳容，怜薄命，忆深恩。"君恩如水付东流，得宠忧移失宠愁。莫向樽前奏花落，凉风只在殿西头。"我杨玉环，自入宫闱，过蒙宠眷。只道君心可托，百岁为欢，谁想妾命不犹，一朝逢怒，遂致促驾宫车，放归私第。金门一出，如隔九天。（泪介）天那！禁中明月，永无照影之期；苑外飞花，已绝上枝之望。抚躬自悼，掩袂徒嗟，好生伤感人也！"春明门外即天涯"，亦是此意。从来废嫔弃妇，迁客逐臣，同一涕泪。

【过曲】【榴花泣】〔石榴花〕罗衣拂拭，罗衣拂拭，胜于每饭不忘矣。大凡佞幸之人，当失意依恋时，与忠爱者无别，惟公私不同耳。犹是御香熏。徐曰：首句七字正调也。"犹是"二字作衬，下曲亦然。向何处谢前恩？想春游春从晓和昏，〔泣颜回〕岂知有断雨残云。我含娇带嗔，往常间他百样相依顺，不堤防为着横枝，陡然把连理轻分。衅由虢国，不可不言，又不好明言。横枝一喻，怨情如诉。丫鬟，此间可有那里望见宫中？（梅）前面御书楼上，西北望去，便是宫墙了。（旦）你随我楼上去来。（梅）晓得。（旦登楼介）"西宫渺不见，肠断一登楼。"（梅指介）娘娘，这一带黄设设的琉璃瓦，不是九重宫殿么？（旦作泪介）

【前腔】凭高洒泪，遥望九重阍，恩尺里隔红云。叹昨宵还是凤帏人，冀回心重与温存。追写未出痴心，直是痛切。天乎太忍，未白头先使君恩尽。怨极呼天，非谓天使之也。红颜未落，情爱先移，必有所以致之者。一使字中含无限悔恨之意，此非独男女之欢为然也。孤忠悻悻，谗口嚣嚣，皆是有以致之。故孔圣论谏，以讽为上。（梅指介）呀！远远望见一个公公，骑马而来，敢是召娘娘哩。（旦叹介）料非他丹凤衔书，多又恐乌鸦传信。仓皇颠沛之际，遇人而惧，盖虑祸之心，甚于徼幸也。"丹凤"二句，即前惊魂不定意。（旦下楼介）（丑上）"暗将怀旧意,报与失欢人。"(见介)高力士叩见娘娘。(旦)高力士,你来怎么? (丑)奴婢恰才覆旨,万岁爷细问娘娘回府光景,似有悔心。现今独坐宫中,长吁短叹,一定是思想娘娘,因此特来报知。(旦)唉!那里还想着我。(丑)奴婢愚不谏贤,娘娘未可太执意了。倘有甚么东西,付与奴婢,乘间进上。或者感动圣心,也未可知。(旦)高力士,你教我进什么东西去好? (想介)

【喜渔灯犯】〔喜渔灯〕思将何物传情恸,可感动君? 我想一身之外,皆君所赐,算只有愁泪千行,作珍珠乱滚,又难穿成金缕,把雕盘进。哦,有了。〔剔银灯〕这一缕青丝香润,曾共君枕上并头相偎衬,曾对君镜里撩云。先将珠泪一翻,引出剪发。欲剪未剪之间,又作两层顿跌,文心极其骀荡。丫鬟,取镜台、金翦过来。(梅应取上介)(旦解发介)哎,头发! 头发! 〔渔家傲〕可惜你伴我芳年,剪去心儿未忍。只为欲表我衷肠,(作剪发介)剪去心儿自悯。徐曰:此调旧注多讹,今悉正之。〔渔家傲〕四句,乃李勉格,与《拜月》不同。(作执发起,哭介)头发! 头发! 〔喜渔灯〕全仗你寄我殷勤。(拜介)我那圣上呵,奴身,止鬖鬖发数根,这便是我的残丝断魂。苦语、急语能逼人泪,亦犹肤受之愬,易于感动也。(起介)高力士,你将去与我转奏圣上。(哭介)说妾罪该万死,此生此世,不能再睹天颜! 谨献此发,以表依恋。(丑跪接发搭肩上介)娘娘请免愁烦,奴婢就此去了。"好凭缕缕青丝发,重结双双白首缘。"(下)(旦坐哭介)

【榴花灯犯】〔剔银灯〕(老旦、贴上)听说是贵妃妹忤君,〔石榴花〕听说是返家门,徐曰:此调旧名〔瓦渔灯〕,盖误信旧谱,以一从分散一曲,为瓦盆儿也,不知即〔石榴花〕耳。时曲及诸家证注俱未确,今考定之。〔普天乐〕听说是失势兄忧悯,听说是中官至,未审何云? (进介)贵妃娘娘那里？(梅)韩、虢二国夫人到了。(旦作哭不语介)(老旦、贴见介)(老旦)贵妃请免愁烦。(同哭介)(贴)前日在望春宫，皇上十分欢喜，为何忽有此变？〔渔家傲〕我只道万岁千秋欢无尽,〔尾犯序〕我只道任伊行笑鳌,〔石榴花〕我只道纵差池，谁和你评论！ 层层翻剥，半嘲半讪，总是怨毒语。(老旦)裴家妹子,〔锦缠道〕休只管闲言絮陈。贵妃，你逢薄怒其中有甚根因？ (旦作不理介)(贴)贵妃，你莫怪我说,〔剔银灯〕自来宠多生嫌衅，可知道秋叶君恩？ 怎为人，怎趋承至尊? 因韩国一阻，又作正语相规，规仍是讪，更见怨毒。〔雁过声〕(老旦)(合)姊妹每情切来相问，为甚么耳畔哝哝，总似不闻！ 徐曰:末二句或云〔犯石榴花〕,不如作〔雁过声〕更妙。

【尾声】(旦)秋风团扇原吾分，多谢连枝特过存。总有万语千言，只在心上忖。贵妃因虢国而见摈，心事本不可言。又遭虢国讥讪不已，无言可答。羞与怒，怨与悔，百端交集，结语足以括之。(竟下)(贴)姊姊，你看这个样子，如何使得？ (老旦)正是，我每特来看他，他心上有事，竟自进房去了。妹子，你再到望春宫时，休学他。(贴羞介)啐！

(贴)今朝忽见下天门, 张　籍 (老旦)相对那能不怆神。廖匡图
(贴)冷眼静看真好笑, 徐　夤 (老旦)中含芒刺欲伤人。陆龟蒙

第九出　复　召

【南吕引子】【虞美人】(生上)无端惹起闲烦恼，有话将谁告？ 此情已自费支持，怪杀鹦哥不住向人提。言无可告，情不能支，力士早有以窥之矣。"辇路生春草，上林花满枝。凭高何限意，无复侍臣知。"寡人昨因杨妃娇妒，心中不忿，一时失计，将他遣出。谁

想佳人难得，自他去后，触目总是生憎，对景无非惹恨。那杨国忠
入朝谢罪，寡人也无颜见他。此种爱恋，要是前因，慧男子到此愈益痴迷，
非关嬖色也。(叹介)咳！欲待召取回宫，却又难于出口；若是不召他
来，教朕怎生消遣。好刬划不下也！

【过曲】【十样锦】〔绣带儿〕春风静，宫帘半启，难消日
影迟迟。听好鸟犹作欢声，睹新花似斗容辉。追悔，〔宜春令〕
悔杀咱一划儿粗疏，不解他十分的娇媏，枉负了怜香惜玉，
那些情致。风定日迟，鸟声花影，纯写寂寥光景，与贵妃在宫繁艳之状不
同。而又以愁境引起欢情，转到追悔之意，无限婉折。(副净扮内监上)"脍下玉
盘红缕细，酒开金瓮绿醅浓。"(跪见介)请万岁爷上膳。(生不应介)(副
净又请介)(生恼介)哦！谁着你请来？(副净)万岁爷自清晨不曾进膳，
后宫传催排膳伺候。(生)哦！甚么后宫？叫内侍。意中人去，事事俱
非，何况提起后宫，宜乎触怒。写有心事人如画。(二内侍应上)(生)揣这厮去
打一百，发入净军所去。(内侍)领旨。(同揣副净下)(生)哎！朕在此想
念妃子，却被这厮来搅乱一番，好烦恼也。〔降黄龙换头〕思伊，纵有
天上琼浆，海外珍馐，知他甚般滋味！除非可意，立向跟前，
方慰调饥。(净扮内监上)"尊前绮席陈歌舞，花外红楼列管弦。"(见
跪介)请万岁爷沉香亭上饮宴，听赏梨园新乐。(生)哦！说甚沉香
亭，好打！(净叩头介)非干奴婢之事，是太子诸王，说万岁爷心绪不
快，特请消遣。稍黠慧人心事被人道着，便欲遁词转变，况官家思示人
以不测者乎？观此二监措言莽戆，合之力士善于婉转，故知逢迎君侧，大
非易事也。(生)哦！我心绪有何不快？叫内侍。(内侍应上)(生)揣这
厮去打一百，发入惜薪司当火者去。(内侍)领旨。(同揣净下)(生)内
侍过来。(内侍应上)(生)着你二人看守宫门，不许一人擅入，违者重
打。(内侍)领旨。(作立前场介)(生)唉！朕此时有甚心情，还去听歌饮

23

酒。〔醉太平〕想亭际，凭栏仍是玉阑干，问新妆有谁同倚？就有新声呵，知音人逝，他鹍弦绝响，我玉笛羞吹。（丑肩搭发上）肩上搭发，见于本传。此时力士窥破上意，正欲其见而问之，故不为函藏，亦不嫌唐突也。〔浣溪沙〕离别悲，相思意，两下里抹媚谁知？我从旁参透个中机，要打合鸾凰在一处飞。"从旁参透"二语，如见小人得意之状。（见内侍介）万岁爷在那里？（内侍）独自坐在宫中。（丑欲入，内侍拦介）（丑）你怎么拦阻咱家？（内侍）万岁爷十分着恼，把进膳的连打了两个，特着我每看守宫门，不许一人擅入。（丑）原来如此，咱家且候着。（生）朕委无聊赖，且到宫门外闲步片时。（行介）看一带瑶阶依然芳草齐，不见蹴裙裾珠履追随。睹物怀人，即无情草色，亦关情如此。（丑望介）万岁爷出来了，咱且闪在门外，觑个机会。（虚下、即上听介）（生）寡人在此思念妃子，不知妃子又怎生思念寡人哩！早间问高力士，他说妃子出去，泪眼不干，教朕寸心如割。这半日间，无从再知消息。高力士这厮也，竟不到朕跟前，好生可恶！（丑见介）奴婢在这里。（生作看丑介）（生）高力士，你肩上搭的甚么东西？（丑）是杨娘娘的头发。禁中内侍私出相府取发，最难措词上达。今明皇补叙，覆旨时问答，正苦不知妃子消息，又怪力士不在左右。而力士适以发进，自然迎刃而解，不暇更诘致发之由。凡事总不可无机会也。　冲口答出杨娘娘，此力士迎机之妙也。若先将寄发缕叙明皇，便不笋听矣。（生笑介）什么头发？（丑）娘娘说道：自恨愚昧，上忤圣心，罪应万死。今生今世，不能够再睹天颜，特剪下这头发，着奴婢献上万岁爷，以表依恋之意。（献发介）（生执发看，哭介）哎哟！我那妃子呵！前此或嗟或恼或悲，皆为无妃子消息也。故一见发而辄笑，再睹发而忽哭，写尽一时沉乱。〔啄木儿〕记前宵枕边闻香气，到今朝剪却和愁寄。觑青丝肠断魂迷。想寡人与妃子，恩情中断，就是这头发，也一霎里落金刀长辞云髻。杨妃献发，欲以身感也。明皇又比拟到自己身上，情愈悲切。

(丑)万岁爷,〔鲍老催〕请休惨凄,奴婢想杨娘娘既蒙恩幸,万岁爷何惜宫中片席之地,乃使沦落外边! 春风肯教天上回,名花便从苑外移。力士之言,看得反汗甚易,亦自娓娓可听,足以炀蔽。(生作想介)只是寡人已经放出,怎好召还? (丑)有罪放出,悔过召还,正是圣主如天之度。(生点头介)(丑)况今早单车送出,才是黎明,此时天色已暮,开了安庆坊,从太华宅而入,外人谁得知之。佞人欺朦君父,类以人不知为辞,作掩耳盗铃之事,真可叹也。(叩头介)乞鉴原,赐迎归。无淹滞,稳情取一笑愁城自解围。一笑解围,与参透个中相应,力士成竹在胸,直弄明皇于股掌之上。(生)高力士,就着你迎取贵妃,回宫便了。(丑)领旨。(下)(生)咳! 妃子来时,教寡人怎生相见也。〔下小楼〕喜得玉人归矣,又愁他惯娇嗔,背面啼,那时将何言语饰前非。罢! 罢! 这原是寡人不是,拚把百般亲媚,酬他半日分离。(丑同内侍、宫女纱灯引旦上)〔双声子〕香车曳,香车曳,穿过了宫槐翠。纱笼对,纱笼对,掩映着宫花丽。贵妃宠冠六宫,岂意忽遭摈斥。及其出居私第,又岂意即奉赐环。一日之间,一宫之中,一人之身,而菀枯顿易。凡世间一切升沉,祸生于不察,誉出于不虞,俱是如此。(内侍、宫女下)(丑进报介)杨娘娘到了。(生)快宣进来。(丑)领旨。杨娘娘有宣。(旦进见介)臣妾杨氏见驾,死罪! 死罪! (俯伏介)(生)平身。(丑暗下)(旦跪泣介)臣妾无状,上干天谴。今得重睹圣颜,死亦瞑目。(生同泣介)妃子何出此言? 〔玉漏迟序〕(旦)念臣妾如山罪累,荷皇恩如天容庇。今自艾,愿承鱼贯,敢妒蛾眉? 吉人居安则思危,履险则如夷。若遇急难而悔艾者,及处宴安,未有不更恣也。(生扶旦起介)寡人一时错见,从前的话,不必再提了。(旦泣起介)万岁! (生携旦手,与旦拭泪介)

【尾声】从今识破愁滋味,这恩情更添十倍。妃子,我且把这一日相思诉与伊! 男欢不敝轮,女欢不敝席,王侯爱弃不常,能识相思者,鲜矣! 况天子乎? 明皇能于离合之际,领会悲欢,宜后为双星所取也。(宫娥上)西宫宴备,请万岁爷、娘娘上宴。

（生)**陶出真情酒满尊,**李　中　（旦)**此心从此更何言。**罗　隐
（生)**别离不惯无穷忆,**苏　颋　（旦)**重入椒房拭泪痕。**柳公权
点明西宫,前了望春旧妒,后启翠阁新争。

第十出　疑　谶

(外扮郭子仪,将巾、佩剑上)"壮怀磊落有谁知,一剑防身且自随。整顿乾坤济时了,那回方表是男儿。"自家姓郭,名子仪,本贯华州郑县人氏。学成韬略,腹满经纶。要思量做一个顶天立地的男儿,干一桩定国安邦的事业。今以武举出身,到京谒选,正值杨国忠窃弄威权,安禄山滥膺宠眷。把一个朝纲,看看弄得不成模样了。似俺郭子仪,未得一官半职,不知何时才得替朝廷出力也呵！徐曰:凡传奇中南北合调,则于每曲上标南、北字以别之。若全用北曲,则不必另标。今诸家于全套北曲,首调标一北字,非体也。　外戚娇奢,番儿窃宠,从郭帅眼中写出,此史家补笔法也。更入李遐周一诗,见山野之士,预识祸机,而处朝堂者,泄泄不察,闲中衬出,关系下曲"堂间处燕"二句,正是此意。

【商调】【集贤宾】论男儿壮怀须自吐,肯空向杞天呼？笑他每似堂间处燕,有谁曾屋上瞻乌！不堤防柙虎樊熊,任纵横社鼠城狐。几回家听鸡鸣,起身独夜舞。想古来多少乘除,显得个勋名垂宇宙,不争便姓字老樵渔。起语笼盖一切,便是衮冕气象。　徐曰:首句及第七句,皆七字律,用仄平仄平平去上。末二字或用上去便非,此皆甚叶。　生不当风云之际,老却无限豪杰。"乘除"数句,千古同感。且到长安市上,买醉一回。(行科)

【逍遥乐】向天街徐步，暂遣牢骚，聊宽逆旅。俺则见来往纷如，闹昏昏似醉汉难扶，那里有独醒行吟楚大夫！俺郭子仪呵，待觅个同心伴侣，怅钓鱼人去，射虎人遥，屠狗人无。子仪非嗜酒者，慨世溷浊，借杯以浇块垒，须如此写得悲愤。 徐曰：暂遣、逆旅、伴侣、射虎，俱去上声，楚大上去声，俱妙。（下）（丑扮酒保上）"我家酒铺十分高，罚誓无赊挂酒标。只要有钱凭你饮，无钱滴水也难消。"小子是这长安市上，新丰馆大酒楼一个小二哥的便是。俺这酒楼，在东、西两市中间，往来十分热闹。凡是京城内外，王孙公子，官员市户，军民百姓，没一个不到俺楼上来吃三杯。也有吃寡酒的，吃案酒的，买酒去的，包酒来的，打发个不了。道犹未了，又一个吃酒的来也。

【上京马】（外行上）遥望见绿杨斜靠画楼隅，滴溜溜一片青帘风外舞，怎得个燕市酒人来共沽。徐曰：第三句酒人，"酒"字妙在仄声，为协调。若用平声，岂不索然。（唤科）酒家有么？（丑迎科）客官，请楼上坐。（外作上楼科）是好一座酒楼也。敞轩窗日朗风疏。见四周遭粉壁上，都画着醉仙图。壁画醉仙，举目即见。李遐周题诗系细字，故后起视始睹之，正是遥相照映处。（丑）客官自饮，还是待客？（外）独饮三杯，有好酒呵取来。（丑）有好酒。（取酒上科）酒在此。（内叫科）小二哥，这里来。（丑应忙下）（外饮酒科）

【梧叶儿】俺非是爱酒的闲陶令，也不学使酒的莽灌夫，一谜价痛饮兴豪粗。撑着这醒眼儿谁偢睬？问醉乡深可容得吾？听街市恁喧呼，街市喧呼，即于曲中引起下喧闹二段。偏冷落高阳酒徒。（作起看科）（老旦扮内监、副净、末、净扮官，各吉服，杂捧金币、牵羊担酒随行上，绕场下）（丑捧酒上）客官，热酒在此。（外）酒保，我问你，咱这楼前那些官员，是往何处去来？（丑）客官，你一面吃酒，我一面告诉你波。只为国舅杨丞相，并韩国、虢国、秦国三位夫人，万岁爷各赐造新第。在这宣阳里中，四家府门相连，俱照大内一般造法。这一家造来，要胜似那一家的；那一家造来，又要赛过这一家的。若见那家造得华丽，这家便拆毁了，重新再造。定要与那家一样，方才住手。一座厅堂，足费上千万贯钱钞。今日完工，因此合朝大小官员，都备了羊酒礼物，前往各家称贺，打从这里过去。（外惊科）哦，有这等事！（丑）待我再去看热酒来波。（下）（外叹科）呀！外戚宠盛，到这个地位，如何是了也！

【醋葫芦】怪私家恁僭窃，竞豪奢夸土木。一班儿公卿甘作折腰趋，徐曰：僭窃，去上声；土木上去声，俱妙。"折"字叶音者，义取屈折，不可读作舌音。若作舌，则是断折义，不通矣。争向权门如市附。再没有一个人呵，把舆情向九重分诉。可知他朱甍碧瓦，总是血膏涂！（起科）心中一时忿懑，不觉酒涌上来，且向四壁间看一回。"且"，此字不可作平声。（作看科）这壁厢细字数行，有人题的诗句。以当局无人建言，反映起旁观有人题壁。我试觑波。（作看念科）"燕市人皆去，函关马不归。若逢山下鬼，环上系罗衣。"呀！这诗煞是好奇怪也。两层热闹中插李遐周冷淡一诗，文情更觉生动。

【么篇】我这里停睛一直看，从头儿逐句读。徐曰：首二句俱变作五字，亦元人体也。细端详，诗意少祯符。且看是什么人题的？（又看念科）李遐周题。（作想科）李遐周，这名字好生识熟！哦，是了，我闻得有个术士李遐周，能知过去未来，必定就是他了。多则是就里难言藏谶语，猜诗谜杜家何处？早难道醉来墙上信笔乱鸦涂！郭帅看诗，惟作疑讶之语，并不以意见妄为猜拟，智深勇沉，正合英雄本色。（内作喧闹科)(外唤科)酒保那里？(丑上)客官，做甚么？(外)楼下为何又这般喧闹？(丑)客官，你靠着这窗儿，往下看去就是。(外看科)(净王服、骑马、头踏职事前导引上，绕场行下科)(外)那是何人？(丑笑指科)客官，你不见他那个大肚皮么？这人姓安，名禄山。万岁爷十分宠爱他，把御座的金鸡步障，都赐与他坐过，今日又封他做东平郡王。方才谢恩出朝，赐归东华门外新第，打从这里经过。*禄山受爵，从白内补明。绕场一见，使观者不觉其突。*(外惊怒科)呀！这这就是安禄山么？有何功劳，遽封王爵？唉，我看这厮面有反相，乱天下者，必此人也！*张曲江语，不妨移用。先机思患，天下有识者，所见略同也。*

【金菊香】见了这野心杂种牧羊的奴，料蜂目豺声定是狡徒。怎把个野狼引来屋内居？怕不将题壁诗符？更和那私门贵戚，一例逞妖狐。*挽合诗意，映带杨氏，又侧重禄山，语极锤炼。本曲复以禽兽字相贯串，与首曲中段同。　徐曰：第三句是换头，"野狼"二字，平仄不拘；"引来"二字必用仄平；"屋内居"三字，用上去平，协调之甚。*(丑)客官，为甚事这般着恼来？

【柳叶儿】(外)哎！不由人冷飕飕冲冠发竖，热烘烘气夯胸脯，咭当当把腰间宝剑频频觑。(丑)客官，请息怒，再与我消一壶波。(外)呀！便教俺倾千盏，饮尽了百壶，怎把这重沉沉一个愁担儿消除！(作起身科)不吃酒了，收了这酒钱去者。(丑作收科)别人来三杯和万事，这客官一气惹千愁。(下)(外作下楼、转行科)我且回到寓中去波。

【浪来里】见着那一桩桩伤心的时事遄，凑着那一句句感时的诗谶伏，怕天心人意两难摸，好教俺费沉吟，跉踱地将眉对戆。看满地斜阳欲暮,到萧条客馆,兀自意踌躇。万感并生,眼昏耳热,不觉已到客馆。而独立踟蹰,惟见斜阳在地,此景最是不堪。 徐曰:此调即〔醋葫芦〕,一调二名耳。盖以此调用于中间,则名〔醋葫芦〕,以之作煞,则名"浪来里"也。坊刻作浪里来,误。(作到寓进坐科)(副净扮家将上)(见科)禀爷,朝报到来。(外看科)兵部一本:"为除授官员事。奉圣旨,郭子仪授为天德军使。钦此。"原来旨意已下,索早收拾行李,即日上任去者。(副净应科)(外)俺郭子仪虽则官卑职小,便可从此报效朝廷也呵!

【高过随调煞】赤紧似尺水中展鬐鳞,枳棘中拂毛羽。且喜奋云霄有分上天衢,直待的把乾坤重整顿,将百千秋第一等勋业图。纵有妖氛孽蛊,少不得肩担日月,手把大唐扶。徐曰:此调用于"浪来里"之后,即用〔浪来里〕本调摊破各句而为之,所谓高过也。

　　马蹄空踏几年尘,胡　宿　长是豪家据要津。司空图
　　卑散自应霄汉隔,王　建　不知忧国是何人。吕　温徐曰:此套本无下场诗,作者效临川集唐,故皆有诗也。

第十一出　闻　乐

【南吕引子】【步蟾宫】(老旦扮嫦娥,引仙女上)清光独把良宵占,经万古纤尘不染。散瑶空风露洒银蟾,一派仙音微飐。逗起《霓裳》仙乐,便非泛辞。"药捣长生离劫尘,清妍面目本来真。云中细看天香落,仍倚苍苍桂一轮。"吾乃嫦娥是也,本属太阴之主,浪传后羿之妻。七宝团圞,周三万六千年内,一轮皎洁,满一千二百里中。玉兔、金蟾,产结长明至宝;白榆、丹桂,种成万古奇葩。向有《霓裳羽衣》仙乐一部,久秘月宫,未传人世。今下界唐天子,知音好乐。

他妃子杨玉环，前身原是蓬莱玉妃，曾经到此。不免召他梦魂，重听此曲。使其醒来记忆，谱入管弦。竟将天上仙音，留作人间佳话。<small>人间天上，一切有为法，皆非无因。玉环惟再到月宫，重听仙乐，故能记忆。若无宿根，而强欲求仙，秦皇、汉武徒自悔耳。却不是好！</small>寒簧过来。(贴)有。(老旦)你可到唐宫之内，引杨玉环梦魂到此听曲。曲终之后，仍旧送回。(贴)领旨。(老旦)"好凭一枕游仙梦，暗授千秋法曲音。"(引从下)(贴)奉着娘娘之命，不免出了月宫，到唐宫中走一遭也。(行介)

【过曲】【梁州序犯】〔本调〕明河斜映，繁星微闪。俺将尘世遥觇，只见空濛香雾，早离却玉府清严。一任珮摇风影，衣动霞光，小步红云垫。待将天上乐授宫襜，密召芳魂入彩蟾。来此已是唐宫之内。〔贺新郎〕你看鱼钥闭，龙帏掩，那杨妃呵，似海棠睡足增娇艳。<small>此曲自月府下至人间，后〔锦渔灯〕曲自宫中上至月府，情景各异，摹写宛然。"小步"句与"海棠"句，皆隽。</small>〔本尾序〕轻唤起，拥冰簟。<small>卧榻前忽闻叫唤，又无宫娥进报，自起开帘，写出睡梦迷离光景。</small>(唤介)杨娘娘起来。

【小石】【渔灯儿】(旦扮梦中魂上)恰才的追凉后雨困云淹，畅好是酣眠处粉腻黄黏。<small>"粉腻黄黏"用道书蝶交则粉退，蜂交则黄退。</small>(贴)娘娘有请。(旦)呀！深宫之内，檐下何人叫唤？悄没个宫娥报，轻来画檐。(贴)娘娘快请。(旦作倦态欠伸介)我娇怯怯朦胧身欠，慢腾腾待自起开帘。(作出见贴介)呀！原来是一个宫人。

【前腔】(贴)俺不是隶长门，帚奉曾嫌。(旦)不是宫人，敢是别院的美人？(贴)俺不是列昭容，御座曾瞻。(旦)这等你是何人？(贴)儿家月中侍儿，名唤寒簧，则俺的名在瑶宫月殿金。(旦惊介)原

31

来是月中仙子,何因到此?(贴)恰才奉姮娥口敕亲传点,请娘娘到桂宫中花下消炎。追凉消炎,处处照合时景。后即以仲夏寒凉转入月宫,草蛇灰线,绝无形迹。 徐曰:此套自《西厢·听琴》以北赓南,作者纷纷,颇多落调,惟此音节悉叶。(旦)哦,有这等事!(贴)娘娘,不必迟疑,儿家引导,就请同行。(引旦行介)

【锦渔灯】(合)指碧落,足下云生冉冉;步青霄,听耳中风弄纤纤。乍凝眸,星斗垂垂似可拈,早望见烂辉辉宫殿影在镜中潜。(旦)呀!时当仲夏,为何这般寒冷?(贴)此即太阴月府,人间所传广寒宫者是也。就请进去。(旦喜介)想我浊质凡姿,今夕得到月府,好侥幸也。(作进看介)

【锦上花】清游胜,满意恢。(想介)这些景物都似曾见过来。环玉砌,绕碧檐,依稀风景漫猜嫌。那壁桂花开的恁早。(贴)此乃月中丹桂,四时常茂,花叶俱香。(旦看介)果然好花也。看不足,喜更添。金英缀,翠叶兼。氤氲芳气透衣缣,人在桂阴潜。(内作乐介)(旦)你看一群仙女,素衣红裳,从桂树下奏乐而来,好不美听。(贴)此乃《霓裳羽衣》之曲也。先用丹桂点染一层,然后转出《霓裳》法曲,文情不迫,而月宫景致亦当尔尔。(杂扮仙女四人、六人或八人,白衣、红裙、锦云肩、璎珞、飘带,各奏乐,唱,绕场行上介)(旦贴旁立看介)

【锦中拍】(众)携天乐花丛斗拈,拂霓裳露沾。迥隔断红尘苒苒,直写出瑶台清艳。纵吹弹舌尖、玉纤,韵添。惊不醒人间梦魇,停不驻天宫漏签。一枕游仙,曲终闻盐,付知音重翻检。此非《霓裳》本曲也。乃首尾叙意,暗讽杨妃,使之回光返照,为后证仙之地。而且留本曲于《重圆》折敷衍,以免复出。 繁音促节,所押险韵,无不稳协。　　　　又顾重来意。(同下)(旦)妙哉此乐! 清高宛转,感我心魂,真非人间所有也。

【锦后拍】缥缈中簇仙姿宛曾觇。听彻清音意厌厌,数琳瑯琬琰。数琳瑯琬琰,一字字偷将凤鞋轻点,按宫商掐记指儿尖。晕羞脸,枉自许舞娇歌艳,比着这钧天雅奏多是歉。爽然若失,自愧不如,正写杨妃娇妒之念。魂梦不忘,与仙缘尚远也。此意深奥,匪夷所思。请问仙子,愿求月主一见。(贴)要见月主还早。天色渐明,请娘娘回宫去罢。梦魂之出,悠悠衍衍,及其醒也,一蹴而至。此写杨妃回宫数语,与梦中归路措词同妙。若再着寒簧送归,自天而下,不但梦境不然,亦前后拖沓,了无文致矣。

【尾声】你攀蟾有路应相念,(旦)好记取新声无欠,(贴)只误了你把枕上君王半夜儿闪。(旦下)(贴)杨妃已回唐宫,我索向月主娘娘覆旨则个。

碧瓦桐轩月殿开,曹　唐　还将明月送君回。丁仙芝
钧天虽许人间听,李商隐　却被人间更漏催。黄　滔

第十二出　制　谱

【仙吕过曲】【醉罗歌】〔醉扶归〕(老旦上)西宫才奉传呼罢,安排水榭要清佳。漫卷晶帘散朝霞,徐曰:"漫卷晶帘"四字,用仄仄平平最协,今人多倒用矣。玉钩却映初阳挂。奴家永新是也。与念奴妹子同在西宫,承应贵妃杨娘娘。我娘娘再入宫闱,万岁爷更加恩幸。真乃"三千宠爱在一身,六宫粉黛无颜色"。今早娘娘分付,

收拾荷亭，要制曲谱。念奴妹子在那里伏侍晓妆，避却念奴，场上便觉新眼。奴家先到此间，不免将文房四宝，摆设起来。〔皂罗袍〕你看笔床初拂，光分素札。砚池新注，香浮墨华，绿阴深处多幽雅。〔排歌尾〕竹风引，荷露洒，对波纹帘影弄参差。"参差"叶麻韵，见晚唐人诗。呀！兰麝香飘，珮环风定，娘娘早则到也。

【正宫引子】【新荷叶】(旦引贴上)幽梦清宵度月华，听《霓裳羽衣》歌罢。醒来音节记无差，拟翻新谱销长夏。"斗画长眉翠淡浓，远山移入镜当中。晓窗日射胭脂颊，一朵红酥旋欲融。"诗句照映永新白内晓妆，亦非泛用。我杨玉环，自从截发感君之后，荷宠弥深。只有梅妃《惊鸿》一舞，圣上时常夸奖。思欲另制一曲，掩出其上。正在推敲，昨夜忽然梦入月宫，见桂树之下，仙女数人，素衣红裳，奏乐甚美。醒来追忆，音节宛然。因此分付永新，收拾荷亭，只待细配宫商，谱成新曲。(老旦)启娘娘：纸墨笔砚，已安排齐备了。(旦)你与念奴一同在此伺候。(老旦、贴应，作打扇、添香介)(旦作制谱介)

【过曲】【刷子带芙蓉】〔刷子序〕荷气满窗纱，鸾笺漫伸，犀管轻拿，待谱他月里清音，细吐我心上灵芽。这声调虽出月宫，其间转移过度，细微曲折之处，须索自加细审。安插，一字字要调停如法，一段段须融和入化。这几声尚欠调匀，拍佥怎下？徐曰：旧谱疑此调首句不似〔刷子序〕，而谓其犯别调。不知〔刷子序〕亦有五字起者。古曲〔金殿锁鸳鸯〕一曲足证也。又"拍佥怎下"四字，俗以为犯〔玉芙蓉〕，而〔金殿锁鸳鸯〕格原有此四字句法。观下三曲，俱止带〔玉芙蓉〕一句可见。(内作莺啼，旦执笔听介)呀！妙呵！(作改介)〔玉芙蓉〕听宫莺数声，恰好应红牙。圣人师万物，仙乐何独不然。莺声一触最灵妙。(阁笔介)谱已制完，永新，是什么时候了？(老旦)晌午了。(旦)万岁爷可曾退朝？（老旦）尚未。（旦）永新，且待我更衣去来。念奴在此伺候，万岁爷到时，即忙通报。（贴）领旨。（旦）好凭晚镜增蛾翠，漫试香纱换蝶衣。（引老旦随下）

【渔灯映芙蓉】〔山渔灯〕（生行上）散千官，朝初罢。拟对玉人，长昼闲话。寡人方才回宫，听说妃子在荷亭上，因此一径前来。依流水待觅胡麻，把银塘路踏。（作到介）（贴见介）呀！万岁爷到了。（生）念奴，你娘娘在何处闲欢要？怎堆香几，有笔砚交加？（贴）娘娘在此制谱，方才更衣去了。退朝至荷亭，先见笔砚，引出念奴之对。一路层第不爽，曲亦渐近自然。（生）妃子！妃子！美人韵事，被你都占尽也。但不知制甚曲谱，待寡人看来。（作坐翻看介）消详，从头觑咱。妙哉！只这锦字荧荧银钩小，更度羽换宫没半米差。好奇怪，这谱连寡人也不知道。细按音节，不是人间所有，似从天下，果曲高和寡。妃子，不要说你娉婷绝世，只这一点灵心，有谁及得你来？〔玉芙蓉〕恁聪明，也堪压倒上阳花。先安顿贵妃更衣，然后明皇看谱，写玩索赞叹之意，方得尽致。并后文贵妃同勘一番，更加精采。

【普天赏芙蓉】〔普天乐〕（旦换妆，引老旦上）换轻妆，多幽雅；试生绡，添潇洒。（见生介）臣妾见驾。（生扶介）妃子，坐了。（坐介）（生）妃子，看你晚妆新试，妩媚益增。似迎风袅袅杨枝，宛凌波濯濯莲花。芳兰一朵斜把云鬟压，越显得庞儿风流煞。（旦）陛下今日退朝，因何恁晚？（生）只为灵武太守员缺，地方紧要，与廷臣议了半日，难得其人。朕特擢郭子仪补授此缺，因此退朝迟了。点明郭子仪关目，且补写明皇知人善任，犹得收之桑榆，是大有关系处。（旦）妾候陛下不至，独坐荷亭，爱风来一弄明纱，闲学谱新声奏雅。〔玉芙蓉〕怕输他舞《惊鸿》，曲终满座有光华。明皇爱誉晚妆，即插退朝一问隔断，仍从妃子口中说出制谱，并写明妒梅妃本意，曲折入妙。
(生)寡人适见此谱，真乃千古奇音，《惊鸿》何足道也！ (旦)妾凭臆见，草草创成。其中错误，还望陛下更定。(生)再同妃子细细点勘一番。(老旦、贴暗下)(生、旦并坐翻谱介)

【朱奴折芙蓉】〔朱奴儿〕倚长袖香肩并亚，翻新谱玉纤同把。(生)妃子，似你绝调佳人世真寡，要觅破绽并无毫发。再问妃子，此谱何名？ (旦)妾于昨夜梦入月宫，见一群仙女奏乐，尽着霓裳羽衣。意欲取此四字，以名此曲。明皇先问乐名，妃子更不推辞，即以《霓裳羽衣》为对。盖此乐传自月府，无可更名。而妃子又攘以心得，不肯直说，自合如此问答。若笨伯为之，必向明皇请名，彼此推逊，而后及此，增无限蛇足矣。(生)好个《霓裳羽衣》！非虚假，果合伴天香桂花。〔玉芙蓉〕(作看旦介)觑仙姿，想前身原是月中娃。此谱即当宣付梨园，但恐俗手伶工，未谙其妙。朕欲令永新、念奴，先抄图谱，妃子亲自指授。然后传与李龟年等，教习梨园子弟，却不是好。(旦)领旨。
(生携旦起介)天已薄暮，进宫去来。

【尾声】晚风吹，新月挂，(旦)正一缕凉生凤榻。(生)妃子，你看这池上鸳鸯，早双眠并蒂花。收合荷亭风景，结语双关，尤极隽雅。

(生)芙蓉不及美人妆，王昌龄 (旦)杨柳风多水殿凉。刘长卿
(老旦)花下偶然歌一曲，曹 唐 (合)传呼法部按霓裳。王 建

第十三出 权 哄

【双调引子】【秋蕊香】(副净引只从上)狼子野心难料，看跋

扈渐肆咆哮，挟势辜恩更堪恼，索假忠言入告。<small>权幸告君，亦未尝无忠言。但意在盅惑，先致黑白混淆，反以酿祸者多矣！</small>下官杨国忠，外凭右相之尊，内恃贵妃之宠，满朝文武，谁不趋承！独有安禄山这厮，外面假作痴愚，肚里暗藏狡诈，不知圣上因甚爱他，加封王爵！他竟忘了下官救命之恩，每每遇事欺陵，出言挺撞，好生可恨！前日曾奏圣上，说他狼子野心，面有反相，恐防日后酿祸，怎奈未见听从。今日进朝，须索相机再奏，必要黜退了他，方快吾意。来此已是朝门，左右回避。（从下）（内喝道介）（副净）呀！那边呵嗷之声，且看是谁？

【玉井莲后】（净引只从上）宠固君心，暗中包藏计狡。左右回避。（从下）（净见副净介）请了。（副净笑介）哦，原来是安禄山。（净）老杨，你叫我怎么？（副净）这是九重禁地，你怎敢在此大声呵嗷？（净作势介）老杨，你看我："脱下御衣亲赐着，进来龙马每教骑。常承密旨趋朝数，独奏边机出殿迟。"我做郡王的，便呵嗷这么一声，也不妨，比似你右相还早哩！<small>积薪之叹，贤者不免。禄山如此奚落国忠，自尔椎心欲绝。</small>（副净冷笑介）好！好个不妨。安禄山，我且问你，这般大模大样，是几时起的？（净）下官从来如此。（副净）安禄山，你也还该自去想一想！（净）想甚么？（副净）你只想当日来见我的时节，可是这个模样？（净）彼一时，此一时，说他怎的。（副净）唉！安禄山，<small>安杨对答，颇自劲敌。</small>

【仙吕入双调过曲】【风入松】你本是刀头活鬼罪难逃，那时节长跪阶前哀告。我封章入奏机关巧，才把你身躯全保。（净）赦罪复官，出自圣恩，与你何涉？（副净）好！倒说得干净。只太把良心昧了。恩和义，付与水萍飘。（净）唉！杨国忠，你可晓得，

【前腔】世间荣落偶相遭，休夸着势压群僚。你道我失

机之罪,可也记得南诏的事么? 胡卢提掩败将功冒,怪浮云蔽遮天表。(副净)圣明在上,谁敢朦蔽? 这不是谤君么! (净)还说不朦蔽? 你卖爵鬻官多少? 贪财货,竭脂膏。居权要者可发深省,莫待闻长乐钟声也。(副净)住了,你道卖官鬻爵,只问你的富贵,是那里来的? (冷笑介)(净)也非只这一桩。

【急三枪】若论你恃戚里,施奸狡;误国罪,有千条。(副净)休得把诬蔑语,凭虚造。(扯净介)我与你同去面当朝! 转落面君,文势极便捷。(净)谁怕你来,同去! 同去! (作同扭进朝俯伏介)(副净)臣杨国忠谨奏:

【风入松】禄山异志腹藏刀,外作痴愚容貌,奸同石勒倚东门啸。他不拜储君,公然桀骜,这无礼难容圣朝。望吾皇立赐罢斥,除凶恶,早绝祸根苗。(净伏介)臣安禄山谨奏:

【前腔】念微臣谬荷主恩高,遂使嫌生权要,愚蒙触忤知难保。(泣介)陛下呵! 怕孤立终落他圈套。微臣呵! 寸心赤,只有吾皇鉴昭。容出镇,犬马效微劳。安禄山不揭杨国忠之短,只以嫌生权要,一味作摇尾乞怜语,明皇不觉入其彀中,而出镇之请允矣。(内)圣旨道来:杨国忠、安禄山互相讦奏,将相不和,难以同朝共理。特命安禄山为范阳节度使,克期赴镇。谢恩。既知将相不和矣,不思有以和之,而复使中外相构炀灶蔽明也。(净、副净)万岁! (起介)(净向副净拱手介)老丞相,下官今日去了,你再休怪我大模大样。

【急三枪】梦凤按:各本"朝门内"接"大样"刻,上曲"若论你"接"一桩"刻,皆脱去牌名。此为〔急三枪〕也,今照补正,提行加牌刻之。朝门内,一任你张牙爪,我去开幕府,自逍遥。(副净冷笑介)(净欲下,复转向副净介还有一句话儿,今日下官出镇,想也仗回天力相提调。(举手介)请了,我且将冷眼看伊曹。(下)(副净看净下介)呀!有这等事。

【风入松】一腔块垒怎生消,我待把他威风抹倒。谁知反分节钺添荣耀,这话靶教人嘲笑。咳!但愿安禄山,此去做出事来。方信我忠言最早!圣上,圣上,到此际可也悔今朝!充怕人嘲笑之心,至欲动摇君父宗社,是可忍也,孰不可忍也!

去邪当断勿狐疑,周　昙　　祸稔萧墙竟不知。储嗣宗
壮气未平空咄咄,徐　铉　　甘言狡计奈娇痴。郑　嵎

第十四出　偷　曲

【仙吕过曲】【八声甘州】(老旦、贴携谱上)(老旦)霓裳谱定,(贴合)向绮窗深处,秘本翻誊。香喉玉口,亲将绝调教成。(老旦)奴家永新,(贴)奴家念奴。(老旦)自从娘娘制就《霓裳》新谱,我二人亲蒙教授。今驾幸华清宫,即日要奏此曲。命我二人在朝元阁上,传谱与李龟年,连夜教演梨园子弟。李謩于凉夜月明,潜行偷曲,情景最妙。先以奏曲甚急,连夜教演,安顿在前,方不突如。(贴)散序俱已传习,今日该传拍序了。(老旦)你看月明如水,正好演奏。又以月华关合仙梦,描摹尽致。我和你携了曲谱,先到阁中便了。(行介)(合)凉蟾正当高阁升,帘卷薰风映水晶。高清,恰称广寒宫仙乐声声。(下)

【道宫近词】【鱼儿赚】(末苍髯,扮李龟年上)乐部旧闻名,班首新推独老成。早暮趋承,上直更番入内廷。徐曰:此调见"何处鹧鸪声"一曲,乃道宫之赚。比〔不是路〕多首二句,调法宜然,勿以其多而删去。

自家李龟年是也。向作伶官,蒙万岁爷点为梨园班首。今有贵妃娘娘《霓裳》新曲,奉旨令永新、念奴传谱出来,在朝元阁上教演,立等供奉,只得连夜趱习,不免唤齐众兄弟每同去。兄弟每那里?(副净扮马仙期上)仙期方响鬼神惊,(外扮雷海青上)铁拨争推雷海青。(净白须扮贺怀智上)贺老琵琶擅场屋,(丑扮黄旛绰上)黄家旛绰板尤精。(同见末介)李师父拜揖。(末)请了。列位呵!君王命,霓裳催演不教停。那永新、念奴呵!两娉婷,把红牙小谱携端正,早向朝元待月明。(众)如此,我每就去便了。(末)请同行。(同行介)趁迟迟宫漏夜凉生,把新腔敲订,新腔敲订。徐曰:此赚须细腔唱之方得,不可用寻常捷板。(同下)

【仙吕过曲】【解三醒犯】〔解三醒〕(小生巾服扮李謩上)逞风魔少年逸兴,夜深偷傍宫墙,不顾身临不测。非风魔逸兴,不能有此。借曲中妙理陶情。传闻今夜蓬莱境,翻妙谱,奏新声。小生李謩是也,本贯江南,遨游京国。自小谙通音律,久以铁笛擅名。近闻宫中新制一曲,名曰《霓裳羽衣》。乐工李龟年等,每夜在朝元阁中演习。小生慕此新声,无从得其秘谱。打听的那阁子,恰好临着宫墙,声闻于外。不免袖了铁笛,来到骊山,趁此月明如昼,窃听一回。一路行来,果然好景致也。(行介)林收暮霭天气清,山入寒空月彩横。真佳景,〔八声甘州〕宛身从画里游行。(场上设红帷作墙,墙内搭一阁介)(小生)说话之间,早来到宫墙下了。

【道宫调近词】【应时明近】徐曰:此调沈谱与坊刻将时曲〔钓鱼舟〕二曲,误并为一题,作〔鹅鸭满渡船〕,谬甚。今查古谱订正,下曲"凝眸"句,亦当重唱。只见五云中,宫阙影,窈窕玲珑映月明。光辉看不定,光辉看不定。想潜通御气,处处仙楼,阑干畔有玉人闲凭。<small>光辉看不定，是乍到惊疑光景。又未识朝元阁何在，先从处处仙楼，</small><small>一路摹写。</small>闻那朝元阁，在禁苑西首，我且绕着红墙，迤逦行去。（行介）

【前腔】花阴下，御路平，紧傍红墙款款行。（望介）只这垂杨影里，一座高楼露出墙头，想就是了。凝眸重细省，凝眸重细省，只见画帘缥纱，文窗掩映。（指介）兀的不是上有红灯！（老旦、贴在墙内上阁介）（末众在内云）今日该演拍序，大家先将散序，从头演习一番。（小生）你看上面灯光隐隐，似有人声，一定是这里了。我且潜听一回。（作潜立听介）

【双赤子】悄悄冥冥，墙阴窃听。（内作乐介）（小生作袖出笛介）不免取出笛来，倚声和之。就将音节，细细记明便了。听到月高初更后，果然弦索齐鸣。恰喜禁垣，夜深人静，玎璁齐应。这数声恍然心领，那数声恍然心领。<small>徐曰：按沈谱以此曲及下〔画眉儿〕三曲，作〔赤马儿〕四曲，今正之。又按，"数声恍然心领"本止单句，乃〔画眉儿〕之首句，非二调尾句也，今姑从俗。再查《南柯梦》以此四句题作〔蛮儿犯〕，不知何本。臧晋叔改本《南柯梦》，改〔画眉儿〕三曲，作〔掯芝麻〕，尤谬。</small>（内细十番，小生吹笛和介）（乐止，老旦、贴在内阁上唱后曲，小生吹笛合介）<small>闻姑苏叶氏家乐演此，红墙外加垂柳掩映，湖石一块，李坐吹笛，一面用笔写记，点染极工。又将下〔画眉儿〕三曲，谱入细十番中，见是新乐，更佳。</small>

【画眉儿】（老旦、贴）骊珠散迸，入拍初惊。云翻袂影，飘然回雪舞风轻。飘然回雪舞风轻，约略烟蛾态不胜。（小生接唱）这数声恍然心领，那数声恍然心领。（内细十番如前，老旦、贴内唱，小生笛合介）

【前腔】（老旦贴）珠辉翠映，凤翥鸾停。玉山蓬顶，上元

挥袂引双成。上元挥袂引双成，萼绿回肩招许琼。（小生接唱）
这数声恍然心领，那数声恍然心领。（内又如前十番，老旦、贴内唱，小生
笛合介）

【前腔】（老旦贴）音繁调骋，丝竹纵横。翔云忽定，漫收舞
袖弄轻盈。漫收舞袖弄轻盈，飞上瑶天歌一声。（小生接唱）这数
声恍然心领，那数声恍然心领。"恍然心领"二句恰好，段段应接阁中墙外，
宛然丝竹一堂。　　《霓裳》本舞乐也，三曲俱写人舞态，最妙。（内又十番一通，老旦、
贴暗下）徐曰：自〔解三醒〕至〔双赤子〕腔已渐紧矣。然此三曲用十番间之，须稍缓其腔，
迟迟唱之，始得尽致。（小生）妙哉曲也！真个如敲秋竹，似戛春冰，分明一
派仙音，信非人世所有。被我都从笛中偷得，好侥幸也！

【鹅鸭满渡船】《霓裳》天上声，墙外行人听。音节明，
宫商正，风内高低应。偷从笛里，写出无余剩。呀！阁上寂然
无声，想是不奏了。人散曲终红楼静，半墙残月摇花影。你看
河斜月落，斗转参横，不免回去罢。（袖笛转行介）又与仙乐照会，非特形容
尽妍。　　徐曰：此调方是〔鹅鸭满渡船〕，与沈谱所收《八义》驸马和公主一曲，
大同小异，又名〔拗芝麻〕。何谱内以〔拗芝麻〕属此曲，而加〔鹅鸭满渡船〕之
名于〔应时明〕乎。　　曲终人散之景，惟寂寞人能领略。彼欢娱者，在销金帐
中懵懵一世。

【尾声】却回身，寻归径。只听得玉河流水韵幽清，犹
似《霓裳》袅袅声。以流水清音挽合《霓裳》余韵，与江上峰青同一缥缈。

倚天楼殿月分明，杜　牧　歌转高云夜更清。赵　嘏
偷得新翻数般曲，元　稹　酒楼吹笛有新声。张　祜

第十五出　进　果

　　【正宫过曲】【柳穿鱼】(末扮使臣持竿、挑荔枝篮,作鞭马急上)一身万里跨征鞍,为进离支受艰难。上命遣差不由己,算来名利怎如闲！巴得个、到长安,只图贵妃看一看。自家西川道使臣,为因贵妃杨娘娘爱吃鲜荔枝,奉敕涪州,年年进贡。天气又热,路途又远,只得不惮辛勤,飞马前去。(作鞭马重唱"巴得个"三句跑下)

　　【双调】【撼动山】(副净扮使臣持荔枝篮,鞭马急上)海南荔子味尤甘,杨娘娘偏喜啖。采时莲叶包,缄封贮小竹篮。献来晓夜不停骖,一路里怕耽,望一站也么奔一站！自家海南道使臣,只为杨娘娘爱吃鲜荔枝,俺海南所产,胜似涪州,因此敕与涪州并进。但是俺海南的路儿更远,这荔枝过了七日,香味便减,只得飞驰赶去。(鞭马重唱"一路里"二句跑下)此折备写贡使之劳,驿骚之苦,并伤残人命,蹂躏田禾,以见一骑红尘,足为千古炯戒。　　急奔前程,情景如画。

　　【正宫】【十棒鼓】(外扮老田夫上)田家耕种多辛苦,愁旱又愁雨。一年靠这几茎苗,收来半价偿官赋,可怜能得几粒到肚！每日盼成熟,求天拜神助。有秋如此,况无秋乎？厉农者,何可不读此曲。老汉是金城县东乡一个庄家,一家八口,单靠着这几亩薄田过活。早间听说进鲜荔枝的使臣,一路上捎着径道行走,不知踏坏了人家多少禾苗！因此老汉特到田中看守。(望介)那边两个算命的来了。意在一路上踏坏多田多人,场上借一田父、一瞽者,作旁州例耳。于此折极写疾苦,则可见天宝时事,萌乱已在寿筵,而《舞盘》非劝淫之辞矣。

【双调】【蛾郎儿】(小生扮算命瞎子手持竹板,净扮女瞎子弹弦子,同行上)住褒城,走咸京,细看流年与五星。生和死,断分明,一张铁口尽闻名。瞎先生,真灵圣,叫一声赛神仙,来算命。一老二瞎,各言所事,排场甚新。后即为抬尸之用,更觉文笔洁净。(净)老的,我走了几程,今日脚疼,委实走不动。不是算命,倒在这里挣命了。(小生)妈妈,那边有人说话,待我问他。(叫介)借问前面客官,这里是什么地方了?(外)这是金城东乡,与渭城西乡交界。(小生斜揖介)多谢客官指引。(内铃响,外望介)呀!一队骑马的来了。(叫介)马上长官,往大路上走,不要踏了田苗。(小生一面对净语介)妈妈,且喜到京不远,我每叫向前去,僱个毛驴子与你骑。(重唱"瞎先生"三句走介)(末鞭马重唱前"巴得个"三句急上,冲倒小生、净下)(副净鞭马重唱前"一路里"二句急上,踏死小生下)(外跌脚向鬼门哭介)天啊!你看一片田禾,呼天而哭,下着"你看"二字,正与《雅诗》"苍天苍天,视彼骄人"同怨!都被那厮踏烂,眼见的没用了。休说一家性命难存,现今官粮紧急,将何办纳?好苦也!(净一面作爬介)哎呀!踏坏人了,老的啊!你在那里?(作摸着小生介)呀!这是老的,怎么不做声,敢是踏昏了?(又摸介)哎呀!头上湿渌渌的。(又摸闻手介)不好了,踏出脑浆来了!(哭叫介)我那天呵!地方救命。(外转身作看介)原来一个算命先生,踏死在此。(净起斜福介)只求地方,叫那跑马的人来偿命。(外)哎!一"哎"字内,含无限不平之气。那跑马的呵,乃是进贡鲜荔枝与杨娘娘的,一路上来,不知踏坏了多少人,不敢要他偿命。何况你这一个瞎子!(净)如此怎了!(哭介)我那老的呵!我原算你的命,是要倒路死的。只这个尸首,如今怎么断送。(外)也罢,你那里去叫地方,就是老汉同你抬去埋了罢。(净)如此多谢!我就跟着你做一家儿,可不是好。(同抬小生,哭,诨下)

【黄钟】【小引】(丑扮驿卒上)驿官逃,驿官逃,马死单单剩马臁。驿子有一人,钱粮没半分。拼受打和骂,将身去招架,将身去招架。*五囊色皆系新见,而各段叙述不觉累坠,贡使三上亦不厌烦,在运笔离合之妙也。*自家渭城驿中,一个驿子便是。只为杨娘娘爱吃鲜荔枝,六月初一是娘娘的生日,涪州、海南两处进贡使臣,俱要赶到。路由本驿经过,怎奈驿中钱粮没有分文,瘦马刚存一匹。本官怕打,不知逃往那里去了,区区就便权知此驿。只是使臣到来,如何应付,且自由他。*凡事到无可奈何处,惟有且自由他。*不然,都如驿官逃去,将不成世界矣。(末飞马上介)

【羽调】【急急令】黄尘影内日衔山,赶赶赶,近长安。(下马介)驿子,快换马来。(丑接马、末放果篮、整衣介)(副净飞马上介)一身汗雨四肢瘫,趱趱趱,换行鞍。(下马介)驿子,快换马来。(丑接马,副净放果篮,与末见介)请了,长官也是进荔枝的?(末)正是。(副净)驿子,下程酒饭在那里?(丑)不曾备得。(末)也罢,我每不吃饭了,快带马来。(丑)两位爷在上,本驿只剩有一匹马,但凭那一位爷骑去就是。(副净)咦,偌大一个渭城驿,怎么只有一匹马?快唤你那狗官来,问他驿马那里去了?(丑)若说起驿马,连年都被进荔枝的爷每骑死了。驿官没法,如今走了。(副净)既是驿官走了,只问你要。(丑指介)这棚内不是一匹马么?(末)驿子,我先到,且与我先骑了去。(副净)我海南的来路更远,还让我先骑。(末作向内介)*驿子冷语抵对,已拼受打。乃将争先换马,使臣角口,作一顿折,然后打及驿子。*

【南吕】【恁麻郎】我只先换马,不和你斗口。(副净扯介)休恃强,惹着我动手。(末取荔枝在手介)你敢把我这荔枝乱丢!(副净取荔枝向末介)你敢把我这竹笼碎扭!(丑劝介)请罢休,免气吼,不如把这匹瘦马同骑一路走!(副净放荔枝打丑介)咄,胡说!*两使相争,*

45

正难释手。而驿卒犹以谇语分解,宜招老拳。

【前腔】我只打你这泼腌臜死囚!（末放荔枝打丑介）我也打你这放刁顽贼头!（副净）克官马,嘴儿太油。（末）误上用,胆儿似斗。（同打介）（合）鞭乱抽,拳痛殴,打得你难捱,那马自有。（丑叩头介）

【前腔】向地上连连叩头,望台下轻轻放手。（末、副净）若要饶你,快换马来。（丑）马一匹驿中现有,（末、副净）再要一匹。（丑）第二匹实难补凑。（末、副净）没有只是打!（丑）且慢纽,请听剖,我只得脱下衣裳与你权当酒!一马应差,一衣当酒,总是极形疲敝之状。若谓近京邮传,当不其然,奚啻痴人说梦。（脱衣介）（末）谁要你这衣裳!（副净作看衣、披在身上介）也罢,赶路要紧。我原骑了那马,前站换去。（取果上马,重唱前"一路里"二句跪下）（末）快换马来我骑。（丑）马在此。（末取果上马,重唱前"巴得个"三句跪下）（丑吊场）咳!杨娘娘,杨娘娘,只为这几个荔枝呵!

铁关金锁彻明开,崔　液　黄纸初飞敕字回。元　稹
驿骑鞭声彧流电,李　郢　无人知是荔枝来。杜　牧

第十六出　舞　盘

【仙吕引子】【奉时春】（生引二内侍、丑随上）山静风微昼漏长,映殿角火云千丈。紫气东来,瑶池西望,翩翩青鸟庭前降。少陵诗语用入寿曲,更雅切。朕同妃子避暑骊山。今当六月朔日,乃是妃子诞辰,特设宴在长生殿中,与他称庆,并奏《霓裳》新曲。高力士传旨后宫,宣娘娘上殿。（丑）领旨。（向内传介）（内应领旨介）

【唐多令】(旦盛妆、引老旦、贴上)日影耀椒房，花枝弄绮窗。门悬小帨赭罗黄，点初度景物，便合小帨。小字妙，是谦辞。绣得文鸾成一对，高傍着五云翔。(见介)臣妾杨氏见驾，愿陛下万岁！万万岁！(生)与妃子同之。(旦坐介)(生)紫云深处婺光明，(旦)带露灵桃倚日荣。(老旦、贴)岁岁花前人不老，(丑合)长生殿里庆长生。(生)今日妃子初度，寡人特设长生之宴，同为竟日之欢。(旦)薄命生辰，荷蒙天宠。愿为陛下进千秋万岁之觞。(丑)酒到。(旦拜，献生酒，生答赐，旦跪饮，叩头呼万岁，坐介)

【高平过曲】【八仙会蓬海】〔八声甘州〕(生)风熏日朗，看一叶阶蓂摇动炎光。华筵初启，南山遥映霞觞。〔玩仙灯〕(合)果合欢，桃生千岁；花并蒂，莲开十丈。〔月上海棠〕宜欢赏，恰好殿号长生，境齐蓬阆。徐曰:此套皆新合曲名，音律和协，撰述家宜采入。措词安雅，确是六月朔日，文心极细。(小生扮内监，捧表上)"手捧金花红榜子，齐来宝殿祝千秋。"(见介)启万岁爷、娘娘，国舅杨丞相，同韩、虢、秦三国夫人，献上寿礼贺笺，在外朝贺。意在写发荔枝，却以咸腌贺礼引起，是文章陪衬之法。(丑取笺送生看介)(生)生受他每。丞相免行礼，回朝办事。三国夫人，候朕同娘娘回宫筵宴。(小生)领旨。(下)(净扮内监捧荔枝、黄袱盖上)"正逢瑶圃千秋宴，进到炎州十八娘。"(见介)启万岁爷，涪州、海南贡进鲜荔枝在此。(生)取上来。(丑接荔枝去袱，送上介)(生)妃子，朕因你爱食此果，特敕地方飞驰进贡。今日寿宴初开，佳果适至，当为妃子再进一觞。(旦)万岁！(生)宫娥每，进酒。(老旦、贴进酒介)

【杯底庆长生】〔倾杯序〕〔换头〕(旦)盈筐，佳果香，幸黄封远敕来川广。爱他浓染红绡，薄裹晶丸，入手清芬，沁齿甘凉。(长生导引)(合)便火枣交梨应让，只合来万岁台前，千秋筵上，伴瑶池阿母进琼浆。仍合寿意，不泛作荔枝赞语，故佳。高力士，传旨李龟年，押梨园子弟上殿承应。(丑)领旨。(向内传介)(末引外、净、副净、丑各锦衣、花帽，应领旨上)"红牙待拍筝排柱，催着红罗上舞筵。换戴柘枝新帽子，随班行到御阶前。"(见介)乐工李龟年，押领梨园子弟，叩见万岁爷、娘娘。意在舞盘，亦先以梨园引起。(生)李龟年，《霓裳》散序昨已奏过，《羽衣》第二叠可曾演熟？(末)演熟了。(生)用心去奏。(末)领旨。(起介)(暗下)(旦)妾启陛下，此曲散序六奏，止有歇拍，而无流拍。中序六奏，有流拍，而无促拍，其时未有舞态。

【八仙会蓬海】〔换头〕只是悠扬，声情俊爽。要停住彩云，飞绕虹梁。至《羽衣》三叠，名曰饰奏。一声一字，都将舞态含藏。其间有慢声，有缠声，有衮声，应清圆，骊珠一串；有入破，有摊破，有出破，合袅娜氍毹千状；还有花犯，有道和，有傍拍，有闲拍，有催拍，有偷拍，多音响，皆与慢舞相生，缓歌交畅。论歌舞，极尽情致，《霓裳》实录在其中。《邯郸》《浣纱》曾未梦见。　亡友毛玉斯尝论曲中不着韵处，不宜衬白。余谓北曲带云，必在韵下。若古南曲无韵，断句多有挑白，即衬白亦无碍也。此曲骊珠一串，不必滋议。(生)妃子所言，曲尽歌舞之蕴。(旦)妾制有翠盘一面，请试舞其中，以博天颜一笑。(生)妃子妙舞，寡人从未得见。永新、念奴，可同郑观音、谢阿蛮，伏侍娘娘，上翠盘来者。(老旦、贴)领旨。(旦起福介)告退更衣。"整顿衣裳重结束，一身飞上翠盘中。"(引老旦、贴下)(生)高力士，传旨李龟年，领梨园子弟按谱奏乐。朕亲以羯鼓节之。(丑)领旨。(向内传介)(生起更衣，末、众在场内作乐介)(场上设翠盘)(旦花冠、白绣袍、璎珞、锦云肩、翠袖、大红舞裙，老旦、贴同净、副净扮郑观音、谢阿蛮，各舞衣、白袍，执五彩霓旌、孔雀云扇，密遮旦簇上翠盘介)(乐止)(旌扇徐开，旦立盘中舞，老旦、贴、净、副净唱，丑跪捧鼓，生上坐击鼓，众在场内打细十番合介)

【羽衣第二叠】此曲只形容贵妃舞态，尽致极妍，非月中《霓裳》仙乐也。至《重圆》折天女所奏，方是本曲。此文家善于步虚处。〔画眉序〕罗绮合花光，一朵红云自空漾。〔皂罗袍〕看霓旌四绕，乱落天香。〔醉太平〕安详，徐开扇影露明妆。〔白练序〕浑一似天仙，月中飞降。(合)轻飏，彩袖张，向翡翠盘中显技长。〔应时明近〕飘然来又往，宛迎风菡萏，〔双赤子〕翩翻叶上。翩翻叶上，并状翠盘，与寻常舞态不同。举袂向空如欲去，乍回身侧度无方。(急舞介)〔画眉儿〕盘旋跌宕，花枝招飐柳枝扬，凤影高骞鸾影翔。(拗芝麻)体态娇难状，天风吹起，众乐缤纷响。徐曰：〔应时明近〕至〔拗芝麻〕四调，皆照《偷曲》折内辨误查正。〔小桃红〕冰弦玉柱声嘹喨，鸾笙象管音飘荡，〔花药栏〕恰合着羯鼓低昂。按新腔，度新腔，(怕春归)褰金裙齐作留仙想。(生住鼓，丑携去介)〔古轮台〕舞住敛霞裳，映合羯鼓，恰好明皇驻节，贵妃罢舞，辞意双妙。(朝上拜介)重低颡，山呼万岁拜君王。(老旦、贴、净、副净扶旦下盘介)(净、副净暗下)(生起，前携旦介)妙哉舞也！逸态横生，浓姿百出。宛若翩风回雪，恍如飞燕游龙，真独擅千秋矣。宫娥每，看酒来，待朕与妃子把杯。(老旦、贴奉酒，生擎杯介)

【千秋舞霓裳】〔千秋岁〕把金觞，含笑微微向，请一点点檀口轻尝。(付旦介)休得留残，休得留残，酬谢你舞怯腰肢劳攘。(旦接杯谢介)万岁！〔舞霓裳〕亲颁玉醴恩波广，惟惭庸劣怎承当！(生看旦介)俺仔细看他模样，只这持杯处，有万种风流殢人肠。持杯谢舞，无一泛辞，叠句叮咛口吻惟肖。结用柳词入妙，尤不减柳岸晓风。(生)朕有鸳鸯万金锦十四，丽水紫磨金步摇一事，聊作缠头。(出香囊介)还有自佩瑞龙脑八宝锦香囊一枚，解来助卿舞珮。香囊是关目。又以金锦步摇引起，与前二处同法。(旦接香囊谢介)万岁！

(生携旦行介)

【尾声】(生)霓裳妙舞千秋赏，合助千秋祝未央。(旦)微幸杀亲沐君恩透体香。结归寿筵。 煞句归重香囊，为后殉葬张本。

(生)长生秘殿倚青苍，吴　融　(旦)玉体还分献寿觞。张　说
(生)饮罢更怜双袖舞，韩　翃　(旦)满身新带五云香。曹　唐

第十七出　合　围

(外末、副净、小生扮四番将上)(外)三尺镔刀耀雪光，(末)腰间明月角弓张。(副净)葡萄酒醉胭脂血，(小生)貂帽花添锦绣装。诗句内皆有身段，亦是元人家法。(外)俺范阳镇东路将官何千年是也。(末)俺范阳镇西路将官崔乾祐是也。(副净)俺范阳镇南路将官高秀岩是也。(小生)俺范阳镇北路将官史思明是也。(各弯腰见科)请了，昨奉王爷将令，传集我等，只得齐至帐前伺候。道犹未了，王爷升帐也。(内鼓吹、掌号科)

【越调】【紫花拨四】(净戎装引番姬、番卒上)统貔貅雄镇边关，双眸觑破番和汉，掌儿中握定江山，先把这四周围爪牙迭办。徐曰：此套本之《邯郸》，首曲题作〔绛都春〕，次曲题作〔混江龙〕。临川音律颇多逾越本调，不甚相协。今人改唱作此调，并更曲名。是折效之，未有律调确据也。　　"双眸"二语轻薄中原，总以撤汉将之故，窥见朝廷无人，番勇可恃，与〔煞尾〕相应，那得不思曲江先见。我安禄山夙怀大志，久蓄异谋，只因一向在朝，受封东平王爵，宠幸无双，富贵已极，咱的心愿到也罢了。叵耐杨国忠那厮，与咱不合，出镇范阳，且喜跳出樊笼，正好暗图大事。俺家所辖，原有三十二路将官，番汉并用，性情各别，难以任为腹心。因此奏请一概俱用番将。如今大小将领，皆咱部落。禄山此请，明为番汉相制，欲图恣意，而当时只一韦见素言之。国忠疾忌禄山，竟不谏阻，盖

50

惟恐其反形不速,以冀实己异志一奏,小人用心倾险如此。《权哄》折已明言之,此处正可默会。(笑科)任意所为,都无顾忌了。昨日传集他每,俱赴帐前,这咱敢待齐也。(众进见科)三十二路将官参见。(净)诸将少礼。(众)请问王爷,传集某等,不知有何钧令?(净)众将官,目今秋高马壮,正好演习武艺。特召你等同往沙地,大合围场,较猎一番。多少是好!(众)谨遵将令。(净)就此跨马前去。(同众作上马科)

【胡拨四犯】(净)紫缰轻挽,(合)双手把紫缰轻挽,骗上马,将盔缨低按。骗上马,谓上鞍慄疾,而马不知也。元曲用骗马,俱如此解。(行科)闪旗影云殷,没揣的动龙蛇,一直的通霄汉。按奇门布下了九连环,觑定了这小中原在眼,消不得俺众路强蕃。(众四面立,净指科)这一员身材慓悍,那一员结束牢拴,这一员莽兀剌拳毛高鼻,那一员恶支沙雕目胡颜,这一员会急进格邦的弓开月满,那一员会滴溜扑碌的锤落星寒,这一员会咭吒克擦的枪风闪烁,那一员会悉力飒剌的剑雨澎滩,端的是人如猛虎离山涧,显英雄天可汗!(众行科)(合)振军威,扑通通鼓鸣,惊魂破胆;排阵势,韵悠悠角声,人疾马闲。抵多少雷轰电转,可正是海沸也那河翻。折末的铜作壁,铁作垒,有甚么攻不破、攻不破也雄关!矜张诸将,正是自表英雄,故直居可汗之名,而众即以攻破雄关相应也。(净)这里地阔沙平,就此摆开围场,射猎一回者。(净同番姬立高处,众排围射猎下)(净)摆围场这间,这间,四下里来挤攒,挤攒。马蹄儿拨剌剌旋风趱,不住的把弓来紧弯,弦来急攀。一回呵,滚沙场兔鹿儿无头赶,都难动掸,就地里跧踺。(众射鸟兽上)(净)把鹰犬放过去者。(众应,放鹰犬科,跑下)(净)呀!呀!呀!疾忙里一壁厢把翅摩霄的玉爪腾空散,一壁厢把足驾雾的金獒逐路拦,霎时间兽积兽积如山。打围情景,次第毕见,而"四下里挤攒"句,尤为入神。(众上献猎物科)禀王爷,众将献杀。(净)

打的鸟兽,散给众军。就此高坡上,把人马歇息片时。大家炙肉暖酒,番姬每歌的歌,舞的舞,洒落一回者。(众)得令。(同席地坐,番姬送净酒,众作拔刀割肉,提背壶斟酒,大饮咳科)(番姬弹琵琶、浑不是,众打太平鼓板)(合)斟起这酪浆儿,满满的浮金盏,满满的浮金盏。更把那连毛带血肉生餐,笑拥着番姬双颊丹,把琵琶忒楞楞弹也么弹,唱新声《菩萨蛮》。前后摹诸态,罗列行间,几如道子写生,吹气欲活。(净起科)吃了一会,酒醉肉饱。天色已晚,诸将各回汛地。须要整顿兵器,练习军马,听候将令便了。(众应科)得令。(同上马吹海螺,侧帽摆手,绕场疾行科)听罢了令,疾翻身跃登锦鞍,侧着帽摆手轻儇。各自里回还,镇守定疆藩。摆搠些旗竿,装折着轮蹯,听候传番,施逞凶顽。天降摧残,地起波澜。把渔阳凝盼,一飞羽箭,争赴兵坛,专等你个抱赤心的将军、将军来调拣。三军奉将,已如指臂从心,安得不成大事! 奸雄之驭下且然,主臣可不一德乎?(众下)(净)你看诸路番将,一个个人强马壮,眼见得的羽翼已成。(笑科)唐天子,唐天子,你怎当得也!

【煞尾】没照会,先去了那掣肘汉家官。有机谋,暗添上这助臂番儿汉。等不的宴华清《霓裳》法曲终,早看俺闹鼓鼙渔阳骁将反。

六州番落从戎鞍,薛　逢　战马闲嘶汉地宽。刘禹锡
倏忽搏风生羽翼,骆宾王　山川龙战血漫漫。胡　曾

第十八出　夜　怨

【正宫引子】【破齐阵】〔破阵子头〕(旦上)宠极难拚轻舍,欢浓分外生怜。个中人有此慧解,可见不生怜只是欢未浓耳。(齐天乐)比目游双,

鸳鸯眠并，未许恩移情变。〔破阵子尾〕只恐行云随风引，争奈闲花竞日妍，终朝心暗牵。〔清平乐〕"卷帘不语，谁识愁千缕。生怕韶光无定主，暗里乱催春去。心中刚自疑猜，那堪踪迹全乖。风辇却归何处？凄凉日暮空阶。"同一境也，意中人不见，便成空阶矣。故知境从心生。奴家杨玉环，久邀圣眷，爱结君心。叵耐梅精江采苹，意不相下。恰好触忤圣上，将他迁置楼东。但恐采苹巧计回天，皇上旧情未断，因此常自堤防。唉！江采苹，江采苹，非是我容你不得，只怕我容了你，你就容不得我也。千古谗构，皆起于此念。今早圣上出朝，日色已暮，不见回宫，连着永新、念奴打听去了。此时情绪，好难消遣也！

【仙吕入双调过曲】【风云会四朝元】〔四朝元头〕烧残香串，深宫欲暮天。起语便含一日情思。把文窗频启，翠箔高卷，眼儿几望穿。但常时此际，但常时此际，〔会河阳〕定早驾到西宫，执手齐肩。〔四朝元〕花映房栊，春生颜面，〔驻云飞〕百种耽欢恋。嗏，今夕问何缘，〔一江风〕芳草黄昏，不见承回辇？(内作鹦哥叫"圣驾来也"介)(旦作惊看介)呀！圣上来了。(作看介)吓！原来是鹦哥弄巧言，把愁人故相骗。前《复召》折，明皇亦怪鹦哥提起，皆为雪衣娘略一点缀。〔四朝元尾〕只落得徘徊伫立，思思想想，画栏凭遍，画栏凭遍。(老旦上)闻道君王前殿宿，内家各自撤红灯。(见介)启娘娘，万岁爷已宿在翠华西阁了。(旦呆介)有这等事？(泣介)徐曰：此调以〔四朝元〕全调带〔一江风〕、〔驻云飞〕、〔会河阳〕，故名〔风云会四朝元〕，见蒋爱莲传奇。沈谱不知，而以〔五马江儿水〕、〔桂枝香〕、〔柳摇金〕、〔一江风〕、〔驻云飞〕、〔朝元令〕六调，合成新谱，强解之云〔风云会〕取〔一江风〕〔驻云飞〕，尚余四调，故曰〔四朝元〕。甚属穿凿，今细查古谱注明。

【前腔】君情何浅，不知人望悬。正晚妆慵卸，暗烛羞剪，待君来同笑言。向琼筵启处，向琼筵启处，醉月觞飞，梦雨床连。共命无分，同心不舛，怎蓦把人疏远！<small>一时觖望之情，曲折写出，妙与夜景切合。</small>(老旦)万岁爷今夜偶不进宫，料非有意疏远，娘娘请勿伤怀！(旦)嗏，若不是情迁，便宿离宫，阿监何妨遣。我想圣上呵，从来未独眠，鸳衾厌孤展，怎得今宵枕畔，清清冷冷，竟无人荐！竟无人荐！<small>想入幽微，情词双绝。</small>(贴上)"雪隐鹭鸶飞始见，柳藏鹦鹉语方知。"(见介)娘娘，奴婢打听翠阁的事来了。(旦)怎么说？(贴)娘娘听启，奴婢方才呵，〔月临江〕"悄向翠华西阁，守将时近黄昏，忽闻密旨遣黄门。"(旦)遣他何处去呢？(贴)"飞鞭乘戏马，灭烛召红裙。"(旦急问介)召那一个？(贴)"贬置楼东怨女，梅亭旧日妃嫔。"(旦惊介)呀！这是梅精了。他来也不曾？(贴)"须臾簇拥那佳人，暗中归翠阁。"(老旦问介)此话果真否？(贴)"消息探来真。"(旦)唉！天那！原来果是梅精，复邀宠幸了。(做不语闷坐、掩泪介)(老旦、贴)娘娘请免愁烦。

【前腔】(旦)闻言惊颤，伤心痛怎言。(泪介)把从前密意，旧日恩眷，都付与泪花儿弹向天。记欢情始定，记欢情始定，愿似钗股成双，盒扇团圆。<small>此处提明钗、盒，后携至翠阁，方不突如。</small>不道君心，霎时更变，总是奴当谴，嗏，也索把罪名宣。怎教冻蕊寒葩，暗识东风面。可知道身虽在这边，心终系别院。一味虚情假意，瞒瞒昧昧，只欺奴善，只欺奴善。<small>既以定情有信要君，复以谴弃无名自释，骄恣之人，未有不工于机械也。</small>(贴)娘娘还不知道，奴婢听得小黄门说，昨日万岁爷在华萼楼上，私封珍珠一斛去赐他，他不肯受。回献一诗，有"长门自是无梳洗，何必珍珠慰寂寥"之句，所以致有今夜的事。(旦)哦，原来如此，我那里知道！

【前腔】他向楼东写怨，把珍珠暗里传。直恁的两情难割，不由我寸心如剪。也非咱心太褊，只笑君王见错，笑君王见错，把一个罪废残妆，认是金屋婵娟。可知我守拙鸾凰，斗不上争春莺燕！又掩饰己意，诿过君王，纯是机变语。(老旦)万岁爷既不忘情于他，娘娘何不迎合上意，力劝召回。万岁爷必然欢喜，料他也不敢忘恩。永新所言甚是，在贵妃则不入耳矣。劝人者强作解事，多是类此。(旦)唉！此语休提。他自会把红丝缠。嗻，何必我重牵。只怕没头兴的媒人，反惹他憎贱。你二人随我到翠阁去来。(贴)娘娘去怎的？(旦)我到那里，看他如何逞媚妍，如何卖机变，取次把君情鼓动，颠颠倒倒，暗中迷恋，暗中迷恋。亦是遮饰语。然此种意态，以己度人，却是自为写照。梦凤按：四曲末句应叠，各剧皆脱去叠句，今为补正。(贴)奴婢想今夜翠阁之事，原怕娘娘知道。此时夜将三鼓，万岁爷必已安寝，娘娘猝然走去，恐有未便。不如且请安眠，到明日再作理会。(旦作不语，掩泪叹介)唉！罢！罢！只今夜教我如何得睡也。

【尾声】他欢娱只怕催银箭，我这里寂寥深院，只索背着灯儿和衣将空被卷。千羞百怨，都在背灯内，可想而知。

紫禁迢迢宫漏鸣，戴叔伦　碧天如水夜云生。温庭筠
泪痕不与君恩断，刘　卓　斜倚熏笼坐到明。白居易

第十九出　絮　阁

(丑上)"自闭昭阳春复秋，罗衣湿尽泪还流。一种蛾眉明月夜，南宫歌舞北宫愁。"咱家高力士，向年奉使闽粤，选得江妃进御，万岁爷十分宠幸。为他性爱梅花，赐号梅妃，宫中都称为梅娘娘。自从杨娘娘入侍之后，宠爱日夺，万岁爷竟将他迁置上阳宫东楼。昨

夜忽然托疾，宿于翠华西阁，遣小黄门密召到来。戒饬宫人，不得传与杨娘娘知道。命咱在阁前看守，不许闲人擅进。此时天色黎明，恐要送梅娘娘回去，只索在此伺候咱。(虚下)

【北黄钟】【醉花阴】(旦行上)一夜无眠乱愁搅，未拔白潜踪来到。往常见红日影弄花梢，软哈哈春睡难消，犹自压绣衾倒。今日呵，可甚的凤枕急忙抛，单则为那筹儿撇不掉。徐曰：首句末"乱愁搅"三字，用去、平、上声协调之。甚者"红日影，弄花梢"，乃三字两句，非六字一句也。此按〔醉花阴〕一调有六句者，亦有多两句，而作八句者。若作六句，则次曲〔喜迁莺〕必五字七字二句起，全章十句。若用八句，则次曲〔喜迁莺〕用四字、六字二句起，全章只八句。盖〔醉花阴〕尾上减二句，即移于〔喜迁莺〕之首。〔喜迁莺〕起处减二句，即截于〔醉花阴〕之尾，此元人转插变化之妙也。(丑一面暗上望科)呀！远远来的，正是杨娘娘，莫非走漏了消息么？现今梅娘娘还在阁里，如何是好？(旦到科)(丑忙见科)奴婢高力士，叩见娘娘。(旦)万岁爷在那里？(丑)在阁中。(旦)还有何人在内？(丑)没有。(旦冷笑科)你开了阁门，待我进去看者。(丑慌科)娘娘且请暂坐。(旦坐科)(丑)奴婢启上娘娘，万岁爷昨日呵，

【南画眉序】只为政勤劳，偶尔违和厌烦扰。(旦)既是圣体违和，怎生在此驻宿？(丑)爱清幽西阁，暂息昏朝。(旦)在里面做甚么？(丑)偃龙床静养神疲。(旦)你在此何事？(丑)守玉户不容人到。力士所言"不容人到"，非指贵妃也。即借此语发怒，亦是机变人使狡狯处。(旦怒介)高力士，你待不容我进去么？(丑慌叩头介)娘娘息怒，只因亲奉君王命，量奴婢敢行违拗！有客尝论此剧，虢国、梅妃两番争宠，皆未当场扮出关目，近于不显。欲于排场加杨、虢相争，然后放归《絮阁》折中破壁而出。时梅妃绕场走下，近演家有扮梅妃默坐慢内者。余谓虢国事《傍讶》一折，高永明言观场者已洞悉梅妃家门，此折力士又代为叙明，正无烦赘疣耳。 起句直接

和衣卷被情景,方见捱不到晓,急遽独行,不及待宫女随从。安顿绝妙。(旦怒介)哼,

【北喜迁莺】休得把虚脾来掉,嘴喳喳弄鬼妆么。(丑)奴婢怎敢?(旦)焦也波焦,急的咱满心越恼。我晓得你今日呵,别有个人儿挂眼梢,倚着他宠势高,明欺我失恩人时衰运倒。(起科)也罢,我只得自把门敲。徐曰:此用五字句起,通章八句格也。"弄鬼"、"越恼"、"挂眼"、"运倒"、"自把"俱去、上声。"宠势"上、去声,协调之甚。语气渐渐逼紧,使力士不得腾挪,真是狡狯。(丑)娘娘请坐,待奴婢叫开门来。(做高叫科)杨娘娘来了,开了阁门者。(旦坐科)(生披衣引内侍上,听科)

【南画眉序】何事语声高,蓦忽将人梦惊觉。(丑又叫介)杨娘娘在此,快些开门。(内侍)启万岁爷,杨娘娘到了。(生作呆介)呀!这春光漏泄,怎地开交?(内侍)这门还是开也不开?(生)漫着。(背介)且教梅妃在夹幕中,暂躲片时罢。(急下)(内侍笑介)哎!万岁爷,万岁爷,笑黄金屋恁样藏娇,怕葡萄架霎时推倒。(生上作伏桌介)内侍,我着床傍枕傍推睡,你索把兽环开了。一时匆遽之状,色色绝倒。(内侍)领旨。(作开门介)(旦直入,见生介)妾闻陛下圣体违和,特来问安。(生)寡人偶然不快,未及进宫,何劳妃子清晨到此。(旦)陛下致疾之由,妾倒猜着几分了。(生笑介)妃子猜着何事来?

【北出队子】多则是相思萦绕,为着个意中人把心病挑。(生笑科)寡人除了妃子,还有甚意中人?(旦)妾想陛下向来钟爱,无过梅精。何不宣召他来,以慰圣情牵挂。直以宣召梅精相诘,使明皇更无躲避处,总是狡狯。(生惊科)呀!此女久置楼东,岂有复召之理!(旦)只怕悄东君偷泄小梅梢,单只待望着梅来把渴消。(生)寡人那有此意。(旦)既不沙,怎得那一斛珍珠去慰寂寥!贵妃望春一跌,已悔

妒心，而西阁之事，反复唐突。明皇或疑其忿甚欲炽，不暇顾虑，抑知妃子狡狯，早狎习明皇而操纵之，度必无奈我何也。(生)妃子休得多心，寡人昨夜呵，

【南滴溜子】偶只为微疴，暂思静悄。明皇无词抵搪，惟有推病。恁兰心蕙性，漫多度料，把人无端冥落。(作欠伸介)我神虚懒应酬，相逢话言少。请暂返香车，图个睡饱。徐曰：此调合镜中我今日重逢景。当上元一曲，是正体。《琵琶记》因缘下添一"事"字，误也。(旦作看介)呀！这御榻底下，不是一双凤舄么？(生急起，作欲掩介)在那里？(怀中掉出翠钿介)(旦拾看介)呀！又是一朵翠钿，此皆妇人之物，陛下既然独寝，怎得有此？(生作羞介)好奇怪！这是那里来的？连寡人也不解。(旦)陛下怎么不解？(丑作急态，一面背对内侍低介)呀！不好了，见了这翠钿凤舄，杨娘娘必不干休。你每快送梅娘娘，悄从阁后破壁而出，回到楼东去罢。力士乖人，亦料定明皇爱梅有心，制杨无术，故为破壁送归之计，以息两争。其于贵妃，可谓棋逢敌手矣。(内侍)晓得。(从生背后虚下)

【北刮地风】(旦)这御榻森严宫禁遥，早难道有神女飞度中宵。则问这两般信物何人掉？(作将舄钿掷地，丑暗拾科)(旦)昨夜谁侍陛下寝来？可怎生般凤友鸾交，到日三竿犹不临朝？徐曰：此调比谱多"日三竿"三句，乃用郑德辉《倩女离魂》格也。　忽作庄语规切，更令明皇言塞。从来女子小人挟制尊大，皆有此伎俩。外人不知呵，都只说殢君王是我这庸姿劣貌。那知道恋欢娱别有个雨窟云巢！请陛下早出视朝，妾在此候驾回宫者。(生)寡人今日有疾，不能视朝。(旦)虽则是蝶梦余，鸯浪中，春情颠倒，困迷离精神难打熬，怎负他凤墀前鹄立群僚。若非出之妒口，何异鸡鸣同梦之诚。语同人异，只争公私耳。(旦作向前背立科)(丑悄上与生耳语科)梅娘娘已去了，

万岁爷请出朝罢。(生点头科)妃子劝寡人视朝,只索免强出去。高力
士,你在此送娘娘回宫者。(丑)领旨。(向内科)摆驾。(内应科)(生)"风
流惹下风流苦,不是风流总不知。"(下)(旦坐科)高力士,你瞒着我做
得好事!只问你这翠钿凤舄,是那一个的?

【南滴滴金】(丑)告娘娘省可闲烦恼。奴婢看万岁爷与
娘娘呵,百纵千随真是少。今日这翠钿凤舄,莫说是梅亭旧日
恩情好,就是六宫中新窈窕,娘娘呵,也只合佯装不晓,直恁
破工夫多计较!不是奴婢擅敢多口,如今满朝臣宰,谁没有个大
妻小妾,何况九重,容不得这宵! 贵妃以法言制明皇,力士即效之以
对贵妃,不复更作异语,而贵妃亦为气沮。出尔反尔,大是快人。

【北四门子】(旦)呀!这非是衾裯不许他人抱,道的咱量
似斗筲。只怪他明来夜去装圈套,故将人瞒的牢。(丑)万岁爷瞒
着娘娘,也不过怕娘娘着恼,非有他意。(旦)把似怕我焦,则休将彼
邀。却怎的劣云头只思别岫飘。将他假做抛,暗又招,转关儿
心肠难料。徐曰:"道的咱量似斗筲"七字,用《潇湘雨》"那官人是我的丈夫"
句法。"劣云"、"只思"四字,用反平反平协调,而"别"字平声,"岫"字去声,尤
协。 说至此亦自软心,惟有涕泪。(作掩泪坐科)(老旦上)清早起来,不见了
娘娘,一定在这翠阁中,不免进去咱。(作进见旦科)呀!娘娘呵,

【南鲍老催】为何泪抛,徐曰:"为"字去声,正与伯喈"意深爱
笃""意"字同,他人多不解此。无言独坐神暗消?(问丑介)高公公,是
谁触着他情性娇?(丑低介)不要说起。(作暗出钿舄与老旦看介)只为见
了这两件东西,故此发恼。(老旦笑,低问介)如今那人呢?(丑)早已去了。
(老旦)万岁爷呢?(丑)出去御朝了。永新姐,你来得甚好,可劝娘娘

回宫去罢。(老旦)晓得了。(回向旦介)娘娘，你漫将眉黛颦，啼痕渗，芳心恼。晨餐未进过清早，怎自将千金玉体轻伤了？请回宫去寻欢笑。明皇能解妒情，能耐妒语，真是个中人。(内)驾到。(旦起立介)(生上)"媚处娇何限，情深妒亦真。且将个中意，慰取眼前人。"寡人图得半夜欢娱，反受十分烦恼。欲待呵叱他一番，又恐他反道我偏爱梅妃，只索忍耐些罢。高力士，杨娘娘在那里？(丑)还在阁中。(老旦、丑暗下)(生作见旦，旦背立不语掩泣介)(生)呀！妃子，为何掩面不语？(旦不应介)(生笑介)妃子休要烦恼，朕和你到华萼楼上看花去。

【北水仙子】(旦)问、问、问，问华萼娇，怕、怕、怕，怕不似楼东花更好。有、有、有，有梅枝儿曾占先春，又、又、又，又何用绿杨牵绕。(生)寡人一点真心，难道妃子还不晓得！(旦)请、请、请，请真心向故交，免、免、免，免人怨为妾情薄。明皇愈温存，贵妃愈娇妒。假使天威稍震，又作鱼贯想矣。然贵妃逆知上意，不能反目，故下文即以缴盒动之情。事周密，文章更有针线。(跪科)妾有下情，望陛下俯听。(生扶科)妃子有话，可起来说。(旦泣科)妾自知无状，谬窃宠恩。若不早自引退，诚恐谣诼日加，祸生不测，有累君德鲜终，益增罪戾。今幸天眷犹存，望赐斥放。陛下善视他人，勿以妾为念也。亦自楚楚可怜，不由人情动。(泣拜科)拜、拜、拜，拜辞了往日君恩天样高。(出钗盒科)这钗盒是陛下定情时所赐，今日将来交还陛下。把、把、把，把深情密意从头缴。(生)这是怎么说？(旦)省、省、省，省可自承旧赐，福难消。徐曰：末句六字用元剧《单鞭夺槊》句法。(旦悲咽，生扶起科)妃子何出此言，朕和你两人呵，

【南双声子】情双好，情双好，纵百岁犹嫌少。怎说到，怎说到，平白地分开了。总朕错，总朕错，请莫恼，请莫恼。明皇此时亦畏亦愧，语意在不深不浅间。传神之笔，一语回心，急作收科，仍是

狡狯。(笑觑旦介)见了你这颦眉泪眼,越样生娇。妃子,可将钗、盒依旧收好。交收钗、盒一番,结出固宠本意。既是不耐看花,朕和你到西宫闲话去。(旦)陛下诚不弃妾,妾复何言。(袖钗、盒,福生介)

【北尾煞】领取钗盒再收好,度芙蓉帐暖今宵,重把那定情时心事表。徐曰:"盒"字入声作平,"再收好"用去平上,协甚。"定情心事表"用去平平去上,正与《倩女离魂》"伴人清瘦影"同。必如此,方协黄钟尾煞。 周匝。(生携旦并下)(丑复上)万岁爷同娘娘进宫去了。咱如今且把这翠钿凤舄,送还梅娘娘去。

柳色参差映翠楼,司马札 君王玉辇正淹留。钱 起
岂知妃后多娇妒,段成式 恼乱东风卒未休。罗 隐

第二十出 侦 报

(外引末扮中军,四杂执刀棍上)"出守岩疆典巨城,风闻边事实堪惊。不知忧国心多少,白发新添四五茎。"下官郭子仪,叨蒙圣恩,擢拜灵武太守。前在长安,见安禄山面有反相,知其包藏祸心。不想圣上命彼出镇范阳,分明纵虎归山。却又许易番将,一发添其牙爪。下官自天德军陛任以来,日夜担忧。此间灵武,乃是股肱重地,防守宜严。已遣精细哨卒,前往范阳探听去了。且待他来,便知分晓。此折写禄山反形渐露,子仪先事而筹,以为收京张本。且于前后四折生旦戏中,以此间之,便于氍色搬演。 出阵易将之失,夫人知之而炀蔽者不觉,千古余恨。

【双调】【夜行船】(小生扮探子,执小红旗上)两脚似星驰和电

捷，把边情打听些些。急离燕山，早来灵武。(作进见外，一足跪叩科)向黄堂爆雷般唱一声高喏？(外)探子，你回来了么？(小生)我"肩挑令字小旗红，昼夜奔驰疾似风。探得边关多少事，从头来报主人公。"(外)分付掩门。(众掩门科)(下)(外)探子，你探得安禄山军情怎地？兵势如何？近前来细细说与我听者。探子不遽说边情，待郭掩门令其近前细说，足见军机之密，上下同心。(小生)爷爷听启，小哨一到了范阳镇上呵，

【乔木鱼】见枪刀似雪，徐曰：首句四字〔乔木鱼〕〔幺篇〕体也。密匝匝铁骑连营列。端的是号令如山把神鬼慑。那知有朝中天子尊，单逗他将军令阃外哮嘛。(外)那禄山在边关，近日作何勾当？

【庆宣和】(小生)他自请那番将更来，把那汉将撤，四下里牙爪排设。每日价跃马弯弓斗驰猎，把兵威耀也耀也！可知禄山肆志全在此举，太阿倒持，所以速乱也。徐曰："耀也"二字叠用，调法如是，用去上声音更协。(外)还有甚么举动波？

【落梅花】(小生)他贼行藏真难料，歹心肠忒肆邪。诱诸番密相勾结，更私招四方亡命者，徐曰："私招四方亡命者"，用平平去平平去上，音调俱协。巢窟内尽藏凶孽。(外惊科)呀！有这等事。难道朝廷之上，竟无人奏告么？(小生)闻得一月前，京中有人告称禄山反状，万岁爷暗遣中使，去到范阳，瞰其动静。那禄山见了中使呵，

【风入松】十分的小心礼貌假装呆，尽金钱遍布盖奸邪。把一个中官哄骗的满心悦，来回奏把逆迹全遮。阉竖欺疑，自古为烈。而不聪之听覆辙相寻，后鉴当何如也。因此万岁爷愈信不疑，反把告叛的人，送到安禄山军前治罪。一任他横行枭桀，有谁人敢再

弄唇舌！（外叹介）如此，怎生是了也！（小生）前日杨丞相又上一本，说禄山叛迹昭然，请皇上亟加诛戮。那禄山见了此本呵，

【拨不断】也不免脚儿跌，口儿嗟，意儿中忐忑心儿里怯。不想圣旨倒说禄山诚实，丞相不必生疑。他一闻此信，便就呵呵大笑，骂这谗臣奈我耶，咬牙根誓将君侧权奸灭，怒轰轰急待把此仇来雪。写禄山犹有顾忌，以甚国忠激祸之罪。（外）呀！他要诛君侧之奸，非反而何？且住，杨相这本怎不见邸抄？（小生）此是密本，原不发抄。只因杨丞相要激禄山速反，特着塘报抄送去的。（外怒科）唉！外有逆藩，内有奸相，好教人发指也。（小生）小哨还打听的禄山近有献马一事，更利害哩！

【离亭宴歇拍煞】他本待逞豺狼魆地里思抄窃。巧借着献骅骝乘势去行强劫。插入献马一计，虚摹反状，波澜壮阔。（外）怎么献马？可明白说来者。（小生）他遣何千年赍表，奏称献马三千匹，每马一匹，有甲士二人，又有二人御马，一人刍牧，共三五一万五千人，护送入京。一路里兵强马劣，闹汹汹怎提防，乱纷纷难镇压，急攘攘谁拦截。生兵入帝畿，野马临城阙，怕不把长安来闹者！千兵万马，霎如风雨之来。此种文情，直足夺元人高座。（外惊科）唉！罢了，此计若行，西京危矣。（小生）这本方才进去，尚未取旨。只见禄山呵，他明把至尊欺，狡将奸计使，险备机关设。马蹄儿纵不行，狼性子终难帖。逗的鼙鼓向渔阳动也，爷爷呵，莫待传白羽始安排。小哨呵，准备闪红旗再报捷。徐曰：此调即〔离亭宴煞〕也。但第九句起复重用第三至第八六句，是以谓之歇拍。故题当作〔离亭宴歇拍煞〕。其带字乃后人妄增耳。收归探子本事，词采壮烈。（外）知道了。赏你一坛酒，一腔羊，五十两花银，免一月打差。去罢。（小生叩头科）谢爷。（外）叫左

右，开门。(众应上，作开门科)(小生下)(外)中军官，(末应科)(外)传令众军士，明日教场操演，准备酒席犒赏。(末)领钧旨。(先下)

(外)数骑渔阳探使回，杜　牧　威雄八阵役风雷。刘禹锡
(外)胸中别有安边计，曹　唐　军令分明数举杯。杜　甫

第二十一出　窥　浴

【仙吕入双调过曲】【字字双】(丑扮宫女上)自小生来貌天然，花面；宫娥队里我为先，扫殿。忽逢小监在阶前，胡缠；伸手摸他裤儿边，不见。*以前整备诸事，皆系力士、永、念。此折用两宫人插科排场，便变换生动。*"我做宫娥第一，标致无人能及。腮边花粉糊涂，嘴上胭脂狼藉。秋波俏似铜铃，弓眉弯得笔直。春纤十个雷槌，玉体浑身糙漆。柳腰松段十围，莲瓣滩船半只。杨娘娘爱我伶俐，选做霓裳部色。只因喉咙太响，歌时嘴边起个霹雳。身子又太狼忼，舞去冲翻了御筵桌席。皇上见了发恼，打落子弟名籍。登时发到骊山，派到温泉殿中承值。昨日銮舆临幸，同杨娘娘在华清驻跸。传旨要来共浴汤池，*华清赐浴一事，不写则为挂漏，写则大难着笔。作者于册立时点明，此复用旁笔映衬。而写明皇同浴，永、念窃窥，以避汉成故事，真穷妍尽态之文。*只索打扫铺陈收拾。"道犹未了，那边一个宫人来也。

【雁儿舞】(副净扮宫女上)担阁青春，后宫怨女，漫趷脚捶胸，有谁知苦。拚着一世没有丈夫，做一只孤飞雁儿舞。*徐曰：用曲名入曲，古法所难。此与《琵琶》同妙。*(见介)(丑)姐姐，你说甚么雁儿舞，如今万岁爷有了杨娘娘的《霓裳》舞，连梅娘娘的《惊鸿》舞，也都不爱了。(副净)便是。我原是梅娘娘的宫人。只为我娘娘，

自翠阁中忍气回来，一病而亡，梅妃炉宠，原为杨妃点染作波。此便顺手了之，随起随抹，是文章妙法。如今将我拨在这里。(丑)原来如此，杨娘娘十分妒忌，我每再休想有承幸之日。(副净)罢了。(丑)万岁爷将次到来，我和你且到外厢伺候去。(虚下)

【羽调近词】【四季花】(末、小生扮内侍，引生、旦、老旦、贴随行上)别殿景幽奇，看雕梁畔，珠帘外，雨卷云飞。透迤，朱栏几曲环画溪，修廊数层接翠微。绕红墙，通玉扉。景色如画。(末、小生)启万岁爷，到温泉殿了。(生)内侍回避。(末、小生应下)(生)妃子，你看清渠屈注，洄澜皴漪，香泉柔滑宜素肌。朕同妃子试浴去来。(老旦、贴与生、旦脱去大衣介)(生)妃子，只见你款解云衣，早现出珠辉玉丽，不由我对你、爱你、扶你、觑你、怜你。五个"你"字次第温存，已尽风流景况。(生携旦同下)(老旦)念奴姐，你看万岁爷与娘娘恁般恩爱，真令人羡杀也。(贴)便是。

【凤钗花络索】〔金凤钗〕(老旦)花朝拥，月夜偎，尝尽温柔滋味。〔胜如花〕(贴合)镇相连似影追形，分不开如刀划水。〔醉扶归〕千般捆纵百般随，两人合一副肠和胃。刻至生动，两人恩爱，跃跃纸上。〔梧叶儿〕密意口难提，写不迭鸳鸯帐，绸缪无尽期。(老旦)姐姐，我与你伏侍娘娘多年，虽睹娇容，未窥玉体。今日试从绮疏隙处，偷觑一觑何如？(贴)恰好，(同作向内窥介)〔水红花〕(合)悄偷窥，亭亭玉体，宛似浮波菡苔，含露弄娇辉。〔浣溪纱〕轻盈臂腕消香腻，绰约腰身漾碧漪。〔望吾乡〕(老旦)明霞骨，沁雪肌。〔大胜乐〕(贴)一痕酥透双蓓蕾，(老旦)半点春藏小麝脐。〔天下乐〕(贴)爱杀红巾罅，私处露微微。描摹冶丽，如有玉环，呼之欲出。觉《杂事秘辛》犹形似，非神似也。永新姐，你看万岁爷呵，〔解三醒〕凝睛睇，〔八声甘州〕

恁孜孜含笑，浑似呆痴。〔一封书〕(合)休说俺偷眼宫娥魂欲化，则他个见惯的君王也不自持。凝睛私处，曲尽形容。翻见惯浑间，又增新意。〔皂罗袍〕(老旦)恨不把春泉翻竭，(贴)恨不把玉山洗颓，(老旦)不住的香肩呜喋，(贴)不住的纤腰抱围，〔黄莺儿〕(老旦)俺娘娘无言匿笑含情对。(贴)意怡怡，〔月儿高〕灵液春风，澹荡恍如醉。〔排歌〕(老旦)波光暖，日影晖，一双龙戏出平池。全写双浴情景，故妙。不然，几忘却二人身在温泉矣。〔桂枝香〕(合)险把个襄王渴倒阳台下，恰便似神女携将暮雨归。(丑、副净暗上笑介)两位姐姐，看得高兴啊，也等我每看看。(老旦、贴)姐姐，我每伺候娘娘洗浴，有甚高兴。(丑、副净笑介)只怕不是伺候娘娘，还在那里偷看万岁爷哩。(老旦、贴)啐！休得胡说，万岁爷同娘娘出来也。(丑、副净暗下)

【仙吕】【二犯掉角儿】〔掉角儿〕(生同旦上)出温泉新凉透体，睹玉容愈增光丽。最堪怜残妆乱头，翠痕干晚云生腻。新浴体态，宛然如生。"翠痕"句，即形容乱头余润沾濡，曲尽其妙。(老旦、贴与生、旦穿衣介)(旦作娇软态，老旦、贴扶介)(生)妃子，看你似柳含风，花怯露。软难支，娇无力，倩人扶起。(二内侍引杂推小车上)请万岁爷娘娘上如意小车，回华清宫去。(生)将车儿后面随着。(二内侍)领旨。(生携旦行介)妃子，(排歌)朕和你肩相并，手共携，不须花底小车催，〔东瓯令〕趁扑面好风归。

【尾声】(合)意中人，人中意，则那些无情花鸟也情痴，一般的解结双头学并栖。《制谱》折鸳鸯并蒂串说，此结双头并栖对说，各极其妙，不嫌相袭。

(生)花气浑如百和香，杜　甫　(旦)避风新出浴盆汤。王　建

(生)侍儿扶起娇无力，白居易 (旦)笑倚东窗白玉床。李 白

第二十二出 密 誓

【越调引子】【浪淘沙】(贴扮织女，引二仙女上)云护玉梭儿，巧织机丝。天宫原不着相思，报道今宵逢七夕，忽忆年时。未免有情，谁能遣此？天人一也。无情者，亦安得生天。〔鹊桥仙〕"纤云弄巧，飞星传信，银汉秋光暗度。金风玉露一相逢，便胜却人间无数。柔肠似水，佳期如梦，遥指鹊桥前路。两情若是久长时，又岂在朝朝暮暮。"改古词数字，便极工稳。临川而后，罕见其匹。吾乃纤女是也。蒙上帝玉敕，与牛郎结为天上夫妇。年年七夕，渡河相见。今乃下界天宝十载，七月七夕。点明下界年月，为证仙关目。你看明河无浪，乌鹊将填，不免暂撤机丝，整妆而待。(内细乐扮乌鹊上，绕场飞介)(前场设一桥，乌鹊飞止桥两边介)(二仙女)鹊桥已驾，请娘娘渡河。(贴起行介)

【过曲】【山桃红】〔下山虎头〕俺这里乍抛锦字，暂驾香辎。(合)趁碧落无云滓，新凉暮飔，(作上桥介)踹上这桥影参差，俯映着河光净泚。〔小桃红〕更喜杀新月纤，华露滋，低绕着乌鹊双飞翅也，〔下山虎尾〕陡觉的银汉秋生别样姿。当时银汉陡觉此姿，境由情生也，可以静悟悲欢之理。(做过桥介)(二仙女)启娘娘，已渡过河来了。(贴)星河之下，隐隐望见香烟一簇，摇飏腾空，却是何处？ (二仙女)是唐天子的贵妃杨玉环，在宫中乞巧哩。(贴)生受他一片诚心，不免同了牛郎到彼一看。(合)天上留佳会，年年在斯，却笑他人世情缘顷刻时。 悲悯世情，便有度人之想，此犹泛说。后则直指唐宫，却好两层合语。(齐下)

【商调】【二郎神】(二内侍挑灯，引生上)秋光静，碧沉沉轻烟送

暝。雨过梧桐微做冷,银河宛转,纤云点缀双星。(内作笑声,生听介)
顺着风儿还细听,欢笑隔花阴树影。明皇闻欢笑声,本秽事也。借用
于此处,映出杨妃娇横,甚有微词。且引起下文乞巧殿中,撤灯独步,增无限文情。
内侍,是那里这般笑语? (内侍问介)万岁爷问,那里这般笑语? (内)
是杨娘娘到长生殿去乞巧哩。(内侍回介)杨娘娘到长生殿去乞巧,故
此笑语。(生)内侍每,不要传报,待朕悄悄前去。撤红灯,待悄向龙
墀觑个分明。(虚下)

【前腔】〔换头〕(旦引老旦、贴同二宫女各捧香盒、纨扇、瓶花、化生金盆上)化
生盆,乃金盆中坐一粉孩儿也。宫庭,金炉篆霭,烛光掩映。米大蜘
蛛厮抱定,金盘种豆,花枝招飐银瓶。(老旦、贴)已到长生殿中,巧
筵齐备,请娘娘拈香。(作将瓶花、化生盆设桌上,老旦捧香盒,旦拈香介)妾身杨
玉环,虔爇心香,拜告双星,伏乞鉴祐。愿钗盒情缘长久订,(拜介)
莫使做秋风扇冷。(生潜上窥介)觑娉婷,只见他拜倒在瑶阶,暗祝
声声。拜倒时潜上,最妙。若在未拜及拜起时觑面,措词便费周折。(老旦、贴作
见生介)呀! 万岁爷到了。(旦急转,拜生介)(生扶起介)妃子,在此作何勾当?
(旦)今乃七夕之期,陈设瓜果,特向天孙乞巧。(生笑介)妃子巧夺天工,
何须更乞。(旦)惶愧。(生、旦各坐介)(老旦、贴同二宫女暗下)(生)妃子,朕想牵
牛织女隔断银河,一年才会得一度,这相思真非容易也。

【集贤宾】秋空夜永碧汉清,甫灵驾逢迎,奈天赐佳期
刚半顷,耳边厢容易鸡鸣。云寒露冷,又趱上经年孤另。极
为牛女写愁,直欲逼出杨妃堕泪。(旦)陛下言及双星别恨,使妾凄然。只
可惜人间不知天上的事。如打听,决为了相思成病。(做泪介)(生)
呀! 妃子为何掉下泪来? 蓦然堕泪,直注到提起心疼。(旦)妾想牛郎
织女,虽则一年一见,却是地久天长。只恐陛下与妾的恩情,不能

勾似他长远。(生)妃子说那里话。

【黄莺儿】仙偶纵长生，论尘缘也不恁争。百年好占风流胜，逢时对景，增欢助情，怪伊底事翻悲哽。(移坐近旦低介)问双星，朝朝暮暮，争似我和卿！"愿作鸳鸯不羡仙"，是此曲注脚。(旦)臣妾受恩深重，今夜有句话儿，(住介)(生)妃子有话，但说不妨。(旦对生呜咽介)妾蒙陛下宠眷，六宫无比。只怕日久恩疏，不免白头之叹。

【莺簇一金罗】〔黄莺儿〕提起便心疼，念寒微，侍掖庭，更衣傍辇多荣幸。〔簇御林〕瞬息间怕花老春无剩，〔一封书〕宠难凭。(牵生衣泣介)论恩情，〔金凤钗〕若得一个久长时，死也应；若得一个到头时，死也瞑。"得成比目何辞死"，又是此曲注脚。〔皂罗袍〕抵多少平阳歌舞，恩移爱更；长门孤寂，魂销泪零，断肠枉泣红颜命！(生举袖与旦拭泪介)妃子，休要伤感。朕与你的恩情，岂是等闲可比。杨妃猝然伤感，虽为要盟之故，然乐极生哀，已动《埋玉》之几。下折即惊破《霓裳》矣。

【簇御林】休心虑，免泪零，怕移时，有变更。(执旦手介)做酥儿拌蜜胶粘定，总不离须臾顷。(合)话绵藤，花迷月暗，分不得影和形。忽转到夜色上，状出形影不离，情与景会，神妙难言。(旦)既蒙陛下如此情浓，趁此双星之下，乞赐盟约，以坚终始。下半部全从此盟演出，宜其郑重。(生)朕和你焚香设誓去。(携旦行介)

【琥珀猫儿坠】(合)香肩斜靠，携手下阶行。一片明河当殿横，(旦)罗衣陡觉夜凉生。(生)惟应和你悄语低言，海誓山盟。情生文，文生情。神矣！化矣！(生上香揖同旦福介)双星在上，我李隆基与杨玉环，

(旦合)情重恩深，愿世世生生，共为夫妇，永不相离。有渝此盟，双星鉴之。(生又揖介)在天愿为比翼鸟，(旦拜介)在地愿为连理枝。(合)天长地久有时尽，此誓绵绵无绝期。(旦拜谢生介)深感陛下情重，今夕之盟，妾死生守之矣。(生携旦介)

【尾声】长生殿里盟私订。(旦)问今夜有谁折证？(生指介)是这银汉桥边，双双牛女星。(同下)结挽双星，前后掩映。

【越调】【山桃红】(小生扮牵牛，云巾仙衣，同贴引仙女上)近演家有扮牛星为牧人者，大谬。只见他誓盟密矢，拜祷孜孜，两下情无二，口同一辞。(小生)天孙，你看唐天子与杨玉环，好不恩爱也！悄相偎倚着香肩，没些缝儿。牛女证盟，伏后保奏补恨之根，不独点染风流也。我与你既缔天上良缘，当作情场管领。况他又向我等设盟，须索与他保护。见了他恋比翼，慕并枝，愿生生世世情真至也，(合)令他长作人间风月司。此处正须明言，使观者得醒后半关目。(贴)只是他两人劫难将至，免不得生离死别。若果后来不背今盟，决当为之绾合。(小生)天孙言之有理。你看夜色将阑，且回斗牛宫去。(携贴行介)(合)天上留佳会，年年在斯，却笑他人世情缘顷刻时。

何用人间岁月催，罗　邺　星桥横过鹊飞回。李商隐
莫言天上稀相见，李　郢　没得心情送巧来。罗　隐

第二十三出　陷　关

【越调引子】【杏花天】(净领二番将，四军执旗上)狼贪虎视威风大，镇渔阳兵雄将多。待长驱直把殽函破，奏凯日齐声

唱歌。与《侦报》折照应。咱家安禄山，自出镇以来，结连塞上诸番，招纳天下亡命，精兵百万，大事可举。只因唐天子待我不薄，思量等他身后，方才起兵。叵耐杨国忠那厮，屡次说我反形大着，请皇上急加诛戮。国忠急思激变，而又不图御变，以致国破家亡。地狱之设，正为此辈，餐刀不足蔽辜也。合观《冥追》折，方见因果。天子虽然不听，只是咱在边关，他在朝内，若不早图，终恐遭其暗算。因此假造敕书，说奉密旨，召俺领兵入朝，诛戮国忠。乘机打破西京，夺取唐室江山，可不遂了我平生大愿！今乃黄道吉日，番将每，就此起兵前去。(众)得令。(发号行介)

【过曲】【豹子令】(净)只为奸臣酿大祸，(众)酿大祸，(净)致令边镇起干戈，(众)起干戈。(合)逢城攻打逢人剁，尸横遍野血流河，烧家劫舍抢娇娥。(喊杀下)

【水底鱼】(丑白须扮哥舒老将，引二卒上)年纪无多，刚刚八十过。渔阳兵至，认咱这老哥。自家老将哥舒翰是也，把守潼关。不料安禄山造反，杀奔前来，决意闭关死守。争奈监军内侍，立逼出战，势不由己。军士每，与我并力杀上前去！(卒)得令。(行介)(净领众上)(丑迎杀大战介)此折曲虽小，场上演时须当大战数合。盖陷关乃是大事，不可小做也。(净众擒丑绑介)(净)拿这老东西过来。我今饶你老命，快快献关降顺。(丑)事已至此，只得投降。(众推丑下)(净)且喜潼关已得，势如破竹，大小三军，就此杀奔西京便了。(众应，呐喊行介)跃马挥戈，精兵百万多。靴尖略动，踏残山与河，踏残山与河。

平旦交锋晚未休，王　道　动天金鼓逼神州。韩　偓

潼关一败番儿喜，_{司空图}　倒把金鞭上酒楼。_{薛　逢}

第二十四出　惊　变

（丑上）"玉楼天半起笙歌，风送宫嫔笑语和。月殿影开闻夜漏，水晶帘卷近秋河。"咱家高力士，奉万岁爷之命，着咱在御花园中安排小宴，要与贵妃娘娘同来游赏，只得在此伺候。_{从前宴赏无非华筵丽景，此折花园小宴，后曲所叙皆一派萧疏秋色。《密誓》已动忧端，《惊变》兆于衰飒矣。}

【北中吕】【粉蝶儿】（生、旦乘辇，老旦、贴随后，二内侍引行上）天淡云闲，列长空数行新雁。御园中秋色斓斑。柳添黄，苹减绿，红莲脱瓣。一抹雕栏，喷清香桂花初绽。（到介丑）请万岁爷娘娘下辇。（生、旦下辇介）（丑同内侍暗下）（生）妃子，朕与你散步一回者。（旦）陛下请。（生携旦手科）

【南泣颜回】携手向花间，暂把幽怀同散。凉生亭下，风荷映水翩翻。爱桐阴静悄，碧沉沉并绕回廊看。恋香巢秋燕依人，睡银塘鸳鸯蘸眼。_{徐曰：此调弦索昉于"小扇轻罗"，时人喜唱之，作者亦多效之。但〔石榴花〕、〔斗鹌鹑〕、〔上小楼〕诸曲，皆多衬字重句，〔扑灯蛾〕又用别体，不识曲者遂杜撰调名，传讹袭舛，今悉正之。宠极欢浓何有，幽怀未散，总是萧索之情。冲口而出，云为动静，莫非先机，自亦不解。}（生）高力士，将酒过来，朕与娘娘小饮数杯。（丑）宴已排在亭上，请万岁爷、娘娘上宴。（旦作把盏，生止住介）妃子坐了。

【北石榴花】_{徐曰：此调时人讹作〔上小楼犯〕，非。}不劳你玉纤纤高捧礼仪烦，子待借小饮对眉山。"眉山"接"高捧"来，非凑语，乃从举案齐眉化出。俺与你浅斟低唱互更番，三杯两盏，遣兴消闲。妃子，今日虽是小宴，倒也清雅。回避了御厨中，回避了御厨中，烹龙炰凤堆盘案，呖呖哑哑，乐声催趱。只几味脆生生，只几味脆生生，蔬和果清肴馔，雅称你仙肌玉骨美人餐。徐曰："回避了御厨中"两句，"只几味脆生生"句，皆添句帮唱也。"呖呖哑哑"八字，用〔神奴儿〕句法。末句七字，亦添二字。妃子，朕与你清游小饮，那些梨园旧曲，都不耐烦听他。记得那年在沉香亭上赏牡丹，召翰林李白，草《清平调》三章，令李龟年度成新谱，其词甚佳。不知妃子还记得么？（旦）妾还记得。（生）妃子可为朕歌之，朕当亲倚玉笛以和。清歌倚笛与前寿筵羯鼓，征实遗事，俱极胜情。（旦）领旨。（老旦进玉笛，生吹科）（旦按板科）

【南泣颜回】花繁，秾艳想容颜。云想衣裳光璨，新妆谁似，可怜飞燕娇懒。名花国色，笑微微常得君王看。向春风解释春愁，沉香亭同倚栏杆。醉草《清平》在此处补写，映带风流，真尽文人之致。 徐曰：此曲须细唱，必不可用快板。"繁"字用韵得体，他人皆作七字一句矣。（生妙哉！李白锦心，妃子绣口，真双绝矣。宫娥，取巨觥来，朕与妃子对饮。（老旦、贴送酒介）

【北斗鹌鹑】徐曰：此调时人讹作〔黄龙衮犯〕，非。不知即〔斗鹌鹑〕，但多添字添句帮唱耳。（生）畅好是喜孜孜驻拍停歌，喜孜孜驻拍停歌，笑吟吟传杯送盏。妃子干一杯，（作照干科）不须他絮烦烦射覆藏钩，闹纷纷弹丝弄板。（又作照杯科）妃子，再干一杯。（旦）妾不能饮了。（生）宫娥每，跪劝。（老旦、贴）领旨。（跪旦科）娘娘请上这一杯。（旦勉饮科）（老旦、贴作连劝科）（生）我这里无语持觥仔细看，早子

73

见花一朵上腮间。醉之以酒，以观其态，明皇真是风流欲绝。（旦作醉介）妾真醉矣。（生）一会价软咍咍柳嚲花敧，软咍咍柳嚲花敧，困腾腾莺娇燕懒。妃子醉了，宫娥每，扶娘娘上辇，进宫去者。（老旦、贴）领旨。（作扶旦起科）（旦作醉态呼科）万岁！一语一呼，声情宛转。自此至〔扑灯蛾〕曲，写一幅醉杨妃图也。演者须着意摹拟醉态入神，若草草了之，便索然矣。 "燕懒"字见章质夫《杨花》词，非杜撰也。（老旦、贴扶旦行，旦作醉态科）

【南扑灯蛾】徐曰：此〔扑灯蛾〕又一体，乃赵光普格也。态恹恹轻云软四肢，影濛濛空花乱双眼，娇怯怯柳腰扶难起，困沉沉强抬娇腕，软设设金莲倒褪，乱松松香肩嚲云鬟，美甘甘思寻凤枕，步迟迟倩宫娥搀入绣纬间。（老旦、贴扶旦下）（丑同内侍暗上）（内击鼓介）（生惊介）何处鼓声骤发？（副净急上）"渔阳鼙鼓动地来，惊破霓裳羽衣曲。"（问丑介）万岁在那里？（丑）在御花园内。（副净）军情紧急，不免径入。急迫之状如画。（进见介）陛下，不好了，安禄山起兵造反，杀过潼关，不日就到长安了。（生大惊介）守关将士何在？（副净）哥舒翰兵败，已降贼了。

【北上小楼】（生）呀！你道失机的哥舒翰，称兵的安禄山，赤紧的离了渔阳，陷了东京，破了潼关。唬得人胆战心摇，唬得人胆战心摇，肠慌腹热，魂飞魄散，早惊破月明花粲。徐曰：此调时人讹作〔上小楼犯〕，非。乃〔上小楼〕么篇也，但多添字帮唱耳。"胆战心摇"三句，皆四字，《王粲登楼》格同。 恰好韵脚，恰好妙词，在元人中亦不多得。"月明花粲"仍顾游园，又文思之整暇也。卿有何策，可退贼兵？（副净）当日臣曾再三启奏，禄山必反，陛下不听，今日果应臣言。际此离乱，尚以反唇为快，独不自念乎？乃至军哗，噬脐何及！事起仓卒，怎生抵敌？不若权时幸蜀，以待天下勤王。（生）依卿所奏。快传旨，诸王百官，即时随驾幸蜀便了。（副净）领旨。（急下）（生）高力士，快些整备军马。传旨，令右龙武将军陈元礼，统领羽林军士三千，扈驾前行。点明陈元礼，起下折关目。（丑）领旨。（下）（内侍）请万岁爷回宫。（生转行叹科）唉！正尔欢娱，不想忽有此变，怎生是了也。

【南扑灯蛾】稳稳的宫庭宴安，扰扰的边廷造反。鼙鼙的鼍鼓喧，腾腾的烽火颷。的溜扑碌臣民儿逃散，黑漫漫乾坤覆翻，碜磕磕社稷摧残，碜磕磕社稷摧残。当不得萧萧飒飒西风送晚，黯黯的一轮落日冷长安。徐曰：此调时人讹作〔北叠字犯〕，非。亦是〔扑灯蛾〕，乃〔风流合〕三十格也。再按场上从无南北曲一人并唱者。今以排场所限，破格为之，非正体也。"碜磕磕"句，不叠唱亦可。 不惜倾城国，佳人难再得。延年歌殆虚语耳，不意明皇实之。（向内问介）宫娥每，杨娘娘可曾安寝？（老旦、贴内应介）已睡熟了。（生）不要惊他，且待明早五鼓同行。（泣介）天那！寡人不幸，遭此播迁，累他玉貌花容，驱驰道路。好不痛心也！

【南尾声】在深宫兀自娇慵惯，怎样支吾蜀道难！（哭介）我那妃子呵，愁杀你玉软花柔要将途路趱。

宫殿参差落照间，卢 纶　渔阳烽火照函关。吴 融
遏云声绝悲风起，胡 曾　何处黄云是陇山。武元衡

第二十五出　埋　玉

【南吕过曲】【金钱花】（末扮陈元礼引军士上）拥旄仗钺前驱，前驱，羽林拥卫銮舆，銮舆。匆匆避贼就征途。人跋涉，路崎岖。知何日，到成都。下官右龙武将军陈元礼是也。因禄山

造反,破了潼关,圣上避兵幸蜀,命俺统领禁军扈驾。行了一程,早到马嵬驿了。(内鼓噪介)(末)众军为何呐喊? (内)禄山造反,圣驾播迁,都是杨国忠弄权,激成变乱。若不斩此贼臣,我等死不扈驾。(末)众军不必鼓噪,暂且安营。待我奏过圣上,自有定夺。(内应介)(末引军重唱"人跋涉"四句下)

【中吕过曲】【粉孩儿】(生同旦骑马,引老旦、贴、丑行上)匆匆的弃宫闱珠泪洒,叹清清冷冷半张銮驾,望成都直在天一涯。渐行来渐远京华,五六搭剩水残山,两三间空舍崩瓦。徐曰:此调首句乃六字,非九字也。成都"都"字不可用韵。《拜月》"只因国难识大臣","因"字犯韵,偶误。"山"字亦不用韵为是。(丑)来此已是马嵬驿了,请万岁爷暂住銮驾。(生、旦下马,作进坐介)(生)寡人不道,误宠逆臣,致此播迁,悔之无及。妃子,只是累你劳顿,如之奈何!(旦)臣妾自应随驾,焉敢辞劳。只愿早早破贼,大驾还都便好。(内又喊介)杨国忠专权误国,今又交通吐番,我等誓不与此贼俱生。要杀杨国忠的,快随我等前去。(杂扮四军提刀赶副净上,绕场奔介)(军作杀副净,呐喊下)哗军直杀国忠,最妙。若待元礼辗转奏请,则与逼杀贵妃犯重矣。且因此警动明皇,使后逼贵妃时,不得不从。皆是惨淡经营处。(生惊介)高力士,外面为何喧嚷?快宣陈元礼进来。(丑)领旨。(宣介)(末上见介)臣陈元礼见驾。(生)众军为何呐喊? (末)臣启陛下:杨国忠专权召乱,又与吐番私通,激怒六军,竟将杨国忠杀死了。(生作惊介)呀! 有这等事? (旦作背掩泪介)(生沉吟介)这也罢了,传旨起驾。惊惶隐忍之状,各在科介中,演者皆须摹拟尽情。(末出传旨介)圣旨道来,赦汝等擅杀之罪,作速起行。(内又喊介)国忠虽诛,贵妃尚在。不杀贵妃,誓不扈驾。(末见生介)众军道国忠虽诛,贵妃尚在,不肯起行。望陛下割恩正法。(生作大驾介)哎呀!这话如何说起。明皇答语甚难,细思方见其妙。(旦慌牵生衣介)

【红芍药】(生)将军，国忠纵有罪当加，现如今已被劫杀。妃子在深宫自随驾，有何干六军疑讶。(末)圣谕极明，只是军心已变，如之奈何！(生)卿家，作速晓谕他，恁狂言没些高下。(内又喊介)(末)陛下呵，听军中恁地喧哗，教微臣怎生弹压！(旦哭介)陛下呵，

【耍孩儿】事出非常堪惊诧。已痛兄遭戮，奈臣妾又受波查。是前生事已定，薄命应折罚。望吾皇急切抛奴罢，只一句伤心话。贵妃口虽请死，心实恋生。"只一句伤心话"，是传神妙语。(生)妃子，且自消停。(内又喊介)不杀贵妃，死不扈驾。(末)臣启陛下：贵妃虽则无罪，国忠实其亲兄，今在陛下左右，军心不安。若军心安，则陛下安矣。愿乞三思。(生沉吟介)

【会河阳】无语沉吟，意如乱麻。(旦牵生衣哭介)痛生生怎地舍官家！不舍官家，方是贵妃真实语。(合)可怜一对鸳鸯，风吹浪打，直恁的遭强霸！(内又喊介)(旦哭介)众军逼得我心惊唬，(生作呆想，忽抱旦哭介)贵妃，好教我难禁架。(众军呐喊上，绕场围驿下)(丑)万岁爷，外厢军士已把驿亭围了。若再迟延，恐有他变，怎么处？(生)陈元礼，你快去安抚三军，朕自有道理！(末)领旨。(下)(生、旦抱哭介)

【缕缕金】(旦)魂飞颤，泪交加。(生)堂堂天子贵，不及莫愁家。用义山诗，以讽语作苦语，更觉凄然欲绝。(合哭介)难道把恩和义，霎时抛下！(旦跪介)臣妾受皇上深恩，杀身难报。今事势危急，望赐自尽，以定军心。陛下得安稳至蜀，妾虽死犹生也。算将来无计解军哗，残生愿甘罢，残生愿甘罢！伤心至此，无可奈何，只索甘罢矣。(哭倒生怀介)(生)妃子说那里话！你若捐生，朕虽有九重之尊，

四海之富，要他则甚！宁可国破家亡，决不肯抛舍你也！以下层层顿跌，皆逼人涕泪。

【摊破地锦花】任讙哗，我一谜装聋哑，总是朕差。现放着一朵娇花，怎忍见风雨摧残，断送天涯。若是再禁加，拚代你陨黄沙。词意悱恻，足为情场生色。(旦)陛下虽则恩深，但事已至此，无路求生。若再留恋，倘玉石俱焚，益增妾罪。望陛下舍妾之身，以保宗社。(丑作掩泪跪介)娘娘既慷慨捐生，望万岁爷以社稷为重，勉强割恩罢。(内又喊介)(生顿足哭介)罢！罢！妃子既执意如此，朕也做不得主了。高力士，只得但、但凭娘娘罢！(作哽咽、掩面哭下)(旦朝上拜介)万岁！(作哭倒介)醉中呼后，此又一呼，那得不哭倒。(丑向内介)众军听著，万岁爷已有旨，赐杨娘娘自尽了。(众内呼介)万岁！万岁！万万岁！(丑扶旦起介)娘娘请到后边去。(扶旦行介)(旦哭介)

【南吕引子】【哭相思】百年离别在须臾，一代红颜为君尽！(转作到介)(丑)这里有座佛堂在此。又从佛堂作一顿。(旦作进介)且住，待我礼拜佛爷。(拜介)佛爷！佛爷！念杨玉环呵，

【中吕过曲】【越恁好】罪孽深重，罪孽深重，望我佛度脱咱。(丑拜介)愿娘娘好处生天。(旦起哭介)(丑跪哭介)娘娘有甚话儿，分付奴婢几句。(旦)高力士，圣上春秋已高，我死之后，只有你是旧人，能体圣意，须索小心奉侍。再为我转奏圣上，今后休要念我了。(丑哭应介)奴婢晓得。(旦)高力士，我还有一言。(作除钗出盒介)这金钗一对，钿盒一枚，是圣上定情所赐。你可将来与我殉葬，万万不可遗忘。收拾钗、盒因缘，并为后证仙信物。(丑接钗盒介)奴婢晓得。(旦哭介)断肠痛杀，说不尽恨如麻。(末领军拥上)杨妃既

奉旨赐死，何得停留，稽迟圣驾。(军呐喊介)(丑向前拦介)众军士不得近前，杨娘娘即刻归天了。(旦)唉！陈元礼，陈元礼，你兵威不向逆寇加，逼奴自杀。亦是平心语，非过罪元礼也。(军又喊介)(丑)不好了，军士每拥进来了。(旦看介)唉！罢！罢！这一株梨树，梨树又作一顿。是我杨玉环结果之处了。(作腰间解出白练，拜介)臣妾杨玉环，叩谢圣恩，从今再不得相见了。(丑泣介)(旦作哭缢介)我那圣上啊！我一命儿便死在黄泉下，一灵儿只傍着黄旗下。一灵不放，便是仙根。古来仙佛，皆有情人也。读此折而不堕泪者，其人必不情。(做缢死下)(末)杨妃已死，众军速退。(众应同下)(丑哭介)我那娘娘啊！(下)(生上)"六军不发无奈何，宛转蛾眉马前死。"(丑持白练上，见生介)启万岁爷，杨娘娘归天了。(生作呆不应介)(丑又启介)杨娘娘归天了。自缢的白练在此。(生看大哭介)哎哟！妃子！妃子！兀的不痛杀寡人也！(倒介)(丑扶介)(生哭介)

【红绣鞋】当年貌比桃花，桃花，(丑)今朝命绝梨花，梨花。(出钗盒介)这金钗钿盒，是娘娘分付殉葬的。(生看钗盒哭介)这钗和盒，是祸根芽。长生殿，恁欢洽，马嵬驿，恁收煞！夜筵终有散时，万事一场懊怆。须识破情根，即是福根早作，好收煞耳。(丑)仓卒之间，怎生整备棺椁？(生)也罢！权将锦褥包裹，须要埋好记明，以待日后改葬。这钗、盒就系娘娘衣上罢了。(丑)领旨。(下)(生哭介)

【尾声】温香艳玉须臾化，今世今生怎见他！(末上跪介)请陛下起驾。(生顿足恨介)咳！我便不去西川也值甚么。人不得道，多有事后之悔。如明皇当六军逼迫时，不能自主，只得凭贵妃自尽。及至佳人没后，又视西川之去甚轻。总是欲动情牵，都无是处。然惟有此情根，亦是生天种子也。(内呐喊掌号，众军上)(丑暗上，引生上马行介)

【仙吕入双调】【朝元令】(合)长空雾粘，旌旆寒风飐。长征路淹，队仗黄尘染。谁料君臣，共尝危险。恨贼寇横兴逆焰，烽火相兼，何时得将豺虎歼。遥望蜀山尖，回将凤阙瞻，浮云数点，咫尺把长安遮掩，长安遮掩。

翠华西拂蜀云飞，章　褐　　天地尘昏九鼎危。吴　融
蝉鬓不随銮驾去，高　骈　　空惊鸳鹭忽相随。钱　起

卷　下

第二十六出　献　饭

【黄钟引子】【西地锦】(生引丑上)懊恨蛾眉轻丧，一宵千种悲伤。早来慵把金鞭飐，午余玉粒谁尝？寡人匆匆西幸，昨在马嵬驿中，六军不发，无计可施，只得把妃子赐死。(泪介)咳！空做一朝天子，竟成千古忍人。忍人一恨，真足千古。较"如何四纪为天子，不及卢家有莫愁"，更觉伤心。勉强行了一程，已到扶风地面。驻跸凤仪宫内，不免少息片时。(外扮老人持麦饭上)"炙背可以见天子，献芹由来知野人。"老汉扶风野老郭从谨是也。闻知皇上西巡，暂驻凤仪宫内，老汉煮得一碗麦饭，特来进献，以表一点敬心。(见丑介)公公，烦乞转奏一声，说野人郭从谨特来进饭。(丑传介)(生)召他进来。(外进见介)草莽小臣郭从谨见驾。(生)你是那里人？(外)念小臣呵，

【过曲】【降黄龙】生长扶风，白首躬耕，共庆时康。听蓦然变起，凤辇游巡，无限惊惶。聊将、一盂麦饭，匍匐向旗门陈上。愿吾君不嫌粗粝，野人供养。曲朴而稳直，接元人衣钵。(生)生受你了，高力士取上来。(丑接饭送生介)(生看介)寡人晏处深宫，从不曾尝着此味。

【前腔】〔换头〕寻常，进御大官，徐曰：进御大官"大"字，及后曲"国"字"达"字，俱仄声，合调。馔玉炊金，食前方丈，珍羞百味，

犹兀自嫌他调和无当。(泪介)不想今日,却将此物充饥。凄凉,带麸连麦,这饭儿如何入嗓?(略吃便放介)抵多少滹沱河畔,失路萧王! 愤激语,有声有色。正引起野老之问,不为唐突。(外)陛下今日之祸,可知为谁而起?(生)你道为着谁来?(外)陛下若赦臣无罪,臣当冒死直言。(生)但说不妨。(外)只为那杨国忠呵,

【前腔】〔换头〕猖狂,倚恃国亲,纳贿招权,毒流天壤。他与安禄山十年构衅,一旦里兵戈起自渔阳。 指出安、杨构乱,关目生动。(生)杨国忠构衅,安禄山谋反,寡人那里知道。(外)那安禄山呵,包藏祸心日久,四海都知逆状。去年有人上书,告安禄山逆迹,陛下反赐诛戮。谁肯再甘心铁钺,来奏君王!(生作恨介)此乃朕之不明,以致于此。

【前腔】〔换头〕斟量,明目达聪,原是为君的理当察访。朕记得姚崇、宋璟为相的时节,把直言数进,万里民情,如在同堂。不料姚、宋亡后,满朝臣宰,一味贪位取容。郭从谨呵,倒不如伊行,草野怀忠,直指出逆藩奸相。 写开元致治景象,明明自认不明,却又诿罪臣下。从来怙终不悛,如出一辙。(外)若不是陛下巡幸到此,小臣那里得见天颜。(生泪介)空教我噬脐无及,恨塞饥肠。 管顾麦饭,甚细。(外)陛下暂息龙体,小臣告退。(叹介)"纵饶白发千茎雪,难把丹心一寸灰。"(下)〔中吕〕〔太平令〕(副净扮使臣、二杂抬彩上)鸟道羊肠,春彩驮来驿路长。连山铃铎频摇响,看日尽帝都旁。 将春彩点染,织愁敛怨之感,隐隐言外。自家成都道使臣,奉节度使之命,解送春彩十万匹到京。闻得驾幸扶风,不免就此进上。(向丑介)烦乞启奏一声,说成都使臣贡春彩到此。(丑进奏介)(生)春彩照数收明,打发使臣回去。(二杂抬彩进介)(副净同二杂下)(生)高力士,可召集将士,朕有面谕。(丑)万

岁爷宣召龙武军将士听旨。(众扮将士上)"晓起听金鼓,宵眠抱玉鞍。"
龙武军将士叩见万岁爷。(生)将士每,听朕道来,(前腔)变出非常,远
避兵戈涉异方。劳伊仓卒随行仗,今日呵,别有个好商量。危急
之际,先以婉辞申以真气,自足动人感激。(众)不知万岁爷有何谕旨?〔黄钟〕
〔黄龙衮〕(生)征人忆故乡,征人忆故乡,蜀道如天上。不忍累伊每,
把妻儿父母轻撇漾。朕待独与子孙中官,慢慢的捱到蜀中。尔等
今日,便可各自还家。省得跋涉程途,饥寒劳攘。高力士,可将使
臣进来春彩,分给将士,以为盘费。没军资,分彩币,聊充饷。辞命
已足感人,又加之以赏赉,军心益固结矣。(丑应分彩介)(众哭介)万岁爷圣谕及
此,臣等寸心如割。自古养军千日,用在一朝。臣等呵,

【前腔】无能灭虎狼,无能灭虎狼,空愧熊罴将。生死
愿从行,军声齐恃天威壮。这春彩,臣等断不敢受。请留待他
时论功行赏,若有违心,皇天鉴,决不爽。一语之下,众志齐奋。
所谓"上好仁则下好义",感应捷于影响。(生)尔等忠义虽深,朕心实有不
忍,还是回去罢。(众)呀!万岁爷,莫不因贵妃娘娘之死,有些疑惑
么? (生)非也,此诘正不可少。在明皇闻之,转觉咄咄逼人,故直以"非也"
答之。

【尾声】他长安父老多悬望,你每回去呵,烦说与翠华无
恙。(众)万岁爷,休出此言。臣等情愿随驾,誓无二心。(合)只待净
扫妖氛,一同返帝乡。原系诏谕也,用在此作支饰语,雅隽得体。结句
更振起全局,已有中兴气象。(生)天色已晚,今夜就此权驻,明日早行便
了。(众)领旨。

万里飞沙咽鼓鼙,钱　起　(丑)沉沉落日向山低。骆宾王

(生)如今悔恨将何益，韦　庄　更忍车轮独向西。周　昙

第二十七出　冥　追

【商调过曲】【山坡五更】(魂旦服色照前《埋玉》折，白练系颈上)〔山坡羊〕恶嗷嗷一场喽啰，乱匆匆一生结果。荡悠悠一缕断魂，痛察察一条白练香喉锁。四个"一"字，逼出一点痴情。　白练羁魂，词尤吃紧。〔五转更〕风光尽，信誓捐，形骸涴。形骸涴，"涴"字妙有神理，死前谁能悟得。只有痴情一点、一点无摧挫，拚向黄泉，牢牢担荷。我杨玉环随驾西行，刚到马嵬驿内，不料六军变乱，立逼投缳。(泣介)唉！不知圣驾此时到那里了。我一灵渺渺，飞出驿中，不免望着尘头，追随前去。(行介)

【北双调】【新水令】望銮舆才离了马嵬坡，咫尺间不能飞过。俺悄魂轻似叶，他征骑疾如梭。刚打个磨陀，翠旗尖又早被树烟锁。一灵不放，望夫尚能化石，情死岂不证仙？　徐曰："树烟锁"三字，去、平、上声，妙极。必如是，乃协调。(虚下)

【南仙吕入双调】【步步娇】(生引丑、二内侍、四军拥行上)没揣倾城遭凶祸，去住浑无那，行行唤奈何。马上回头，两泪交堕。(丑)启万岁爷，前面就是驻跸之处了。(生叹介)唉！我已厌一身多，伤心更说甚今宵卧。疲马征途，急于望宿，而伤心人别有意绪，已厌身多，遂觉行住都无是处。(齐下)

【北折桂令】(旦行上)一停停古道逶迤，俺只索虚趁云行，弱倩风驮。(向内望科)呀！好了，望见大驾就在前面了也。这不是

羽盖飘扬，鸾旌荡漾，翠辇嵯峨！ <small>徐曰："翠辇"二字，去、上声妙协务头。</small>不免疾忙赶上者。(急行科)愿一灵早依御座，便牢牵衮袖黄罗。(内鸣锣作风起科)(旦作惊退科)呀！我望着銮舆，正待赶上，忽然黑风过处，遮断去路，影都不见了。飒然有鬼气。好苦呵，暗濛濛烟障林阿，香沉沉雾塞山河。闪摇摇不住徘徊，悄冥冥怎样腾挪? (贴在内叫苦科)(旦)你看那边愁云苦雾之中，有个鬼魂来了，且闪过一边。(虚下)

【南江儿水】(贴扮虢国夫人魂上)艳冶风前谢，繁华梦里过。风流谁识当初我? 玉碎香残荒郊卧，云抛雨断重泉堕。(二鬼卒上)噡！那里去? (贴)奴家虢国夫人。(鬼卒笑介)原来就是你。你生前也忒受用了，如今且随我到枉死城中去。(贴哭介)哎哟！好苦呵，怨恨如山堆垛，只问你多大幽城，怕着不下这愁魂一个！(杂拉贴叫苦下)(旦急上看介)呀！方才这个是我裴家姊姊，也被乱兵所害了。兀的不痛杀人也！<small>姊妹兄弟鬼魂，点缀一二，用彰业报，并引出贵妃悔罪真诚，以入仙果。或谓虢国、梅妃俱曾妒宠，此处并演。梅魂善报，可示劝惩。不知梅妃原未登场，未宜鬼魂突见。只于《窥浴》折中一笔了却，何等洁净。</small>

【北雁儿落带得胜令】想当日天边夺笑歌，今日里地下同零落。痛杀俺冤由一命招，更不想惨累全家祸。呀！空落得提起着泪滂沱，何处把恨消磨！怪不得四下愁云裹，都是俺千声怨气呵。(望科)那边又是一个鬼魂，满身鲜血，飞奔前来。好怕人也！悲么，泣孤魂独自无回和。惊么，只落得伴冥途野鬼多。(虚下)<small>未见魂灵受苦，犹抱一腔怨恨。及后见国忠形状，惟有俯首忏悔矣。常人于风月之下，无所不为，一值阴雨雷霆，悚然生畏，亦是此意。</small>

【南侥侥令】(副净扮杨国忠鬼魂跑上)生前遭劫杀，死后见阎罗。(牛头执钢叉,夜叉执铁锤索上拦介)(副净跑下,牛头、夜叉复赶上)杨国忠那里走?(副净)呀!我是当朝宰相,方才被乱兵所害。你每做甚又来拦我?(牛头)奸贼,俺奉阎王之命,特来拿你,还不快走!(副净)那里去?(牛头、夜叉)向小小酆都城一座,教你去剑树与刀山寻快活。虢国止入枉死城,国忠遂入酆都狱,罪有差等。(牛头拉副净,执叉叉背,夜叉锁副净下)(旦急上看介)阿呀!那不是我的哥哥。好可怜人也!(作悲介)

【北收江南】呀!早则是五更短梦,瞥眼醒南柯。把荣华抛却,只留得罪殃多。唉!想我哥哥如此,奴家岂能无罪?怕形消骨化,忏不了旧情魔。最旖旎人,才能作极醒豁语,总是凤根。且住,一望茫茫,前行无路,不如仍旧到马嵬驿中去罢。(转行科)待重转驿坡,心又早怯懦。听了这归林暮雀,犹错认乱军诃。忽转茫茫路境,回顾埋玉惊魂,笔墨之间,出神入化。(虚下)(副净扮土地上)"地下常添枉死鬼,人间难觅返魂香。"小神马嵬坡土地是也。奉东岳帝君之命,道贵妃杨玉环原系蓬莱仙子,今死在吾神界内,特命将他肉身保护,魂魄安顿,以候玉旨,不免寻他去来。(行科)

【南园林好】只他在翠红乡欢娱事过,粉香丛冤孽债多,一霎做电光石火。将肉质,护泉窝;教魂魄,守坟窠。(虚下)

【北沽美酒带太平令】(旦行上)度寒烟蔓草坡,行一步一延俄。魂行乘空,若有所缘,如见珊珊来迟之态。(看科)呀,这树上写的有字,待我看来。(作念科)贵妃杨娘娘葬此。(作悲科)原来把我就埋在此处了。唉,玉环!玉环!(泣科)只这冷土荒堆树半科,便是娉婷袅娜,落来的好巢窝。玉钩斜畔,埋没多少佳人。惟有青冢马嵬,千古犹生凭吊。我临死之时,曾分付高力士,将金钗钿盒与我殉葬,不知曾埋下否？怕旧物向尘埃抛堕，则俺这真情肯为生死差讹，就是果然埋下呵，还只怕这残尸败蜕，抱不牢同心并朵。不免叫唤一声，(叫科)杨玉环，你的魂灵在此。我呵，悄临风叫他唤他。(泣科)可知道伊原是我，呀！直恁地推眠妆卧。形神离隔，有此一段缠绵，是點是痴，无非妙理，已为合尸伏案。(副净上唤科)兀那啼哭的，可是贵妃杨玉环鬼魂么？(旦)奴家正是。是何尊神？乞恕冒犯。(副净)吾神乃马嵬坡土地。(旦)望尊神与奴做主咱。(副净)贵妃听吾道来："你本是蓬莱仙子，因微过谪落凡尘。今虽是浮生限满，旧仙山隔断红云。"前因必如此提醒。　仙子谪降，土地业已明言，贵妃岂能忘却。结句不但起后文情悔，并为下半部提纲。(代旦解白练科)吾神奉岳帝勅旨，解冤结免汝沉沦。(旦福科)多谢尊神，只不知奴与皇上，还有相见之日么？(副净)此事非吾神所晓。(旦作悲科)(副净)贵妃，且在马嵬驿暂住幽魂，吾神去也。(下)(旦)苦阿，不免到驿中佛堂里，暂且栖托则个。(行科)

【南尾声】重来绝命庭中过，看树底泪痕犹渷。怎能勾飞去蓬山寻旧果！

土埋冤骨草离离，储嗣宗　回首人间总祸机。薛　能
云雨马嵬分散后，韦　绚　何年何路得同归。韦　庄

第二十八出　骂　贼

(外扮雷海青抱琵琶上)此折大有关系，雷海青琵琶遂可与高渐离击筑并传。尝叹世间真忠义不易多有，惟优孟衣冠妆演古人，凛然生气如在。若此折使人可兴、可观、可以廉顽立懦。世有议是剧为劝淫者，正未识旁见侧出之意耳。"武将文官总旧僚，恨他反面事新朝。纲常留在梨园内，那惜伶工命一

87

条。"自家雷海青是也。蒙天宝皇帝隆恩,在梨园部内做一个供奉。不料禄山作乱,破了长安,皇帝驾幸西川去了。那满朝文武,平日里高官厚禄,荫子封妻,享荣华,受富贵,那一件不是朝廷恩典? 如今却一个个贪生怕死,奸人只一怕死,便无所不至。背义忘恩,争去投降不迭。只图安乐一时,那顾骂名千古。唉,岂不可羞! 岂不可恨! 我雷海青,虽是一个乐工,那些没廉耻的勾当,委实做不出来。今日安禄山与这一班逆党,大宴凝碧池头,传集梨园奏乐,俺不免乘此,到那厮跟前,痛骂一场,出了这口愤气。便粉骨碎身,也说不得了。且抱着琵琶,去走一遭也呵! 正人只一不怕死,便做出掀天揭地事业。

【仙吕】【村里迓鼓】虽则俺乐工卑滥,硁硁愚暗,也不曾读书献策,登科及第,向鹓班高站。只这血性中,胸脯内,倒有些忠肝义胆。科第中人,何以自解。今日个睹了丧亡,遭了危难,值了变惨,不由人痛切齿,声吞恨衔。

【元和令】恨仔恨泼腥膻羴莽将龙座渰,癞虾蟆妄想天鹅啖,生克擦直逼的个官家下殿走天南。你道恁胡行堪不堪?纵将他寝皮食肉也恨难劖。谁想那一班儿没掂三,歹心肠,贼狗男。徐曰:末叠用三字二截句,范子安〔竹叶舟〕格。

【上马娇】平日家张着口将忠孝谈,到临危翻着脸把富贵贪。假道学,能不汗下! 早一齐儿摇尾受新衔,把一个君亲仇敌当作恩人感。咱,徐曰:"咱"字断句自然,此元人入妙处。只问你蒙面可羞惭?

【胜葫芦】眼见的去做忠臣没个敢。雷海青呵,若不把一肩担,可不枉了戴发含牙人是俺。此一"俺"字,前一"咱"字,皆看得此身所系纲常甚重,便是作圣贤心肠。但得纲常无缺,须眉无愧,便九死也心甘。(下)

【中吕引子】【绕红楼】(净引二军士上)抢占山河号大燕,袍染赭,冠戴冲天。凝碧清秋,梨园小部,歌舞列琼筵。徐曰:此引本非犯调,旧谱分注〔菊花新〕、〔齐天乐〕、〔缥山月〕,调既不合,名亦无谓。 开口出"抢占"二字,不脱贼种语气。次句便夸衮冕,又如沐猴而冠。此等描模,深得《史记》文法。孤家安禄山,自纵范阳起兵,所向无敌。长驱西入,直抵长安。唐家皇帝逃入蜀中去了,锦绣江山,归吾掌握。(笑介)好不快活。今日聚集百官,在凝碧池上做个太平筵宴,洒乐一回。内侍每,众官可曾齐到?(军)都在外殿伺候。(净)宣过来。(军)领旨。(宣介)主上宣百官进见。(四伪官上)"今日新天子,当时旧宰臣。同为识时者,不是负恩人。"(见介)臣等朝见,愿主上万岁!万万岁!(净)众卿平身。孤家今日政务稍闲,特设宴在凝碧池上,与卿等共乐太平。〔四伪官〕万岁。(军)筵宴完备,请主上升宴。(内奏乐,四伪官跪送酒介)

【过曲】【尾犯序】(净)龙戏碧池边,正五色云开,秋气澄鲜。点明时景,是征实处。紫殿逍遥,暂停吾玉鞭。开宴,走绯衣鸾刀细割,揸锦袖犀盘满献。仍是打围情状,真堪绝倒。(四伪官献酒再拜介)瑶池下,熊罴鹓鹭,拜送酒如泉。(净)内侍每,传旨唤梨园子弟奏乐。(军)领旨。(向内介)主上有旨,着梨园子弟奏乐。(内应,奏乐介)(军送净酒介)

【前腔】〔换头〕(合)当筵,众乐奏钧天。旧日霓裳,重按歌遍。半入云中,半吹落风前。希见,除却了清虚洞府,只有那沉香亭院。今日个，仙音法曲，不数大唐年。旧时歌舞，回首可怜，音节凄婉极矣！何物诸臣，并不生宫槐叶落之感也。（净）奏得好。此等丧心谀语，更足引激海青愤气。递下甚妙。（四伪官）臣想天宝皇帝，不知费了多少心力，教成此曲，今日却留与主上受用，真乃齐天之福也。（净笑介）众卿言之有理，再上酒来。（军送酒介）（外在内泣唱介）

【前腔】〔换头〕幽州鼙鼓喧，万户蓬蒿，四野烽烟。叶堕空宫，忽惊闻歌弦奇变，真个是天翻地覆，真个是人愁鬼怨。（大哭介）哭声突来，如见人鬼交讧，天地改色。我那天宝皇帝呵，金銮上百官拜舞，何日再朝天？（净）呀！什么人啼哭？好奇怪！（军）是乐工雷海青。（净）挐上来。（军拉外上见介）（净）雷海青，孤家在此饮太平筵宴，你敢擅自啼哭，好生可恶！（外骂介）唉！安禄山，你本是失机边将，罪应斩首。幸蒙圣恩不杀，拜将封王。你不思报效朝廷，反敢称兵作乱，秽污神京，逼迁圣驾。这罪恶贯盈，指日天兵到来诛戮，还说什么太平筵宴！（净大怒介）唉，有这等事？孤家入登大位，臣下无不顺从，量你这一个乐工，怎敢如此无礼！军士看刀伺候。（二军作应，拔刀介）（外一面指净骂介）尝读唐徐鲞诗："张均兄弟今何在？却是杨妃死报君。"今见此曲，觉太平宴上诸人，不但生惭雷老，即他日九重泉路，并何面目见杨妃乎？后文以为国捐躯为杨表白，正为此辈抑扬耳。

【扑灯蛾】怪伊忒负恩，兽心假人面，怒发上冲冠。我虽是伶工微贱也，不似他朝臣觍靦。安禄山，你窃神器，上逆皇天，少不得顷刻间尸横血溅。（将琵琶掷净介）我掷琵琶，将贼臣碎首报开元。等不得天兵，即以琵琶奋击。濒危正气岳岳，愧杀鼠辈偷生。满朝旧臣，甘心降顺，而一乐人，独矢捐躯，烈性足千古矣！然文伯之丧，敬姜谓诸臣未出涕，而内人行哭失声。知其旷礼，则天宝之治可知也。

览者必于此等处着眼,方不失作者苦心。(军夺琵琶介)(净)快把这厮拿去砍了。(军应拿外砍下)(净)好恼!好恼!(四伪官)主上息怒。无知乐工,何足介意。(净)孤家心上不快,众卿且退。(四伪官)领旨。臣等恭送主上回宫。(跪送介)(净)酒逢知己千钟少,话不投机半句多。(怒下)(四伪官起介)杀得好,杀得好。一个乐工,思量做起忠臣来,难道我每吃太平宴的,倒差了不成!

【尾声】大家都是花花面,一个忠臣值甚钱。(笑介)雷海青,雷海青,毕竟你未戴乌纱识见浅! 仍结到太平宴,极周匝,语更蕴藉入妙。他人笑骂,不若自己写照之亲切。

三秦流血已成川,罗　隐　为虏为王事偶然。李山甫
世上何人怜苦节,陆希声　直须行乐不言旋。薛　稷

第二十九出　闻　铃

(丑内叫介)军士每趱行,前面伺候。军士自不宜同在场,看其安顿之法。(内鸣锣,应介)(丑)万岁爷,请上马。

【双调过曲】【武陵花】(生骑马,丑随行上)玉辇巡行,首句唱家作"万里巡行"。多少悲凉途路情。看云山重叠处,似我乱愁交并。无边落木响秋声,长空孤雁添悲哽。寡人自离马嵬,饱尝辛苦。前日遣使臣赍奉玺册,传位太子去了。行了一月,将近蜀中。且喜贼兵渐远,可以缓程而进。只是对此鸟啼花落,水绿山青,无非助朕悲怀,如何是好!(丑)万岁爷,途路风霜,十分劳顿。请自排遣,勿致过伤。(生)唉!高力士,朕与妃子坐则并几,行则随肩。今日仓卒

91

西巡,断送他这般结果,教寡人如何撇得下也!（泪介）提起伤心事,泪如倾。回望马嵬坡下,不觉恨填膺。（丑）前面就是栈道了,请万岁爷挽定丝缰,缓缓前进。（生）袅袅旗旌,背残日,风摇影。匹马崎岖怎暂停,怎暂停!只见阴云黯淡天昏暝,哀猿断肠,子规叫血,好教人怕听。兀的不惨杀人么哥,兀的不苦杀人么哥!萧条怎生,峨眉山下少人经,冷雨斜风扑面迎。马首斜阳,忽尔阴云催暝,冷雨迎人,客程情况如画。（丑）雨来了,请万岁爷暂登剑阁避雨。（生作下马登阁坐介）（丑作向内介）军士每,且暂驻扎,雨住再行。（内应介）（生）"独自登临意转伤,蜀山蜀水恨茫茫。不知何处风吹雨,点点声声迸断肠。"（内作铃响介）（生）你听那壁厢,不住的声响,聒的人好不耐烦。高力士,看是甚么东西?（丑）是树林中雨声,和着檐前铃铎,随风而响。（生）呀!这铃声好不做美也。本是夜雨闻铃,写在中途薄暮,更觉断肠。

【前腔】徐曰:此曲与前曲,稍有不同。淅淅零零,一片凄然心暗惊。遥听隔山隔树,战合风雨,高响低鸣。一点一滴又一声,一点一滴又一声,铃声不断,却于叠句写出。和愁人血泪交相迸。对这伤情处,转自忆荒茔。白杨萧瑟雨纵横,此际孤魂凄冷。鬼火光寒,草间湿乱萤。只悔仓皇负了卿,负了卿!我独在人间,委实的不愿生。语娉婷,相将早晚伴幽冥。一恸空山寂,铃声相应,阁道峻嶒,似我回肠恨怎平!缠绵哀怨,一往情深。又应转铃声点染阁道,凄然欲绝。（丑）万岁爷且免愁烦。雨止了,请下阁去罢。（生作下阁上马介）（丑向内介）军士每,前面起驾。（众内应介）（丑随生行介）

【尾声】（生）迢迢前路愁难罄,招魂去国两关情。（合）望不尽雨后尖山万点青。结出雨后景色,文生于情。

(生)剑阁连山千里色,骆宾王 离人到此倍堪伤。罗　邺

空劳翠辇冲泥雨,秦韬玉 一曲淋铃泪数行。杜　牧

第三十出　情　悔

此折为《神诉》张本。

【仙吕入双调过曲】【普贤歌】(副净上)马嵬坡下太荒凉,土地公公也气不扬。祠庙倒了墙,没人烧炷香,福礼三牲谁祭享!小神马嵬坡土地是也。向来香火颇盛,只因安禄山造反,本境人民尽皆逃散,弄得庙宇荒凉,香烟断绝。目今野鬼甚多,恐怕出来生事,且往四下里巡看一回。正是:"只因神倒运,常恐鬼胡行。"(虚下)

【双调引子】【捣练子】(魂旦上)冤叠叠,恨层层,长眠泉下几时醒?魂断苍烟寒月里,随风窣窣度空庭。"一曲霓裳逐晓风,天香国色总成空。可怜只有心难死,脉脉常留恨不穷。"奴家杨玉环鬼魂是也。自从马嵬被难,荷蒙岳帝传勅,得以栖魂驿舍,免堕冥司。(悲介)我想生前与皇上在西宫行乐,何等荣宠!今一旦红颜断送,白骨冤沉,冷驿荒垣,孤魂淹滞。你看月淡星寒,又早黄昏时分,好不凄惨也!

【南吕过曲】【三仙桥】古驿无人夜静,趁微云,移月冥,潜潜躲躲,暂时偷现影。魆地间,心耿耿,猛想起我旧丰标,教我一想一泪零。想、想当日那态娉婷,想、想当日那妆艳靓,端得是赛丹青,描成画成。那晓得不留停,早则肌寒肉冷。(悲介)苦变做了鬼胡由,谁认得是杨玉环的行径! 三曲首惜芳颜,次哭钗盒,末

悔前愆。由痴入悟,章法井然。　　美人无不爱镜,正自惜红颜也。及至青草黄泥,那得不想? 那得不泪下?　　针线不漏。(泪介)(袖出钗钿盒介)这金钗钿盒,乃皇上定情之物,已从墓中取得,不免向月下把玩一回。(副净潜上,指介)这是杨贵妃鬼魂,且听他说些甚么。(背立听介)(旦看钗盒介)

【前腔】〔换头〕看了这金钗儿双头比并,更钿盒同心相映。只指望两情坚如金似钿,又怎知翻做断绠。若早知为断绠,枉自去将他留下了这伤心杷柄。记得盒底夜香清,钗边晓镜明,有多少欢承爱领。(悲介)但提起那恩情,怎教我重泉目瞑! (哭介)苦只为钗和盒,那夕的绸缪,翻成做杨玉环这些时的悲哽。曲曲折折,愈转愈情切。从此直至仙山征信,总不暂忘钗盒。(副净背听,作点头介)(旦)咳! 我杨玉环,生遭惨毒,死抱沉冤。或者能悔前愆,得有超拔之日,也未可知。且住,(悲介)只想我在生所为,那一桩不是罪案。况且弟兄姊妹,挟势弄权,罪恶滔天,总皆由我,如何忏悔得尽! 不免趁此星月之下,对天哀祷一番。人到悔时,便觉从前无一是处。故圣人教人以悔,则自凶趋吉。释家忏悔,原与易道无异也。

(对天拜介)

【前腔】对星月发心至诚,拜天地低头细省。皇天! 皇天! 念杨玉环呵,重重罪孽,折罚来遭祸横。今夜呵,忏愆尤,陈罪眚,望天天高鉴宥我垂证明。只有一点那痴情,爱河沉未醒。事事可悔,只有此情不放。才不放情便生缘。说到此悔不来,惟天表证。纵冷骨不重生,拚向九泉待等。那土地说,我原是蓬莱仙子,谴谪人间。天呵! 只是奴家恁般业重,敢仍望做蓬莱座的仙班,只愿还杨玉环旧日的匹聘。(副净)贵妃,吾神在此。(旦)原来是土地尊神。

【越调】【忆多娇】(副净)我趁月明，独夜行。见你拜祷深深仔细听，这一悔能教万孽清。管感动天庭，感动天庭，有日重圆旧盟。(旦)多蒙尊神鉴悯，只怕奴家呵，

【前腔】业障萦，凤慧轻。今夕徒然愧悔生，泉路茫茫隔上清。(悲介)说起伤情，说起伤情，只落得千秋恨成。所谓"一失足成千古恨，再回头是百年人"也，急当猛省。(副净)贵妃不必悲伤，我今给发路引一纸，千里之内，任便魂游便了。因贵妃云泉路茫茫，故以路引导之。(作付路引介)听我道来，

【斗黑麻】你本是蓬莱籍中有名，为堕落皇宫，痴魔顿增。欢娱过，痛苦经，虽谢尘缘，难返仙庭。喜今宵梦醒，教你逍遥择路行。莫恋迷途，莫恋迷途，早归旧程。(旦接路引谢介)

【前腔】深谢尊神，与奴指明。怨鬼愁魂，敢望仙灵！(背介)今后呵，随风去，信路行。荡荡悠悠，日隐宵征。依月傍星，重寻钗盒盟。还怕相逢，还怕相逢，两心痛增。说到相逢，并怕明皇增痛，直是情至。(副净)吾神去也。

(旦)晓风残月正潜然，韩　琮　(副净)对影闻声已可怜。李商隐
(旦)昔日繁华今日恨，司空图　(副净)只应寻访是因缘。方　干

第三十一出　剿　寇

【中吕引子】【菊花新】(外戎装，领四军上)谬承新命陟崇阶，

挂印催登上将台。惭愧出群才,敢自许安危全赖。"建牙吹角不闻喧,三十登坛众所尊。家散万金酬士死,身留一剑答君恩。"下官郭子仪,叨蒙圣恩,特拜朔方节度使,领兵讨贼。现今上皇巡幸西川,今上即位灵武。叙次时事,简而能括,是大手笔。当此国家多事之秋,正我臣子建功之日。誓当扫清群寇,收复两京,再造唐家社稷,重睹汉室威仪,方不负平生志愿也。众将官,今乃黄道吉日,就此起兵前去。(众应,呐喊发号启行介)

【过曲】【驻环着】(合)拥鸾旌羽盖,拥鸾旌羽盖,蹴起尘埃。马挂征鞍,将披重铠,画戟雕弓耀彩。军令分明,军令分明,是制胜第一事。争看取奋鹰扬堂堂元帅。端的是孙吴无赛,管净扫妖氛毒害。机谋运,阵势排,一战收京,万方宁泰。(齐下)

【前腔】(丑末扮番将,引军卒行上)倚兵强将勇,倚兵强将勇,梦凤按:二曲首句宜叠,各本皆脱去叠句,今为补正。一鼓前来。阵似推山,势如倒海。不断征云暖暖,鬼哭神号,到处里染腥风,杀人如芥。以杀人为能,便是草寇语。自家大燕皇帝麾下大将史思明、何千年是也。唐家立了新皇帝,遣郭子仪杀奔前来,奉令着我二人迎敌。(末)闻得郭子仪兵势颇盛,我等二人分作两队,待一人与他交战,一人横冲出来,必获大胜。(丑)言之有理。大小三军,就此分队杀上前去。(四杂应,做分行介)向两下分兵迎待,先一合拖刀佯败。磨旗惨,战鼓哀。奋勇先登,振威夺帅。(末领众先下)(外领军上,与丑对战一合介)(丑)来将何名? (外)吾乃大唐朔方节度使郭。天兵到此,还不下马受缚,更待何时? (丑)不必多讲,放马过来。(战介)(丑败介)(走下)(末领卒上截外战介)(外)来的贼将,快早投降。(末)郭子仪,你可赢得我么? (外)休得饶舌。(战介)(丑复上混战介)(丑、末大败逃下)(外)且喜贼将大败而逃,此去长安不远,连夜杀奔前去便了。哥舒一战而陷关，子仪数战而后收京，可见失之易，得之难。席守成王者，何可不早朝晏罢耶！（众）得令。（行介）

【添字红绣鞋】（合）三军笑口齐开，齐开，旌旗满路争排，争排。拥大将，气雄哉！合图画，上云台。把军书忙裁，忙裁，捷奏报金阶，捷奏报金阶。

【尾声】两都早慰云霓待，九庙重瞻日月开，复立皇唐亿万载。

悲风杀气满山河，白居易　师克由来在协和。胡　　曾
行望凤京旋凯捷，贺　朝　千山明月静干戈。杜荀鹤

第三十二出　哭　像

（生上）"蜀江水碧蜀山青，赢得朝朝暮暮情。但恨佳人难再得，岂知倾国与倾城。"寡人自幸成都，传位太子，改称上皇。喜的郭子仪兵威大振，指日荡平。只念妃子为国捐躯，无可表白，特勅成都府建庙一座。杨妃倾国，而又为之建庙，事属无名。今以为国捐躯，无可表白为言，便觉此举原不可少。又选高手匠人，将旃檀香雕成妃子生像，命高力士迎进宫来，待寡人亲自送入庙中供养。敢待到也。（叹科）咳！想起我妃子呵，

【正宫】【端正好】是寡人昧了他誓盟深，人无不畏鬼神者，信誓有违，暗室中往往自警。起语便提誓盟，是明皇极疚心处。负了他恩情广，生拆开比翼鸾凰。说甚么生生世世无抛漾，早不道半路里遭

97

魔障。

【滚绣球】<small>徐曰：此调第五句以下，复叠转用第一至第四四句，故名〔滚绣球〕。</small>恨寇逼的慌，促驾起的忙。点三千羽林兵将，出延秋便沸沸扬扬。痛伤心第一程，到马嵬驿舍傍，<small>首二句，后五六句。元人下字，或参差不一，其实皆只三字句也。</small>猛地里爆雷般齐呐起一声的喊响，早子见铁桶似密围住四下里刀枪。恶噷噷单施逞着他领军元帅威能大，眼睁睁只逼拶的俺失势官家氣不长，落可便手脚慌张。恨子恨陈元礼呵，

【叨叨令】不催他车儿马儿，一谜家延延挨挨的望；硬执着言儿语儿，一会里喧喧腾腾的谤；更排些戈儿戟儿，一哄中重重叠叠的上；生逼个身儿命儿，一霎时惊惊惶惶的丧。<small>徐曰：此用《西厢记》法，实止七字句耳。叠字俱平声方叶，他人解此者鲜矣。</small>（哭科）兀的不痛杀人也么哥！兀的不痛杀人也么哥！闪的我形儿影儿，这一个孤孤凄凄的样。寡人如今好不悔恨也！

【脱布衫】羞杀咱掩面悲伤，救不得月貌花庞。是寡人全无主张，不合呵将他轻放。<small>忙里不想着，闲里悟着；当时不省着，过后悔着。此等境，最是难堪。</small>

【小梁州】我当时若肯将身去抵搪，未必他直犯君王。纵然犯了又何妨，泉台上，倒博得永成双。

【么篇】如今独自虽无恙，问余生有甚风光！只落得泪万行，愁千状。（哭科）我那妃子呵，人间天上，此恨怎能偿！〔脱

布衫〕、〔小梁州〕三曲，一意转折，非是明皇自悔不死，正为愁泪之状与死为邻，而未为情死，死更可惜。故以"人间天上，此恨难偿"结之。从来不能死忠死义者，到命绝时，皆有此念。(丑同二宫女、二内监捧香炉、花旛，引杂抬杨妃像，鼓乐行上)(丑见生科)启万岁爷，杨娘娘宝像迎到了。(生)快迎进来波。(丑)领旨。(出科)奉旨宣杨娘娘像进。(宫女)领旨。(做抬像进对生，宫女跪，扶像略俯科)杨娘娘见驾。(丑)平身。(宫女起科)(生起立，对像哭科)我那妃子呵，

【上小楼】别离一向，忽看娇样。待与你叙我冤情，说我惊魂，话我愁肠。(近前叫科)妃子，妃子，怎不见你回笑庞，答应响，移身前傍。(细看像，大哭科)呀！原来是刻香檀做成的神像。杨妃凡三变：马嵬以前，人也；冥追以后，鬼也；尸解以后，仙也。而神仙人鬼之中，以刻像杂之，又作一变。假假真真，使观者神迷目乱。 马嵬不能救免，冤情也；幸蜀不能自主，惊魂也；没后不能再见，愁肠也。三语妙有次第。(丑)銮舆已备，请万岁爷上马，送娘娘入庙。(杂扮校尉，瓜旗伞扇，銮驾队子上)(生)高力士传旨，马儿在左，车儿在右，朕与娘娘并行者。(丑)领旨。(生上马，校尉抬像，排队引行科)

【么篇】(生)谷碌碌凤车呵紧贴着行，袅亭亭龙鞭呵相对着扬。依旧的辇儿厮并，肩儿齐亚，影儿成双。情暗伤，心自想。想当时联镳游赏，怎到头来刚做了恁般随倡！忽痴忽悟，呆语翻成妙谛。 徐曰：〔上小楼〕以下入中吕。(到科)(丑)到庙中了，请万岁爷下马。(生下马科)内侍每，送娘娘进庙去者。(銮驾队子下)(内侍抬像，同宫女、丑随生进，生做入庙看科)

【满庭芳】我向这庙里抬头觑望，问何如西宫南苑，金屋辉光？那里有鸳帏绣幌芙蓉帐。空则见颤巍巍神幔高张，泥塑

的宫娥两两,帛装的阿监双双。翦簇簇旛旌飐,招不得香魂再转,却与我摇曳吊心肠。<small>徐曰:"望"字仄声,协调。"辉"字用阴字更协。"两"字上声起音。"监"字去声,取务头各臻其妙。</small> <small>点缀庙中景色不可少。</small>(生前坐科)(丑)吉时已届,候旨请娘娘升座。(生)宫人每,伏侍娘娘升座者。(宫女应科)领旨。(内细乐,宫女扶像对生,如前略俯科)杨娘娘谢恩。(丑)平身。

(生起立,内鼓乐,众扶像上座科)

【快活三】(生)俺只见宫娥每簇拥将,把团扇护新妆。犹错认定情初,夜入兰房。(悲科)可怎生冷清清独坐在这彩画生绡帐。<small>忽从团扇簇拥中,看出神来。</small>(丑)启万岁爷,杨娘娘升座毕。(生)看香过来(丑跪奉香,生拈香科)

【朝天子】蓺腾腾宝香,映荧荧烛光,猛逗着往事来心上。记当日长生殿里御炉傍,对牛女把深盟讲。又谁知信誓荒唐,存没参商!空忆前盟不暂忘。今日呵,我在这厢,你在那厢,把着这断头香在手添凄怆。<small>又触起长生殿中誓盟,与起句相回互,并与后文牛女作缘相照会。</small> <small>徐曰:此调只几个短韵难叶,妙在叶得恰好,尤妙在"存"字属阳是务头。</small>高力士,看酒过来,朕与娘娘亲奠一杯者。(丑奉酒科)初赐爵。(生捧酒哭科)

【四边静】把杯来擎掌,<small>暗与《舞盘》折把杯照应。</small>怎能勾檀口还从我手内尝。按不住凄惶,叫一声妃子也亲陈上。<small>徐曰:第四句,古体只四字。此五字,《西厢》格也。</small>泪珠儿溶溶满觞,怕添不下半滴葡萄酿。(丑接杯献座科)(生)我那妃子呵,

【耍孩儿】一杯望汝遥来享,痛煞煞古驿身亡。乱军中

抔土便埋藏，并不曾溅半碗凉浆。今日呵，恨不诛他肆逆三军众，祭汝含酸一国殇。对着这云帏像，空落得仪容如在，越痛你魂魄飞扬。军行仓卒，锦褥裹埋，是明皇最伤心事，故下曲便想到山陵改葬。又追溯白练黄泉，牵衣请死，缠绵不已也。　　仍归到像上写发。（丑又奉酒科）亚赐爵（生捧酒哭科）

【五煞】碧盈盈酒再陈，黑漫漫恨未央，天昏地暗人痴望。今朝庙宇留西蜀，何日山陵改北邙！徐曰：此〔耍孩儿〕本调也，与后煞前半不同。以下借般涉调。　　人在天地中，茫茫前路，惟有痴望耳，此语妙绝。明皇虽遂改葬之愿，总是昏暗中一痴。（丑又接杯献座科）（生哭科）寡人呵，与你同穴葬，做一株冢边连理，化一对墓顶鸳鸯。（丑又奉酒科）终赐爵。（生捧酒科）

【四煞】奠灵筵礼已终，诉衷情话正长。你娇波不动，可见我愁模样？只为我金钗钿盒情辜负，致使你白练黄泉恨渺茫。（丑接杯献科）（生哭科）向此际捶胸想，好一似刀裁了肺腑，火烙了肝肠。犹是长生殿誓愿。　　徐曰：此般涉调煞也，因用于〔耍孩儿〕之后。且后五句与〔耍孩儿〕同，人遂误以为〔耍孩儿〕，非也。（丑、宫女、内侍俱哭科）（生看像惊科）呀！高力士，你看娘娘的脸上，兀的不流出泪来了。（丑同宫女看科）呀！神像之上，果然满面泪痕。奇怪！奇怪！（生哭介）哎呀！我那妃子呵，

【三煞】只见他垂垂的湿满头，汪汪的含在眶，纷纷的点滴神台上。分明是牵衣请死愁容貌，回顾吞声惨面庞。这伤心真无两，休说是泥人堕泪，便教那铁汉也肠荒！又作对像语，方非泛设。并以娇波不动，反映起下文。流泪妙绝。　　礼完众哭拜，排场极有

次第。　　　木人下泪最妙。若无此一番情感，则一块顽香，叫呼不应，了无意

致矣。　　　像是香木雕成者。泥人铁汉，皆傍借形容语。非以泥人指杨，铁汉

自指也。（丑）万岁爷请免悲伤，待奴婢每叩见娘娘。（同宫女、内侍哭拜科）

【二煞】（生）只见老常侍双膝跪，旧宫娥伏地伤。叫不出

娘娘千岁，一个个含悲向。（哭科）妃子呵，只为你当日在昭阳殿

里施恩遍，今日个锦水祠中遗爱长。悲风荡，肠断杀数声杜

宇，半壁斜阳。（丑）请万岁爷与娘娘焚帛。（生）再看酒来。（丑奉酒

焚帛，生酹酒科）

【一煞】叠金银山百座，化幽冥帛万张。纸铜钱怎买得

天仙降？暗击证仙。空着我衣沾残泪鹃留怨，不能勾魂逐飞灰

蝶化双，蓦地里增悲怆。甚时见鸾骖碧汉，鹤返辽阳？（丑）天

色已晚，请万岁爷回宫。（生）宫娥，可将娘娘神帐放下者。（宫娥）领

旨。（做下神幔，内暗抬像下科）（生起驾）（丑应科）（生作上马，銮驾队子复上，引行科）

【煞尾】出新祠泪未收，转行宫痛怎忘？对残霞落日空凝望。

是出庙徘徊情景。寡人今夜呵，把哭不尽的衷情，和你梦儿里再细讲。

结语又起一意，文心溢在纸外。　　徐曰：末句"再"字去声，"讲"字上声，协调。

数点香烟出庙门，曹　邺　巫山云雨洛川神。权德舆

翠蛾仿佛平生貌，白居易　日暮偏伤去住人。封彦冲

第三十三出　神　诉

此折前为密誓照应，后为奏复仙班张本。

【仙吕入双调过曲】【柳摇金】(贴引二仙女、二仙官队子行上)工成玉杼,机丝巧殊,呈锦过天除。摇珮还星渚,云中引凤舆。却望着银河一缕,碧落映空虚。俯视尘寰,山川米聚。吾乃天孙织女是也。织成天锦,进呈上帝。行路中间,只见一道怨气,直冲霄汉。不知下界是何地方? (叫介)仙官,(仙官应介)(贴)你看这非烟非雾,怨气模糊,怨气模糊,试问下方何处? 长生殿香烟,马嵬坡怨气,皆能上塞虚空,天人相感。甚捷君子,所以谨屋漏也。(仙官应,作看介)启娘娘,下界是马嵬坡地方。(贴)分付暂驻云车,即宣马嵬坡土地来者。(仙官应介)(众拥贴高处坐介)(仙官向内唤介)马嵬土地何在? 用土地唱人,但知其排场变幻,不知实用元人法也。(副净应上)来也。

【越调】【斗鹌鹑】则俺在庙里安身,忽听得空中唤取。则他那天上宣差,有俺甚地头事务? (仙官唤科)土地快来。无事被唤,便起疑虑多端。人世亦如是。(副净)他不住的唱叫扬疾,唬的我慌忙急遽。只索把急张拘诸的袍袖来拂,乞留屈碌的腰带来束。整顿了这破丢不答的平顶头巾,扶定了那滴羞扑速的齐眉拐拄。是一幅土地公公行乐图。 徐曰:"唱叫扬疾"四字二句,与中吕七字一句不同。"拂"字用韵方协。《越调斗鹌鹑》体急。"张拘诸"等字,是元人双声呼衬体。(见仙官科)仙官呼唤,有何使令? (仙官)织女娘娘呼唤你哩。

【紫花儿序】(副净)听说道唤俺的是天孙织女,我又不曾在河边去掌渡司桥,可因甚到坡前来觅路寻途? (背科)哦,是了波,敢只为云中驾过,道俺这里接待全疏,(哭科)待将咱这卑职来勾除。(回向仙官科)仙官可怜见波,小神官卑地苦,接待不周,特带得一陌黄钱在此,送上仙官,望在娘娘前方便咱。则看俺庙宇荒凉鬼判无,常只是尘蒙了神案,土塞在台基,草长在香炉。 首曲就本身摹写，此曲从呼唤猜疑。先于空中着想，不遽见天孙，亦是元人作法。此文章善于步虚处。　　徐曰：《紫花儿序》起处五句，皆只四字，"勾除"二字为句协调法。　　又画出一所古庙。(仙官笑科)谁要你的黄钱。娘娘有话问你哩，快去，快去。(引副净见介)(副净)马嵬坡土地叩见，愿娘娘圣寿无疆。(仙女)平身。(副净起科)(贴)土地，我在此经过，见你界上有怨气一道，直冲霄汉，是何缘故？(副净)娘娘听启，

【天净沙】这的是艳晶晶霓裳曲里娇姝，袅亭亭翠盘掌上轻躯。(贴)是那一个？(副净)是唐天子的贵妃杨玉环，碜磕磕黄土坡前怨屈，因此上痛咽咽幽魂不去，霭腾腾黑风在空际吹嘘。徐曰：六字四句皆遥对，"怨屈"去上声，俱合调法。　　魂气所之，随风而上，最难形似。此真画风手也。(贴)原来就是杨玉环。记得天宝十载渡河之夕，见他与唐天子在长生殿上，誓愿世为夫妇。如今已成怨鬼，甚是可怜。土地，你将死时光景说与我听者。

【调笑令】(副净)子为着往蜀，侍銮舆，鼎沸般军声四下里呼。痛红颜不敢将恩负，哭哀哀拜辞了君主。一霎时如花命悬三尺组，生擦擦为国捐躯。徐曰：首句五字二韵，"如花命悬三尺组"，用平平去平平上上，俱协调律。　　为国捐躯，乃明皇饰说，而幽冥亦作是论，何也？使当日依回不决，则六军犯跸竟成，倾国与褒、妲无异。惟有此一举，而军心顿服，中兴可期。唐人咏本事诗，独少陵"不闻夏殷衰，中自诛褒妲"最为得体。杨妃一死，虽谓之再造也可。观织女答语，即归重明皇。作者之情可见，非以强词曲为回护也。(贴)怎生为国捐躯，你再细细说来。

【小桃红】(副净)当日个闹镬铎激变羽林徒，把驿庭四面来围住。若不是慷慨佳人将难轻赴，怎能够保无虞，扈君王

直向西川路,使普天下人心悦服。今日里中兴重睹,兀的不是再造了这皇图。徐曰:"慷慨佳人难轻赴",用仄仄平平去平去,调律极协。 土地更不为明皇解嘲,只代贵妃写怨,省多少拙笔。(贴)虽如此说,只是以天下之主,不能庇一妇人,长生殿中之誓安在?李三郎畅好薄情也。(副净)娘娘,那杨妃呵,

【秃厮儿】并不怨九重上情违义忤,单则揾九泉中恨债冤逋。痛只痛情缘两断不再续,常则是悲此日,忆当初,欷歔。徐曰:"欷歔"二字是韵句,调法稳协,不让元人。(贴)他可说些甚来?

【圣药王】(副净)他道是恩已虚,爱已虚,则那长生殿里的誓非虚。就是情可辜,意可辜,则那金钗钿盒的信难辜。拚抱恨守冥途。(贴)他原是蓬莱仙子,只因凤孽,迷失本真。今到此地位,还记得长生殿中之誓。有此真情,殊堪鉴悯。(副净)再启娘娘,杨妃近来,更自痛悔前愆。(贴)怎见得?

【麻郎儿】(副净)他夜夜向星前扪心泣诉,对月明叩首悲吁。切自悔愆尤积聚,要祈求罪业消除。

【么篇】因此上怨呼,恨吐,意苦。徐曰:〔么篇〕六字三韵,古称难协。"恨吐""意苦",俱去上声,尤称合调。虽不能贯白虹上达天都,早则是结紫字冲开地府。不堤防透青霄横当仙路。收合怨气,首尾相应,文情生动。 代诉至此,非寻常意想所及。土地亦因有岳帝之命,所以乐为快畅言之。凤世仙音,信非偶也。(贴)原来如此。既悔前非,诸愆可释。吾当保奏天庭,令他复归仙位便了。(副净)娘娘呵,

【络丝娘】虽则保奏他仙班再居,他却还有痴情几许。只恐到仙宫,但孤处,徐曰:"但孤处"三字,用去、平、上声,调法协而务头得矣。愿永证前盟夫妇。(贴)是儿好情痴也。你且回本境,吾自有道理。(副净)领法旨。

【尾声】代将情事分明诉,幸娘娘与他做主。早则看马嵬坡少一个苦游魂,稳情取蓬莱山添一员旧仙侣。徐曰:"做主"去、上声,"旧仙侣"去、平、上声,俱协调。而"旧仙侣"三字,本调之煞,尤不可易。(下)(贴)分付起驾,回璇玑宫去。(众应引行介)

【仙吕入双调过曲】【金字段】〔金字令〕红颜薄命,听说真冤苦。黄泉长恨,听说多酸楚。更抱贞心,初盟不负。〔三段子〕悔深顿令真元露,情坚炼出金丹固,只合登仙把人天恨补。登仙已足补恨。后文同生忉利,又是为明皇重补。

往来朝谒蕊珠宫, 赵　嘏　　乌鹊桥成上界通。刘　　威

纵目下看浮世事, 方　干　　君恩已断尽成空。卢　　弼此种

诗在场上,句句有腔态。东篱、君美,俱得此秘。

第三十四出　刺　逆

(丑扮李猪儿太监帽、氈笠、箭衣上)"小小身材短短衣,高檐能走壁能飞。怀中匕首无人见,一皱眉头起杀机。"自家李猪儿便是,从小在安禄山帐下,见俺人材俊俏,性格聪明,就与儿子一般看待。一日禄山醉后,忽然现出猪首龙身,自道是个猪龙,此处点出猪龙,为后《雨梦》折见猪龙伏案。然却是序猪儿取名原由,奇想妙笔。或谓此折

当扮猪龙上场醒目，不知是剧，故全用侧写映衬也。必有天子之分。因此把俺名字，就顺口唤做猪儿。不想他如今果然做了皇帝，却宠爱着段夫人，要立他儿子庆恩为太子。眼见这顶平天冠，不要说俺李猪儿没福戴他，就是他长子大将军庆绪，也轮不到头上了。因此大将军心怀忿恨，与俺商量，要俺今夜入宫行刺。即从养子转到庆恩欲立，庆绪谋弑，一气旋折，绝妙古文。唉！安禄山，安禄山，你受了唐天子那样大恩，尚且兴兵反叛，休怪俺李猪儿今日反面无情也。（内打二更介）你听，谯楼已打二鼓，不免乘此夜静，沿着宫墙，前去走一遭也呵。（行介）

【双调】【二犯江儿水】徐曰：此调本南曲，词隐辨之甚明。自《宝剑》"梅花清瘦"曲添入重句，遂以北调唱之。但北曲止有〔清江引〕，别名〔江儿水〕，与此无涉。子犹云：古人因调列名，欲更名〔梅花清瘦〕，附入北曲。因恐骇俗，姑仍其旧。阴森夹道，行不尽阴森夹道，更深人静悄。（内作鸟声介）怕惊飞宿鸟，（内作犬吠介）犬吠哗哗，祸机儿包贮好。（内打更介）那边巡军来了，俺且闪在大树边，躲避一回。（躲介）（小生、末、中净、老旦扮四军巡更上）"百万军中人四个，九重门外月三更。"（末）大哥每，你看那御河桥树枝，为何这般乱动？（老旦）莫不有甚奸细在内。（中净）这所在那得有奸细，想是柳树成精了。（小生）呸！你每不听得风起么？故作惊疑逼人。四军四下转语，无不入妙。（众）不要管，一路巡去就是了。（绕场走下）（丑出行介）好唬人也。只见刁斗暗中敲，巡军过御桥。星影云飘，月影花摇，险些儿漏风声难自保。一路行来，此处已近后殿，不免跳过墙去。苑墙恁高，那怕他苑墙恁高，翻身一跳，（作跳过介）已被俺翻身一跳。叠句恰好是两重意。（内作乐介）你听，恁般时候，还有笙歌之声。喜得宫中都是熟路，宫中是禄山熟路，猪儿亦是养子，故宜云然。然阅者于此，可静思因果，莫等闲看

107

过。且自慢慢而去。等待他醉糢糊把锦席抛。（虚下）（净作醉态，老旦、中净、二宫女扶侍，二杂扮内侍提灯上）（净）孤家醉了，到便殿中安息去罢。（杂引净到介）（净坐介）（二杂先下）（净）宫娥，段夫人可曾回宫？（老旦、中净）回宫去了。（净）看茶来吃。（老旦、中净应下）（净作醒叹介）唉！孤家原不曾醉，只为打破长安之后，便想席卷中原。不料各路诸将，连被郭子仪杀得大败，心中好生着急。又因爱恋段夫人，酒色过度，不但弄得孤家身子疲软，连双目都不见了。因此今夜假妆酒醉，令他回宫，孤家自在便殿安寝，暂且将息一宵。伴醉一段，极写禄山丑态，实则为猪儿便于行刺也。（老旦、中净捧茶上）皇爷，茶在此。（净作饮介）（内打三更介）（中净）夜已三更，请皇爷安寝罢。（净）宫娥每，把殿门紧闭了。（老旦、中净应作闭门介）（净睡介）（老旦、中净坐地盹介）（净作惊介）为何今夜睡卧不宁，只管肉飞眼跳？（叫介）宫娥！宫娥！（中净惊醒介）想是皇爷独眠不惯，在那里唤人哩。姐姐你去。（老旦）姐姐，还是你去。（推诿介）（净又叫介）宫娥，是什么人惊醒孤家？（老旦中净）没有人。（净）传令外面军士，小心巡逻。（老旦、中净）领旨。（作开门出，向内传介）（内应介）（老旦、中净进，忘闭门，既不回宫，又失闭殿门，愈防谨，反愈疏漏，总是天夺其鉴。复坐地盹介）（净做睡不着介）又记起一事来，段夫人要孤家立他的儿子庆恩为太子，这事明日也要定了。（做睡着介）（丑潜上）俺李猪儿在黑影儿等了多时，才听得笙歌散后，段夫人回宫，说禄山醉了，在便殿安息。是好机会也呵。（行介）

【前腔】昔尝与客论作曲，须令人无从下圈点处，方是本色当行。如此二曲，真古朴极矣。潜身行到，悄不觉潜身行到。（内喊小心巡逻介）巡更的空闹炒，怎知俺宫闱暗绕，苑路斜抄，凑昏君沉醉倒。这里已是便殿了，且喜门儿半开在此，不免捱身而入。（进介）莫把兽环摇，（作听介）听鼾声殿角高。你看守宿的宫女，都是睡着。（作剔灯介)咱剔醒兰膏,(揭帐介)揭起鲛绡,(出刀介)管教他泼残生登时了。已拔刀欲下手矣,又一顿折,故作逼人。且妙在剔灯揭帐,便于宫娥起看。若作暗中摸索,多费几许笔墨矣。(净作梦语,丑惊,伏地,徐起细听介)**梦中絮叨,原来是梦中絮叨。**(内打四更介)残更频报,趁着这残更频报,赤紧的向心窝刺一刀。(刺净急下)(净作大叫一声跌地,连跳作死介)(老旦、中净惊醒介)那里这般响动? (看介)阿呀! 不好了! (向内叫介)外厢值宿军士快来。(四杂军上)为何大惊小怪? (老旦、中净)皇爷忽然梦中大叫,急起看时,只见鲜血满身,倒在地下。(四杂)有这等事! (作进看介)呀! 原来被人刺中心窝而死。好奇怪,我每紧守外厢,还有许多巡军拦路,这贼从那里进来? 毕竟是你每做出来的。(老旦、中净)好胡说! 你每在外厢护卫,放了贼进来。明日大将军查问,少不得一个个都是死。(军)难道你每就推得干净? (诨介)(杂扮将官上)"凶音来紫殿,令旨出青宫。"大将军有令:主上被唐朝郭子仪遣人刺死,即着军士抬往段夫人宫中收殓,候大将军即位发丧。猪儿回话,庆绪即遣人处分丧事,不及更待报知。且以郭帅为辞,弑逆乱贼急性昧心,一齐写出。(四杂)得令。(抬净尸随杂下)(老旦、中净向内介)

鱼文匕首犯车茵,刘禹锡　当值巡更近五云。王　建
胸陷锋芒脑涂地,陆龟蒙　已无踪迹在人群。赵　嘏

第三十五出　收　京

此折专为点明迎请上皇回銮一语。然唐室中兴之象,郭令勋名之盛,皆见于此。妙在写得气象春容,曲白亦复古雅流丽。

【仙吕过曲】【甘州歌】〔八声甘州〕(外金盔、袍服,生、小生、净、末扮

（四将，各骑马，二卒执旗行上）宣威进讨，喜日明帝里，风静皇郊。欃枪涤尽，看把乾坤重造。扬鞭漫将金镫敲，整顿中兴事正饶。（外）下官郭子仪，奉命统兵讨贼。且喜禄山授首，庆绪奔逃，大小三军，就此振旅进城去。（众应行介）（排歌）收驰辔，近吊桥，只见长安父老拜前旄。欢声动，笑语高，卖将珠串奉香醪。（到介）（众）启元帅，已进京城。请在龙虎卫衙门，权时驻扎。（外、众下马，作进，外正坐，四将傍坐介）（外）忆昔长安全盛时，（生、小生）今朝重到不胜悲。（净、末）漫挥满目河山泪，（外）始悟新丰壁上诗。（四将）请问元帅，什么新丰壁上诗？（外）诸将不知，本镇当年初到西京，偶见酒楼壁上，有术士李遐周题诗一首。于此处宣解一番，方知酒楼看诗，不是闲文。（四将）题的是何诗句？（外）那诗上说："燕市人皆去，函关马不归。若逢山下鬼，环上系罗衣。"（四将）这却怎么解？（外）当时也详解不出。如今看来，却句句验了。（四将）请道其详。（外）禄山统燕、蓟军马，入犯两京，可不是"燕市人皆去"么？后来哥舒兵败潼关，正是"函关马不归"了。（四将）是，果然不差。后面两句，却又何解？（外）"山下鬼"者，嵬字也。"环"乃贵妃之名，恰应马嵬赐死之事。（四将）原来如此，可见事皆前定。今仗元帅洪威，重收宫阙，真乃不世之勋也。（外叹介）唉！西京虽复，只是天子暂居灵武，上皇远狩成都，千官尚窜草莱，百姓未归田里。必先肃清宫禁，洒扫园陵，务使钟簴不移，庙貌如故。上皇西返，大驾东回，才完得我郭子仪身上的事也。中兴诸事，子仪已有成竹在胸，历历言之。后文诸将所议，即赞助此数语，不能更出一奇也。（四将打恭介）全仗元帅。"只手重扶唐社稷，一肩独荷李乾坤。"（外）说便这般说，这中兴事，大费安排。诸公何以教我？（四将）不敢。

【商调】【高阳台】（外）九庙灰飞，诸陵尘暗，腥羶满目狼藉。久阙宫悬，伤心血泪时滴。（合）今日、妖氛幸喜消尽也，索早自扫除修葺。(外)左营将官过来。(生)有。(外)你将这令箭一枝，前去星夜雇募人夫扫除陵寝，修葺宗庙，候圣驾回来致祭。(合)待春园，樱桃熟绽，荐陈时食。(外付令箭，生收介)领钧旨。(末)元帅在上，帝京初复，十室九空。为今要务，先当招集流移，使安故业。(外)言之然也。扫除陵庙是第一事，安流民次之，集故臣又次之。然后恭迎圣驾，是社稷臣作用。若小臣容悦，先图逢迎，使其君目击寝园芜秽，流离载路，成何事耶！

【前腔】〔换头〕堪惜，征调千家，流离百室，哀鸿满路悲戚，须早招徕，间阎重见盈实。(合)安辑，春深四野农事早，恰趁取甲兵初释。(外)右营将官过来。(小生)有。(外)你将这令箭一枝，前去出榜安民，复归旧业。(合)遍郊圻，安宁妇子，勉修耕织。诸曲俱切廓清后语，故妙。(外付令箭，小生接介)领钧旨。(净)元帅在上，国家新造，纲纪宜张，还须招致旧臣，共图更始。(外)此言正合我意。

【前腔】〔换头〕虽则、暂总纲维，独肩弘巨，同心早晚协力。百尔臣工，安危须仗奇策。于寅恭即寓谦抑之意，是令公身分。(合)欣得、南阳已自佳气满，好共把旧章重饬。(外)后营将官过来。(末)有。(外)你将这令箭一枝，榜示百官，限三日内，齐赴军前，共襄国事。(合)佐中兴升平泰运，景从云集。(外付令箭，末接介)领钧旨。(生、小生)元帅在上，长安久无天日，士民渴仰圣颜。庶政以渐举行，銮舆必先反正。(外)二位所言，乃中兴大本也。本镇早已修下迎驾表文在此。

【前腔】〔换头〕目极，云蔽行宫，尘蒙西蜀，臣心夙夜难释。反正銮舆，群情方自归一。(众共泣介)(合)凄恻，无君久切人痛愤，愿早把圣颜重识。(外)前营将官过来。(净)有。(外)你将这令箭一枝，带领龙虎军士五千，备齐法驾，赍我表文，前往灵武，奉迎今上皇帝告庙。并候圣旨，遣官前往成都，迎请上皇回銮。请今上以告庙，为辞甚得体。至迎上皇，非郭所擅专，故必请旨遣官。从古善处功名者，无一言一事可少苟也。(净接令箭介)领钧旨。(外)左右看香案过来，就此拜发表文。(杂应、设香案，丑扮礼生上，赞礼，外同四将拜表介)(合)就军前瞻天仰圣，共尊明辟。(丑下)(净捧表文介)(四将)小将等就此前去。

(合)削平妖孽在斯须，方　干　(外)依旧山河捧帝居。皮日休
(合)听取满城歌舞曲，杜　牧　(外)风云长为护储胥。李商隐

第三十六出　看　袜

【商调过曲】【吴小四】(老旦扮酒家妪上)驿坡头，门巷幽，拾得娘娘锦袜收。开着店儿重卖酒，往来客人尽见投。聊度日，不用愁。头绪虽繁，总以马嵬贯串，使观者不觉。老身王嬷嬷，一向在这马嵬坡下，开个冷酒铺儿度日。自从安禄山作乱，人户奔逃，那时老身躲入驿内佛堂，只见梨树之下，有锦袜一只，是杨娘娘遗下的。老身收藏到今，谁想是件至宝。如今郭元帅破贼收京，太平重见，老身仍旧开张酒铺在此。但是远近人家，闻得有锦袜的，都来铺中饮酒，兼来看袜。拾袜看袜，随笔带出，绝不费力，却是惨淡经营，真叙事神品。酒钱之外，另有看钱，生意十分热闹。(笑介)也算是老身交运了。今早铺设下店儿，想必有人来也。(虚下)

【中吕】【驻马听】(小生巾服行上)翠辇西临，古驿千秋遗恨

深。叹红颜断送,一似青冢荒凉,紫玉销沉。小生李暮,向因
兵戈阻路,不能出京。如今渐喜太平,闻得马嵬坡下王嬷嬷酒店中,
藏有贵妃锦袜一只,因此前往借观。呀!那边一个道姑来了。(丑
扮道姑上)"满目沧桑都换泪,空留锦袜与人看。"(见介)(小生)姑姑何
来?(丑)贫道乃金陵女贞观主,来京请藏,兵阻未归。今闻王嬷嬷
店中,有杨娘娘锦袜,特来一看。李暮、郭从谨随意照应作点缀,又入
女贞观主,为后永、念学道作合。(小生)原来也是看袜的,就请同行。(同
行介)(合)玉人一去杳难寻,伤心野店留残锦。且买酒徐斟,
暂时把玩端详审。(小生)此间已是,不免径入。(同作进介)(老旦迎上)
里面请坐。(小生、丑作坐介)(外上)老汉郭从谨,喜得兵戈宁息,要往华
山进香。经过这马嵬坡下,走的乏了。有座酒店在此,且吃三杯前
去。俱作看袜,未免雷同。用一过路饮酒之人,更觉生动。(进介)店主人取
酒来。(老旦)有酒。(外与小生、丑见介)请了。(小生向老旦介)王嬷嬷,我等
到此,一则饮酒,二则闻有太真娘娘的锦袜,要借一观。(老旦笑介)锦
袜果有一只,只是老身呵,

【前腔】宝护深深,什袭收藏直至今。要使他香痕不
减,粉泽常留,尘涴无侵。果然堪爱又堪钦,行人欲见争投
饮。客官,只要不惜囊金,愿与君把玩端详审。爱者以其美,钦者
以其贵也。写至此,真令人动色。(小生)这个自然。我每酒钱之外,另有
青蚨便了。(老旦)如此待老身去取来。(虚下)(持袜上)"玉趾罢穿还带
腻,罗巾深裹便闻香。"客官,锦袜在此,请看。(小生作接,展开同丑看介)
呀!你看锦文缜致,制度精工。光艳犹存,异香未散。真非人间之
物也。(丑)果然好香!(外作饮酒不顾介)(小生作持袜起,看介)

【驻云飞】你看薄衬香绵,似一朵仙云轻又软。昔在黄

金殿,小步无人见。怜,今日酒垆边,等闲携展。只见线迹针痕,都砌就伤心怨。可惜了绝代佳人绝代冤,空留得千古芳踪千古传。数语即是"堪爱堪钦"注脚。(外作恼介)唉!官人,看他则甚!我想天宝皇帝,只为宠爱了贵妃娘娘,朝欢暮乐,弄坏朝纲。致使干戈四起,生民涂炭。老汉残年向尽,遭此乱离。今日见了这锦袜,好不痛恨也!情爱场中,不可无此一番正论。此又是借他人酒杯,浇自己块垒。

【前腔】想当日一捻新裁,紧贴红莲着地开。六幅湘裙盖,行动君先爱。唉!乐极惹非灾,万民遭害。今日里事去人亡,一物空留在。我蓦睹香袿重痛哀,回想颠危还泪揩。(老旦)呀!这客官见了锦袜,为何着恼?敢是不肯出看钱么!(外)什么看钱?(老旦)原来是个村老儿,看钱也不晓得。(小生)些须小事,不必斗口。(向丑介)姑姑也请细观。(向老旦介)待小生一并送钱便了。(递袜介)(丑接起看介)唉!我想太真娘娘,绝代红颜,风流顿歇。今日此袜虽存,佳人难再。真可叹也!

【前腔】你看璨翠钩红,叶子花儿犹自工。不见双趺莹,一只留孤凤。空,流落恨何穷,马嵬残梦。倾国倾城,幻影成何用!莫对残丝忆旧踪,须信繁华逐晓风。李曲情痴,郭曲悲愤,此曲观空,各照本色,色色入妙。(递袜与老旦介)嬷嬷,我想太真娘娘,原是神仙转世。欲求喜舍此袜,带到金陵女贞观中,供养仙真,未知许否?(老旦笑介)老身无儿无女,下半世的过活,都在这袜儿上,实难从命。(小生)小生愿出重价买去,如何?(外)这样遗臭之物,要他何用!此非恶扫也,正是作者微旨。若天宝廷臣有此直言,便可久安长治。(老旦)老身也不卖的。(外作交钱介)挈酒钱去。(小生作交钱介)我每看袜的钱,一总在此。(老旦收介)多谢了。

(老旦)一醉风光莫厌频, 鲍　溶 (丑)几多珠翠落香尘。
卢　纶
(小生)惟留坡畔弯环月,李　益 "弯环月"比袜,本徐夤诗:"巧裁明月
半弯斜。"(外)郊外喧喧引看人。宋之问

第三十七出　尸　解

此折描写情种愁魂,能于无中生有。太白仙才,长吉鬼才,殆欲兼之。

【正宫引子】【梁州令】(魂旦上)风前荡漾影难留,叹前路
谁投。死生离别两悠悠,人不见,情未了,恨无休。〔如梦令〕"绝
代风流已尽,薄命不须重恨。情字怎消磨? 一点嵌牢方寸。闲趁,
闲趁,残月晓风谁问?" 我杨玉环鬼魂,自蒙土地给与路引,任我随
风来往。且喜天不收,地不管,无拘无系,煞甚逍遥。只是再寻不
到皇上跟前,重逢一面。(悲介)好不悲伤! 今日且顺着风儿,看到那
一处也。(行介)

【过曲】【雁鱼锦】〔雁过声全〕徐曰:此调沈谱旧未注明,及查诸家
考注,互有不同,且多牵强未确者,今悉查正。悄魂灵御风似梦游,路
沉沉不辨昏和昼。经野树片时权栖宿,猛听冷烟中鸟啾啾,
唬得咱早难自停留。青磷荒草浮,倩他照着我向前冥冥走。
是何处殿角几重云影覆? 遥望殿阁几重,不知何处西宫。是宴息之地,
一到自然认得。游魂不能自主,浑与梦境一般。(看介)呀! 原来就是西宫
门首了。不免进去一看。(作欲进,二门神黑白面、金甲,执鞭锏上,立高处介)"生

前英勇安天下,死后威灵护殿门。"（举鞭铜拦旦介）何方女鬼？不得擅入！（旦出路引介）奴家杨玉环,有路引在此。（门神）原来是杨娘娘。目今禄山被刺,庆绪奔逃,郭元帅扫清宫禁,只太上皇远在蜀中,新天子尚留灵武,因此大内,寂无一人,宫门尽扃锁钥。娘娘请自进去,吾神回避。（下）（旦作进介）你看："宫花都是断肠枝,帘幕无人窣地垂。行到画屏回合处,分明钗盒奉恩时。"蓦到西宫,蓦想钗盒,所谓风景不殊,举目有河山之异,那得不下泪也！（泪介）（场上先设宫中旧床帷、器物介）

【二犯渔家傲】〔雁过声换头〕蹰蹰,往日风流。〔渔家傲〕（作坐床介）记盒钗初赐,种下这恩深厚。痴情共守,（起介）〔普天乐〕又谁知惨祸分离骤！唉！你看沉香亭、华萼楼都这般荒凉冷落也。心思所到,随处忽现旧景,皆是幻化,非真境也。场上铺张,俱从参悟得来。（作登楼介）并没有人登画楼,并没有花开并头,〔雁过声〕并没有奏新讴,端的有荒凉满目生愁！凄然,不由人泪流！徐曰："凄然泪流"四字,即《周孝子》中"思前算后"四字句法也,与前"青磷荒草浮"五字句微异。故点板仍当于"然"字用一正一截。呀！这里是长生殿了。我想起来,（泪介）（场上先设长生殿乞巧香案介）这壁厢是咱那日陈瓜果夜香来乞巧,那壁厢是他怎时向牛女凭肩私拜求。（哭介）我那皇上呵,怎能勾霎时一见也！方才门神说,上皇犹在蜀中,不免闪出宫门,到渭桥之上,一望西川则个。物是人无,那得不思相见。因不得见,转出遥望一层。曲写幽情,不特用古入化。（行介）

【二犯倾杯序】〔雁过声换头〕凝眸,一片清秋,（登桥介）〔渔家傲〕望不见寒云远树峨眉秀。徐曰:第三段旧作〔二犯渔家灯〕,此盖认"寒云"一句为〔渔家灯〕,不知〔渔家傲〕与〔剔银灯〕二调合成者。此句实即〔渔家傲〕也,与灯名何涉。〔倾杯序〕苦忆蒙尘,影孤体倦。病马严霜,万里桥头，知他健否？纵然无恙，料也为咱消瘦。待我飞将过去。(作飞被风吹转介)(哭介)哎哟！天呵！〔雁过声〕我只道轻魂弱魄飞能去，又谁知千水万山途转修。(作看介)呀！你看佛堂虚掩，梨树欹斜，怎么被风一吹，仍在马嵬驿内了。顺风游去多时，一吹即到旧处，正与梦境相似。(场上先设佛堂梨树介)

【喜渔灯犯】〔喜渔灯〕驿垣夜冷，一灯微漏。〔山渔灯〕佛堂外阴风四起。看月暗空厩，〔朱奴儿〕猛伤心泪垂。〔玉芙蓉〕对着这一株靠檐梨树幽，(坐地泣介)〔渔家傲〕这是我断香零玉沉埋处。好结果一场厮耨，空落得薄命名留。人境耶？鬼境耶？景切情至，妙至此乎？ 说到身后名，真堪哭杀。〔雁过声〕当日个红颜艳冶千金笑，今日里白骨抛残土半丘。我想生受深恩，死亦何悔。只是一段恩缘，未能终始，此心耿耿，万劫难忘耳。

【锦缠道犯】〔锦缠道〕漫回首，梦中缘花飞水流，只一点故情留。似春蚕到死，尚把丝抽。剑门关离宫自愁，马嵬坡夜台空守，想一样恨悠悠。〔雁过声〕几时得金钗钿盒完前好，七夕盟香续断头！将前数曲意总叙作结，又以"一点情留"、"盟香续断"引起下文证仙，巧法双绝。(副净上)"天边传敕使，泉下报幽魂。"正迷闷时，忽得喜信，无异穷措大闻得第也。(见介)贵妃，有天孙娘娘赍捧玉旨到来，须索准备迎接。吾神先去也。(旦)多谢尊神。(分下)

【南吕引子】【生查子】(杂扮四仙女，执水盂、旛节，引贴捧敕上)玉敕降天庭，鸾鹤飞前后。只为有情真，召取还蓬岫。(副净上，跪接介)马嵬坡土地，迎接娘娘。(贴)土地，杨妃魂灵何在？速召前来，听宣玉敕。(副净)领法旨。(下)(引旦去魂帕上，跪介)(贴宣敕介)玉旨已到，跪听宣读。玉帝勅曰：咨尔玉环杨氏，原系太真玉妃，偶因微过，暂谪人间。不合迷恋尘缘，致遭劫难。今据天孙奏尔吁天悔过，夙业已消，真情可悯。准授太阴炼形之术，复籍仙班，仍居蓬莱仙院。天孙并取情真，玉旨总归重悔过。上悔则虽属痴情，已归正见，所以可仙也。钦哉谢恩。（旦叩头介）圣寿无疆。（见贴介）天孙娘娘叩首。（贴）太真请起。前天宝十载七夕，我正渡河之际，见你与唐天子在长生殿上，密誓情深。昨又闻马嵬土地诉你悔过真诚，因而奏闻上帝，有此玉音。照应以前《私誓》、《神诉》诸折。（旦）多谢娘娘提拔。（贴取水盂，付副净介）此乃玉液金浆，你可将去，同玉妃到坟前，沃彼原身，即得炼形度地，尸解上升了。炼毕之时，即备音乐、旛幢，送归蓬莱仙院。我先缴玉勅去也。（副净）领法旨。（贴）"驾回双凤阙，云拥七襄衣。"（引仙女下）（副净）玉妃恭喜，就请同到冢上去。（副净捧水盂，引旦行介）

【过曲】【香柳娘】往郊西道北，往郊西道北，只见一拳培塿，（副净）到了。（旦作悲介）这便是我前生宿艳藏香薮。（副净）小神向奉东岳帝君勅旨，将仙体保护在此。待我去扶将出来。（作向古门扶杂，照旦妆饰，扮旦尸锦褥包裹上）（副净解去锦褥，扶尸立介）（旦见作惊介）看原身宛然，看原身宛然，紧紧合双眸，无言闭檀口。（副净将水沃尸介）把金浆点透，把金浆点透，神光面浮，（尸作开眼介）（旦）秋波忽溜。（尸作手足动，立起向旦走一二步介）（旦惊介）呀！人昼则魂附于形，夜则魂自能变物，所以成梦。死则形败而魂有灵，是鬼也。魂复于形则重生，形化于魂为尸解。理本平常，而从来无演及此者，逐觉排场新幻，使人警动。

【前腔】果霎时再活，果霎时再活，向前移走，觑形模与我无妍丑。（作迟疑介）且住，这个杨玉环已活，我这杨玉环却归何处去？（尸作忽走向旦，旦作呆状，与尸对立介）（副净拍手高叫介）玉妃休迷，他就是你，你就是他。妄起我见，便生无限猜疑。烦恼一经土地点破，真如嚼蜡无味矣。是一是二，实有至理可参。（指尸向旦介）这躯壳是伊，（指旦向尸介）这魂魄是伊，真性假骷髅，当前自分剖。（尸逐旦绕场急奔一转，旦扑尸身作跌倒，尸隐下）（副净）看元神入彀，看元神入彀，似灵胎再投，双环合凑。（旦作起，立定徐唱介）以上科介，俱细细传神，演者切莫潦草。

【前腔】乍沉沉梦醒，乍沉沉梦醒，故吾久失，形神忽地重圆就。猛回思惘然，猛回思惘然，现在自庄周，蝴蝶复何有。我杨玉环，不意今日冷骨重生，离魂再合。真谢天也。似亡家客游，似亡家客游，归来故丘，室庐依旧。前土地二喻，尚是形似，此喻更自亲切。土地请上，待吾拜谢。（副净）小神不敢。（旦拜，副净答拜介）

【前腔】（旦）谢经年护持，谢经年护持，保全枯朽，更断魂落魄蒙骈覆。（副净）音乐、旛幢已备，候送玉妃归院。（旦欲行又止介）且住，我如今尸解去了，日后皇上回銮，毕竟要来改葬。须留下一物在此，做个记验才好。土地，你可将我裹身的锦褥，依旧埋在冢中，不可损坏。（副净）领仙旨。（作取褥，褥作飞下介）（副净看介）呀！奇哉！奇哉！那锦褥化作一片彩云，竟自腾空飞去了。锦褥不见，惟有香囊，得此一解，方不渗漏。（旦看介）哦，是了。方才炼形之时，那锦褥也沾着金浆，故此得了仙气。化飞空彩云，化飞空彩云，也似学仙游，将何更留后。我想金钗钿盒，是要随身紧守的，此外并无他物。（想介）哦，也罢！我胸前有锦香囊一个，乃翠盘试舞之时，皇上所赐，不免解来留下便了。如此写香囊方才有情，而钗盒在仙山却寄，亦有根蒂。(作解香囊看介)解香囊在手，解香囊在手，(悲介)他日君王见收，索强似人难重觏。思致深刻。(将香囊付副净介)土地，你可将此香囊放在冢内。(副净接介)领仙旨。(虚下即上)启娘娘，香囊已放下了。(杂扮四仙女，音乐、旛幢上)(见旦介)蓬莱山太真院中仙姬叩见，请娘娘更衣归院。(内作乐，旦作更仙衣介)(副净)小神候送。(旦)请回。(副净下)(仙女、旦行介)

【单调】【风云会】【一江风】(旦)指瀛洲，云气空濛覆，金碧开群岫。〔驻云飞〕嗏，仙家岁月悠，与情同久。情到真时，万劫还难朽。一切含灵，以有情故，生生不已。妄即为无明，悟即为正觉，皆能万劫不朽，非虚语也。牢把金钗钿盒收，直到蓬莱山上头。(从高处行下)(仙女随下)

销耗胸前结旧香，张　祜　多情多感自难忘。陆龟蒙
蓬山此去无多路，李商隐　天上人间两渺茫。曹　唐

第三十八出　弹　词

(末白须，旧衣帽抱琵琶上)"一从鼙鼓起渔阳，宫禁俄看蔓草荒。留得白头遗老在，谱将残恨说兴亡。"白头宫女闲说遗事，不如伶工犹能弦而歌之，感人益深也。老汉李龟年，昔为内苑伶工，供奉梨园，蒙万岁爷十分恩宠。自从朝元阁教演《霓裳》，曲成奏上，龙颜大悦。与贵妃娘娘各赐缠头，不下数万。谁想安禄山造反，破了长安，圣驾西巡，万民逃窜。俺每梨园部中，也都七零八落各自奔逃。老汉来到江南地方，盘缠都使尽了，只得抱着这面琵琶，唱个曲儿糊口。上之伍胥吹箫，下之邯郸才人嫁为厮养卒妇，同一流落之感。今日乃青溪

鹫峰寺大会，游人甚多，不免到彼卖唱。（叹科）哎！想起当日天上清歌，今日沿门鼓板，好不颓气人也。（行科）

【南吕】〔一枝花〕不堤防余年值乱离，逼拶得歧路遭穷败。受奔波风尘颜面黑，叹衰残霜雪鬓须白。今日个流落天涯，只留得琵琶在。美人之镜，侠客之剑，伶工之琵琶，于失意时留得，尚可抵一知己。揣羞脸上长街，又过短街。徐曰："上长街"句，用七字〔风光好〕格。那里是高渐离击筑悲歌，倒做了伍子胥吹箫也那乞丐。

【梁州第七】想当日奏清歌趋承金殿，度新声供应瑶阶。说不尽九重天上恩如海：幸温泉骊山雪霁，泛仙舟兴庆莲开，玩婵娟华清宫殿，赏芳菲花萼楼台。案四时写景，是元人法。正担承雨露深泽，蓦遭逢天地奇灾：剑门关尘蒙了凤辇鸾舆，马嵬坡血污了天姿国色。江南路哭杀了瘦骨穷骸。可哀落魄，只得把《霓裳》御谱沿门卖，有谁人喝声采。空对着六代园陵草树埋，满目兴衰。辞气悲壮之极，当时朝臣能作此语者有几？尘蒙血污，即以老伶哭杀参对，思深哉！（虚下）（小生巾服上）"花动游人眼，春伤故国心。霓裳人去后，无复有知音。"小生李謩，向在西京留滞，乱后方回。自从宫墙之外，偷按《霓裳》数叠，未能得其全谱。昨闻有一老者，抱着琵琶卖唱，人人都说手法不同，像个梨园旧人。今日鹫峰寺大会，想他必在那里，不免前去寻访一番。一路行来，你看游人好不盛也。（外巾服，副净衣帽，净长帽、帕子包首，扮山西客，携丑扮妓上）（外）"闲步寻芳惜好春"，以诗句引问，亦是古法。（副净）"且看胜会逐游人。"（净）大姐，咱和你"及时行乐休空过"。（丑）客官，"好听琵琶一曲新"。（小生向副净科）老兄请了。动问这位大姐，说甚么"琵琶一曲新"？（副净）老兄不知，这里新到一个老者，弹得一手好琵琶。今日在鹫峰寺

赶会，因此大家同去一听。(小生) 小生正要去寻他，同行如何？(众)
如此极好。(同行科)行行去去，去去行行，已到鹫峰寺了，就此进去。
(同进科)(副净)那边一个圈子，四围板凳，想必是波。我每一齐捱进去，
坐下听者。(众作坐科)(末上见科)列位请了，想都是听曲的。请坐了，待
在下唱来请教波。(众)正要领教。(末弹琵琶唱科)

【转调】【货郎儿】唱不尽兴亡梦幻，弹不尽悲伤感叹，
大古里凄凉满眼对江山。我只待拨繁弦传幽怨，翻别调写愁
烦，慢慢的把天宝当年遗事弹。所弹遗事多半繁华，乃先以"悲伤"、
"感叹"、"凄凉"、"幽怨"、"愁烦"等字，填满数行，耸人听闻，并引出李謩请
语。　　徐曰：此调凡用九转，每转各用一韵，此定格也。此曲与〔潇湘雨〕、
〔货郎儿〕同，乃本调也，以下则各变而转矣。所转之调不同，故章句亦异。余
北谱内备注之。(外)天宝遗事，好题目波。(净)大姐，他唱的是甚么曲
儿，可就是咱家的西调么？(丑)也差不多儿。(小生)老丈，天宝年间
遗事，一时那里唱得尽者。请先把杨贵妃娘娘，当时怎生进宫，唱
来听波。(末弹唱科)

【二转】想当初庆皇唐太平天下，访丽色把蛾眉选刷。
有佳人生长在弘农杨氏家，深闺内端的玉无瑕。那君王一见
了欢无那，把钿盒金钗亲纳，徐曰：此比首调第五句下增"那君王"二
句，是转调，末句仍收本调。评跋做昭阳第一花。(丑)那贵妃娘娘，怎
生模样波？"怎生"一语，内含无限风刺。李弹特照《长恨歌》叙次耳。(净)
可有咱家大姐这样标致么？(副净)且听唱出来者。(末弹唱科)

【三转】那娘娘生得来仙姿佚貌，说不尽幽闲窈窕。真
个是花输双颊柳输腰，比昭君增妍丽，较西子倍风标，似观音

飞来海峤,恍嫦娥偷离碧霄。更春情韵饶,春酣态娇,春眠梦悄。纵有好丹青,那百样娉婷难画描。形容难状,以比拟了之,即胡天胡帝之意,韵致则尽妍矣。徐曰:〔三转〕比首调第五句下增四字。五句是转调,末句收归本调。(副净笑科)听这老翁说的杨娘娘标致,恁般活现,倒像是亲眼见的,敢则谎也。(净)只要唱得好听,管他谎不谎。那时皇帝怎么样看待他来,快唱下去者。(末弹唱科)

【四转】那君王看承得似明珠没两,镇日里高擎在掌。赛过那汉宫飞燕倚新妆,可正是玉楼中巢翡翠,金殿上锁着鸳鸯,宵偎昼傍。直弄得个伶俐的官家颠不刺、懵不刺,撇不下心儿上。弛了朝纲,占了情场,百支支写不了风流帐。行厮并,坐厮当。双,徐曰:"双"字一字句妙,协调法。赤紧的倚了御床,博得个月夜花朝同受享。徐曰:〔四转〕比首调五句下增八九句,是转调,末句收归本调。写欢情处,美刺互见。可想见狐媚善惑,直是吐雅含风,词律之妙,犹其余技。(净倒笑科)哎呀!好快活,听的咱似雪狮子向火哩。(丑扶科)怎么说?(净)化了。(众笑科)(小生)当日宫中有《霓裳羽衣》一曲,闻说出自御制,又说是贵妃娘娘所作,老丈可知其详?请唱与小生听咱。(末弹唱科)

【五转】当日呵,那娘娘在荷亭把宫商细按,谱新声将霓裳调翻。昼长时亲自教双鬟。舒素手,拍香檀,一字字都吐自朱唇皓齿间。恰便似一串骊珠声和韵闲,恰便似莺与燕弄关关,恰便似鸣泉花底流溪涧,恰便似明月下泠泠清梵,恰便似缑岭上鹤唳高寒,恰便似步虚仙珮夜珊珊。传集了梨园部、教坊班,向翠盘中高簇拥着个娘娘,引得那君王带笑看。徐曰:〔五转〕于首曲本调外,另增六句转调,末复重用本调,后三句收。全曲形容歌声,写舞只一笔已足,得文章详略之妙。(小生)一派仙音,宛然在耳,好形容波。(外叹科)哎!只可惜当日天子宠爱了贵妃,朝欢暮乐,致使渔阳兵起。说起来令人痛心也!(小生)老丈,休只埋怨贵妃娘娘。当日只为误任边将,委政权奸,以致庙谟颠倒,四海动摇。若使姚、宋犹存,那见得有此。(外)这也说的是波。(末)嗨!若说起渔阳兵起一事,真是天翻地覆,惨目伤心。列位不嫌絮烦,待老汉再慢慢弹唱出来者。(众)愿闻。(末弹唱科)

【六转】恰正好呕呕哑哑霓裳歌舞,不堤防扑扑突突渔阳战鼓。铲地里出出律律纷纷攘攘奏边书,急得个上上下下都无措。早则是喧喧嗾嗾,惊惊遽遽,仓仓卒卒,挨挨拶拶,出延秋西路,銮舆后携着个娇娇滴滴贵妃同去。又只见密密匝匝的兵,恶恶狠狠的语,闹闹炒炒,轰轰剨剨,四下喳呼。生逼散恩恩爱爱,疼疼热热,帝王夫妇。霎时间画就了这一幅惨惨凄凄绝代佳人绝命图。徐曰:〔六转〕纯用叠字作呼衬调法也。比首曲第五句下,增十四句,是转调,末句收归本调。　缓歌慢舞,忽变掺挝,即令大小李画之,亦无此神似。(外、副净同叹科)(小生泪科)哎!天生丽质,遭此惨毒,真可怜也!(净笑科)这是说唱,老兄怎么认真掉下泪来!(丑)那贵妃娘娘死后,葬在何处?(末弹唱科)

【七转】破不剌马嵬驿舍,冷清清佛堂倒斜。一代红颜为君绝,千秋遗恨滴罗巾血。半棵树是薄命碑碣,一抔土是断肠墓穴。再无人过荒凉野,莽天涯谁吊梨花谢!马嵬驿佛堂梨树,因杨妃而传千古,令人凭吊。谁复题贞娘墓上诗,使重色者意沮乎?"莽天涯谁吊梨花谢",正自含情不浅。可怜那抱幽怨的孤魂,只伴着呜咽咽的望帝悲声啼夜月。徐曰:〔七转〕"罗巾血"以下,"只伴着"以上六句,皆转调,末句收归本调。(外)长安兵火之后,不知光景如何? (末)哎呀! 列位,好端端一座锦绣长安,自被安禄山破陷,光景十分不堪了。听我再弹波。(弹唱科)

【八转】自銮舆西巡蜀道,长安内兵戈肆扰。千官无复紫宸朝,把繁华顿消,顿消。六宫中朱户挂蟏蛸,御榻傍白日狐狸啸。叫鸱鸮也么哥,长蓬蒿也么哥。野鹿儿乱跑,"野鹿"非凑语,暗用衔花上苑事。苑柳宫花一半儿凋。有谁人去扫,去扫? 玳瑁空梁燕泥儿抛,只留得缺月黄昏照。叹萧条也么哥,染腥臊也么哥。染腥臊,玉砌空堆马粪高。想氤氲扑鼻,能不恶呕三日。 徐曰:〔八转〕比首调,第三句下自"把繁华"至"染腥臊也么哥"十二句,是转调,末句收归本调。(净) 呸! 听了半日,饿得慌了。大姐,咱和你喝烧刀子,吃蒜包儿去。(做腰边解钱与末,同丑诨下)(外)天色将晚,我每也去罢。(送银科)酒资在此。(末) 多谢了。(外) 无端唱出兴亡恨,(副净) 引得傍人也泪流。(同外下)(小生)老丈,我听你这琵琶,非同凡手。得自何人传授? 乞道其详。

【九转】(末)这琵琶曾供奉开元皇帝,张籍诗有"开元皇帝掌中怜"句,亦暗指天宝时事,不嫌追称也。重提起心伤泪滴。(小生)这等说来,定是梨园部内人了。(末)我也曾在梨园籍上姓名题,亲向那沉香亭花里去承值,华清宫宴上去追随。(小生)莫不是贺老? (末)俺不是贺家的怀智。(小生)敢是黄幡绰? (末)黄幡绰同咱皆老辈。(小生)这等想必是雷海青? (末)我虽是弄琵琶却不姓雷。他呵,骂逆贼久已身死名垂。(小生)这等,想必是马仙期了。(末)我也不是擅场方响马仙期,那些旧相识都休话起。(小生)因何来到这里? (末)我只为家亡国破兵戈沸,因此上孤身流落在江南地。（小生）毕竟老丈是谁波？（末）您官人絮叨叨苦问俺为谁，则俺老伶工名唤做龟年身姓李。徐曰：《九转》于首调第三句下自"亲向那沉香亭"至"俺为谁"十一句，是转调，末句收归本调。　　因结语用李春郎句法，又先用许多姓名，挑作陪客，章法更佳。语云："青出于蓝。"益信！益信！　　诸伶又一点名，遥与《偷曲》折登场相应。而雷老独标其骂贼事，是史家笔法。（小生揖科）呀！原来却是李教师。失瞻了。（末）官人尊姓大名，为何知道老汉？（小生）小生姓李，名暮。（末）莫不是吹铁笛的李官人么？（小生）然也。（末）幸会，幸会。（揖科）（小生）请问老丈，那《霓裳》全谱，可还记得波？（末）也还记得，官人为何问他？（小生）不瞒老丈说，小生性好音律，向客西京。老丈在朝元阁演习《霓裳》之时，小生曾傍着宫墙，细细窃听，已将铁笛偷写数段。只是未得全谱，各处访求，无有知者。今日幸遇老丈，不识肯赐教否？（末）既遇知音，何惜末技。（小生）如此多感，请问尊寓何处？（末）穷途流落，尚乏居停。（小生）屈到舍下暂住，细细请教如何？（末）如此甚好。李暮好音，至于偷傍宫墙，中宵窃听，终遇龟年传授全谱。凡事有志竟成，学道者其鉴诸。　　青州赵秋谷尝评此篇，实胜国所无也。清远时凿，海浮偶粗，余子鹿鹿，不足比数。二甫之间，岂虚誉哉？今读之，真足追比王、白。附载兹语，叹其知言。

【煞尾】徐曰：此煞即同隔尾，以为煞者，所谓隔尾随煞也。俺一似惊乌绕树向空枝外，谁承望做旧燕寻巢入画栋来。今日个知音喜遇知音在，这相逢，异哉！恁相投，快哉！李官人呵，待我慢慢的传与你这一曲《霓裳》播千载。

（末）桃蹊柳陌好经过，张　籍（小生）聊复回车访薜萝。白居易
（末）今日知音一留听，刘禹锡（小生）江南无处不闻歌。顾　况

卷下◎第三十九出○私祭

第三十九出　私　祭

此折收拾永念，别有闲冷之趣。

【南吕引子】【小女冠子】(老旦、贴道扮同上)(老旦)旧时云鬓抛宫样，(贴)依古观共焚香。(合)叹夜来风雨催花葬，洗心仔细翻经藏。(老旦)"寂寂云房掩竹扃，(贴)春泉漱玉响泠泠。(老旦)舞衣施尽余香在，(贴)日向花前学诵经。"(老旦)吾乃天宝旧宫人永新是也。与念奴妹子，逃难出宫，直至金陵，在女贞观中做了女道士。且喜十分幽静，尽可修持。此间观主，昨自西京，购请《道藏》回来。今日天气晴和，着我二人检晒经函。本欲哭奠杨妃，先以检经引起，并与看袜照会，觉处处有针线。且索细细翻阅则个。(场上先设经桌，老旦、贴同作翻介)

【双调过曲】【孝南枝】〔孝顺歌〕金函启，玉案张，临风细翻春昼长。只见尘影弄晴光，灵花满空降。因翻经而动尘，日色映之，荡如空花幽景，非闲人不会。(老旦)想当日在宫中，听娘娘教白鹦哥念诵《心经》。若是早能学道，倒也免了马嵬之难。(贴)那热闹之时，那个肯想到此？(老旦)便是昨日听得观主说，马嵬坡酒家拾得娘娘锦袜一只，还有游人出钱求看哩，何况生前！宾白接递处，层层转入正意，却无一点痕迹，笔墨俱化。(合)枉了雪衣提唱。是色非空，谁观法相？〔锁南枝〕赢得锦袜香残，犹动行人想。(杂扮道姑捧茶上)"玉经日下晒，香茗雨前烹。"二位仙姑，检经困乏了，观主教我送茶在此。(老旦、贴)劳动了。(作饮茶介)(杂)阿呀！一片黑云起来，要下雨哩。(老旦、贴)快把经函收拾罢。(作收拾介)

127

（杂）你看莺乱飞，草正芳，恰好应清明，雨漂荡。（下）（场上收经桌介）（老旦）不是小道姑说起，倒忘了今日是清明佳节哩。此时家家扫墓，户户烧钱。妹子，我与你向受娘娘之恩，无从报答。就把一陌纸钱，一杯清茗，遥望长安哭奠一番。多少是好。（贴）姐姐，这是当得的，待我写个牌位儿供养。（作写位供介）（同拜哭介）娘娘呵，

【前腔】想着你恩难罄，恨怎忘，风流陡然没下场。那里是西子送吴亡，错冤做宗周为褒丧。（贴）呀！庭下牡丹，雨中开了一朵。此花最是娘娘所爱，不免折来供在位前。（合）名花无恙，倾国佳人，先归黄壤。纵有麦饭香醪，浇不到孤坟上。（哭叫介）我那娘娘嗄，只落得望断眸，叫断肠，泪如泉，哭声放。 此与《牡丹亭》祭杜丽娘同用一调，又以供牡丹与供残梅故相犯，而绝无一字一意雷同。二曲皆须加赠板细唱，场上演法亦迥异。（暗下）

【锁南枝】（末行上） 江南路，偶踏芳，花间雨过沾客裳。老汉李龟年，幸遇李謩官人，相留在家。今日清明佳节，出门闲步一回，却好撞着风雨。懊恨故国云迷，白首低难望。且喜一所道院在此，不免进去避雨片时。避雨入道院，情景最合。（作进介）松影间，鹤唳长，且自暂徘徊，石坛上。你看座列群真，经藏万卷，好不庄严也。（作看牌念介）皇唐贵妃杨娘娘灵位。（哭介）哎哟！杨娘娘，不想这里颠倒有人供养。（拜介）一见惊喜痛交集。陡然一哭，惊出两故宫人来，妙绝。若再作从容叙会，文势便散懈矣。

【前腔】〔换头〕一朝把身丧，千秋抱恨长。（老旦、贴一面上）那个啼哭？（作看惊介）这人好似李师父的模样，怎生到此？（末）恨杀六军跋扈，生逼得君后分离，奇变惊天壤。可怜小人李龟年，

（老旦、贴）原来果是李师父，（末）不能勾逢令节，奠一觞，没揣的过仙宫，拜灵爽。乐人宫人同受国恩，宜其想到自身，愈增悲恸。（老旦、贴出见介）李师父，弟子每稽首。（末）姑姑是谁？（作惊认介）呀！莫非永、念二娘子么？（老旦、贴）正是。（各泪介）（末）你两个几时到此？（老旦、贴）师父请坐。我每去年逃难南来，出家在此。师父因何也到这里？（末）我也因逃难，流落江南。前在鹫峰寺中，遇着李謩官人，承他款留到家，不想又遇你二人。（老旦、贴）那个李謩官人？（末）说起也奇。当日我与你每在朝元阁上演习《霓裳》，不想这李官人就在宫墙外面窃听，把铁笛来偷记新声数段。如今要我传授全谱，故此相留。（老旦、贴悲介）唉！《霓裳》一曲，倒得流传，不想制谱之人，已归地下，连我每演曲的，也都流落他乡。好伤感人也！（各悲介）歌舞常新，儿女自换，较"教成心力尽，身去不相随"更悲感也。

【供玉月】梦凤按：原题〔供玉枝〕，误。今更为〔供玉月〕。〔五供养〕（老旦、贴）言之痛伤，记侍坐华清，同演霓裳。玉纤抄秘谱，檀口教新腔。〔玉交枝〕他今日青青墓头新草长，我飘飘陌路杨花荡。〔五供养〕（合）蓦地相逢处各沾裳，合语凄然，道人可以生悟，劳人可以增悲。〔月上海棠〕白首红颜，对话兴亡。（末）且喜天色晴霁，我告辞了。〔老旦、贴〕且自消停。请问师父，梨园旧人，都怎么样了？（末）贺老与我同行，途中病故。黄旛绰随驾去了，马仙期陷在贼中，不知下落。只有雷海青骂贼而死。

【前腔】追思上皇，泽遍梨园，若个能偿！（泣介）那雷老呵，他忠魂昭白日，羞杀我遗老泣斜阳。暗中点睛景，妙。（老旦、贴）师父，可晓得秦、虢二夫人，都被乱兵杀死了？（末）便是朱门丽人都可伤，长安曲水谁游赏？繁华境内，诸人一齐收拾，并又转合时节，文心细密。(合前)(老旦、贴)不知万岁爷,何日回銮?(末)李官人向在西京,近因郭元帅复了长安,兵戈宁息,方始得归。想上皇不日也就回銮了。(老旦、贴)如此,谢天地。(末)日晚途遥,就此去了。(老旦、贴)待与娘娘焚了纸钱,素斋少叙。

(末)南来今只一身存,韩　愈　(老旦、贴)新换霓裳月色裙。王　建
(末)人世几回伤往事,刘禹锡　(老旦、贴)落花时节又逢君。杜　甫

第四十出　仙　忆

或疑《见月》与此折稍闲冗,不知证仙回銮,皆是大事。此二折各见正面,又一引改葬,一引奏乐,必不可少也。

【南吕引子】【挂真儿】(旦扮仙、老旦扮仙女随上)驾鹤骖鸾去不返,空回首天上人间。端正楼头,长生殿里,往事关情无限。〔浣溪纱〕"缥缈云深锁玉房,初归仙籍意茫茫,回头未免费思量。忽见瑶阶琪树里,彩鸾栖处影双双,几番抛却又牵肠。"我杨玉环,幸蒙玉旨,复位仙班,仍居蓬莱山太真院中。只是定情之物,身不暂离;七夕之盟,心难相负。提起来好不话长也!

【高平过曲】【九回肠】【解三酲】没奈何一时分散,人不到没奈何时,不肯心死。只一句道尽仙凡苦境。那其间多少相关。死和生割不断情肠绊,空堆积恨如山。他那里思牵旧缘愁不了,俺这里泪滴残魂血未干,空嗟叹。〔三学士〕不成比目先遭难,拆鸳鸯说甚仙班。私誓折为二语作注脚。此又翻新文心,真如剥蕉不尽。(出钗盒看介)看了这金钗钿盒情犹在,早难道地久天长盟竟寒。

(急三枪)何时得，青鸾便，把缘重续？人重会，两下诉愁烦。(贴上)"试上蓬莱山顶望，海波清浅鹤飞来。"自家寒簧，奉月主娘娘之命，与太真玉妃索取《霓裳》新谱。来此已是，不免径入。(进见介)玉妃稽首。(旦)仙子何来？(贴笑介)玉妃还认得我寒簧么？(旦想介)哦，莫非是月中仙子？(贴)然也。(旦)请坐了。(贴坐介)(旦)梦中一别，不觉数年。今日远临，乞道来意。(贴)玉妃听启，

【清商七犯】徐曰：此调仿《黄孝子》"儿生寒"曲，中添〔二郎神〕两句，末换〔黄莺儿〕三句，音律和协。〔簇御林〕只为霓裳乐在广寒，羡灵心，将谱细翻。特奉月主娘娘之命，〔莺啼序〕访知音远叩蓬山，借当年图谱亲看。(旦)原来为此。当日幸从梦里获听仙音，虽然摹入管弦，尚愧依稀错误。〔高阳台〕何烦、蟾宫谬把遗调拣，我寻思起转自潸潸。(泪介)(贴)呀！玉妃为何掉下泪来？〔降黄龙〕(旦)痛我历劫遭磨，宫冷商残。舞破中原，不可无此顿跌。"宫冷商残"，喻君王臣妾也，用屯田词句恰合。〔二郎神〕朱弦已断，羞将此调重弹。烦仙子转奏月主，说我尘凡旧谱，不堪应命。伏乞矜宥。(贴)玉妃休得固拒，我月主娘娘呵，慕你聪明绝世罕，〔集贤宾〕度新声占断人间。求观恨晚，休辜负云中青盼。(旦)既蒙月主下访，前到仙山，偶然追忆，写出一本在此。又一顿，是文章波折，并应前潸潸之泪，原非虚堕。(贴)如此甚好。(旦)侍儿，可去取来。(老旦应下，取上)谱在此。(旦接介)仙子，谱虽取到，只是还须誊写才好。(贴)为何？(旦)你看呵，〔黄莺儿〕字阑珊，模糊断续，都染就泪痕斑。(贴)这却不妨。(旦付谱介)如此，即烦呈上月主，说梦中窃记，音节多讹，还求改正。(贴)领命，就此告别。(贴持谱下)(旦)侍儿，闭上洞门，随我进来。(下)(老旦应介，随旦下)

(贴)从初直到曲成时，王　建　(旦)争得姮娥子细知。唐彦谦

131

(贴)莫怪殷勤悲此曲,刘禹锡 (旦)月中流艳与谁期。李商隐

第四十一出 见 月

从肃宗迎待说起,直接收京。折内宾白措词,亦有体要。太白西巡南京歌,取喻新丰,正同此法。

【仙吕入双调过曲】【双玉供】〔玉胞肚〕(杂扮四将、二内侍,引生骑马、丑随行上)(合)重华迎待,促归程把回銮仗排。离南京不听鹃啼,怕西京尚有鸿哀。〔五供养〕喜山河未改,复睹这皇图风采。(众百姓上,跪接介)扶风百姓迎接老万岁爷。(生)生受你每,回去罢。(百姓叩头呼"万岁"下)(生众行介)〔玉胞肚〕纷纷父老竞拦街,叩首齐呼"万岁"来。(丑)启万岁爷,天色已晚,请銮舆就在凤仪宫驻跸。(生下马介)众军士,外厢伺候。(军)领旨。(下)(生进介)高力士,此去马嵬,还有多少路? (丑)只有一百多里了。(生)前已传旨,令该地方官建造妃子新坟,又与《哭像》折内遥应。你可星夜前往,催督工程,候朕到时改葬。(丑)领旨。"暂辞凤仪去,先向马嵬行。"(下)(内侍暗下)(生)"西川出狩乍东归,驻跸离宫对夕晖。记得去年尝麦饭,照应麦饭有情景。一回追想一沾衣。"寡人自幸蜀中,不觉一载有余。幸喜西京恢复,回到此间。你看离宫寥寂,暮景苍凉,好伤感人也!

【摊破金字令】徐曰:此调见《破窑记》"红妆艳质"。子犹云:此〔金字令〕正调也。沈谱以前九句为〔淘金令〕,后五句未详。不知〔淘金令〕,乃此调〔犯江儿水〕耳。又载林招得"一心告天"曲正与此同,而别题作〔金犯令〕,尤谬。或云有"摊破"二字,恐是犯调,此亦不然。如〔摊破月儿高〕、〔摊破地锦花〕皆正调也。"摊破"或作"掷破"亦讹。黄昏近也,庭院凝微霭。

清宵静也,钟漏沉虚籁。一个愁人,有谁偢睬?已自难消难受,那堪墙外,又推将这轮明月来。寂寂照空阶,凄凄浸碧苔。独步增哀,双泪频揩,千思万量没布摆。寡人对着这轮明月,想起妃子冷骨荒坟,愈觉伤心也!

【夜雨打梧桐】霜般白,雪样皑,照不到冷坟台。好伤怀,独向婵娟陪待。蓦地回思当日,与你偶尔离开,偶尔离开,暗照虢国一事。一时半刻也难打捱,何况是今朝永隔幽明界。(泣介)我那妃子呵,当初与你钗盒定情,岂料遂为殉葬之物。欢娱不再,只这盒钗怎不向人间守,翻教地下埋?已命力士营葬,徘徊月下,自应先从荒坟入想。又因殉葬,转到钗盒,更有情致。(叹介)咳!妃子,妃子,想你生前音容如昨,教我怎生忘记也!

【摊破金字令】〔换头〕休说他娇鬟妍笑,风流不复偕,就是赪颜微怒,泪眼慵抬,赪颜泪眼,暗照梅妃一事。便千金何处买。纵别有佳人,一般姿态,怎似伊情投意解,恰可人怀。思量到此呆打孩。我想妃子既没,朕此一身,虽生犹死。觉得死后重逢,可不强如独活。孤独愧形骸,余生死亦该。惟只愿速离尘埃,早赴泉台,和伊地中将连理栽。记得当年七夕,与妃子同祝女牛,共成密誓,岂知今宵月下,单留朕一人在此也!

【夜雨打梧桐】徐曰:〔夜雨打梧桐〕,亦正调也。子犹云:古人因事立名,或适闻夜雨打梧桐而作,因以名调,非必犯调。鞠通《新谱》注犯〔梧叶儿〕、〔水红花〕、〔五马江儿水〕、〔桂枝香〕四调,惟一梧字相合,余与题何与耶?且"奴家命薄天知否",原止七字句,历查旧谱皆然。沈谱添作"天还知否",谓犯〔桂枝香〕,益谬。又曰:此〔金字令〕换头,沈谱题作〔金水令〕,以前五句

133

注犯〔五马江儿水〕,亦非。**长生殿,曾下阶,细语倚香腮。两情谐愿结生生恩爱。**徐曰:前曲"冷"字、"好"字,此曲"倚"字、"两"字,俱上声协律,妙甚。**谁想那夜双星同照,此夕孤月重来。时移境易人事改。月儿,月儿,我想密誓之时,你也一同听见的!**又因地中连理想到七夕誓盟,接递无痕,并引起后文总合。**记鹊桥河畔,也有你姮娥在,如何厮赖!索应该撺掇他牛和女,完成咱盒共钗。**星月伴写,思入幽微,结顾钗盒更密。(内侍上)**夜色已深,请万岁爷进宫安息。**

(生)银河漾漾月辉辉,　崔　　橹　　万乘凄凉蜀路归。　崔道融

　　　香散艳消如一梦,　王　　道　　离魂渐逐杜鹃飞。　韦　　庄

第四十二出　驿　备

【越调过曲】【梨花儿】(副净扮驿丞上)**我做驿丞没偏偃,缺供应付常吃打。今朝驾到不是耍,嗏,若有差迟便挐去杀。**自家马嵬驿丞,从小衙门办役,考了杂职行头,挖选马嵬大驿。虽然陆路冲繁,却喜津贴饶溢。送分例,落下些折头;造销算,开除些马匹。日支正项俸薪,还要月扣衙门工食。怕的是公吏承差,吓的是徒犯驿卒。求买免,设定常规;比月钱,百般威逼。及至摆站缺人,常把屁都急出。今更有大事临头,太上皇来此驻跸。连忙唤各色匠人,将驿舍周围收拾。又因改葬贵妃娘娘,重把坟茔建立。恐土工窥见玉体,要另选女工四百。报道高公公已到,催办工程紧急。若还误了些儿,(弹纱帽介)怕此头要短一尺。诨谑不寂寞,亦复古雅。(末扮驿卒上)(见介)**老爹,我已将各匠催齐,你放心,不须忧戚。**(副净)**还有女工呢?**贵妃未殓而葬,此时启土,非用女工不可,却生出无数波澜。(末)**现有四百女工,都在驿门齐集。**(副净)**快唤进来。**(末唤介)

女工每走动。(贴、净、杂扮村妇,丑短须扮女,各携锹锄上)"本是村庄妇,来充埋筑人。"(见介)女工每叩头。(末)起来点名。(副净点介)周二妈。(净应)(副净)吴姥姥。(贴应)(副净)郑胖姑。(杂应)(副净)尤大姐。(丑掩口作娇声应介)(副净作细看介)咦,怎么这个女工掩着了嘴答应,一定有些蹊蹺。驿子与我看来。(末应扯丑手开看介)老爹,是个胡子。(副净)是男?是女?(丑)是女。(副净)女人的胡子,那里有生在嘴上的,我不信。驿子,再把他裤裆里搜一搜。(末应作搜丑,浑介)老爹,这胡子是假充女工的。因欲以献袜人充数,故先用假女作一插科。若将王嬷嬷竟写入女工内,便不醒豁,而文情亦不生动矣。(副净)哎呀!了不得,这是上用钦工,非同小可。亏得我老爹精细,若待皇帝看见,险些把我这颗头,断送在你胡子嘴上了。好打,好打。(丑)只因老爹这里催得紧,本村凑得三百九十九名,单单少了一名,故此权来充数,明日另换便了。(副净)也罢!快打出去。(末应,打丑下)(副净看众笑介)如今我老爹疑心起来,只怕连你每也不是女人哩。(众笑介)我每都是女人。(副净)口说无凭,我老爹只要用手来大家摸一摸,才信哩。(作捞摸,众作躲避走笑介)(净)笑你老爹好长手,(杂)刚刚摸着一个鬃刷帚。(副净)弄了一手白鲞香,(贴)挈去房中好下酒。俚诨在古曲中,亦间有之。(浑介)(老旦一面上)"欲将锦袜献天子,权把铧锹充女工。"老身王嬷嬷,自从拾得杨娘娘锦袜,过客争求一看,赚了许多钱钞。目今闻说老万岁爷回来,一则收藏禁物,恐有祸端,二则将此锦袜献上,或有重赏,也未可知。以宫禁亵物取利,谗嫉者必将鼓祸,王婆计及此,自不得不上献矣。妙想!妙笔!恰好驿中金报女工,要去撺上一名。葬完就好进献,来此已是驿前了。(末上见介)你这老婆子,那里来的?(老旦)来投充女工的。(末)住着。(进介)老爹,有一个投充女工的老婆子在外。(副净)唤进来。(末出,唤老旦进见介)(副净)你是投充女工的么?(老旦)正是。(副净)我看你年纪老了些,怕做不得工。只是现少一名，急切里没有人，就把你顶上罢。你叫甚名字？（老旦）叫做王嬷嬷。（副净）好！好！恰好周、吴、郑、王四人。你四人就做个工头，每一人管领女工九十九人。住在驿中操演，伺候驾到便了。（众）晓得。（做各见诨介）（副净）你每各挈了锹锄，待我老爹亲自教演一番。（众应，各挈锹锄，副净作教演势，众学介）

【亭前柳】（副净）锹锸手中挈，挖掘要如法。莫教侵玉体，仔细拨黄沙。（合）大家演习须熟滑，此奉钦遵，切休得有争差。因是无棺之冢，所以发掘必须演习，非止为妇女不谙锹锄也。故此曲以莫侵玉体为言，而后曲即以田家惯习为对，词意周到。（众）老爹，我每呵，

【前腔】田舍业桑麻，惯见弄泥沙。小心齐用力，怎敢告消乏。（合前）（副净）且到里边，连夜操演去。（众应介）

玉颜虚掩马嵬尘，高　骈　云雨虽亡日月新。郑　畋
晓向平原陈祭礼，方　干　共瞻銮驾重来巡。僧广宣

第四十三出　改　葬

【商调引子】【忆秦娥】（生引二内侍上）伤心处，天旋日转回龙驭。回龙驭，踟蹰到此，不能归去。寡人自蜀回銮，痛伤妃子仓卒捐生，未成礼葬。特传旨另备珠襦玉匣，改建坟茔，待朕亲临迁葬，因此驻跸马嵬驿中。（泪介）对着这佛堂梨树，好凄惨人也！

【过曲】【山坡羊】恨悠悠江山如故，痛生生游魂血污。冷清清佛堂半间，绿阴阴一本梨花树。空自吁，怕夜台人更

苦。此景贵妃临绝时言之，冥追魂游时屡言之。真所谓夜台人更苦也。明皇一见伤心，那得不想到此。那里有珮环夜月归朱户，也漫想颜面春风识画图。(丑暗上，见介)奴婢奉旨，筑造贵妃娘娘新坟，俱已齐备。请万岁爷亲临启墓。(生)传旨起驾。(丑)领旨。(传介)军士每，排驾。(杂扮军士上)(引行介)"马嵬坡下泥土中，不见玉容空死处。"(到介)(丑)启万岁爷，这白杨树下，就是娘娘埋葬之处了。(生)你看蔓草春深，悲风日薄。妃子，妃子，兀的不痛杀寡人也。(哭介)号呼，叫声声魂在无？歔歔，哭哀哀泪渐枯。(老旦、杂、贴、净四女工带锄上)(老旦)老万岁爷来了。我每快些前去，伺候开坟。(丑)你每都是女工么？(众应介)(丑启生介)女工每到齐了。(生)传旨，军士回避。高力士，你去监督女工，小心开掘。(丑应传介)(军士下)(众女工作掘介)

【水红花】(众)向高冈一谜下锹锄，认当初，白杨一树。怕香销翠冷伴蚍蜉，粉肌枯，玉容难睹。(众惊介)掘下三尺，只有一个空穴，并不见娘娘玉体！早难道为云为雨，飞去影都无，但只有芳香四散袭人裙也啰。(净)呀！是一个香囊。先闻香，后见囊，层次不爽。(丑)取来看。(净递囊，丑接看哭介)我那娘娘呵，你每且到那厢伺候去。(众应下)(丑启生介)启万岁爷，墓已启开，却是空穴。连裹身的锦褥和殉葬的金钗钿盒都不见了，只有一个香囊在此。(生)有这等事！(接囊看大哭介)呀！这香囊乃当日妃子生辰，在长生殿上试舞《霓裳》，赐与他的。我那妃子呵，你如今却在何处也！

【山坡羊】惨凄凄一匡空墓，杳冥冥玉人何去？便做虚飘飘锦褥儿化尘，怎那硬撑撑钿盒也无寻处。空剩取香囊犹在土，寻思不解缘何故，恨不得唤起山神责问渠。真不可解，自应责问山神，却是帝王口吻，情词双绝。(想介)高力士，你敢记差了么？（丑）奴婢当日曾削杨树半边，题字为记，如何得差。（生）敢是被人发掘了？（丑）若经发掘，怎得留下香囊？（生呆想不语介）（丑）奴婢想来，自古神仙多有尸解之事。或者娘娘尸解仙去，也未可知。即如桥山陵寝，止葬黄帝衣冠。这香囊原是娘娘临终所佩，将来葬入新坟之内，也是一般了。悬想登仙，援证古帝，侫人之言，真觉娓娓可听。（生）说的有理。高力士，就将这香囊裹以珠襦，盛以玉匣，依礼安葬便了。（丑）领旨。（生哭介）号呼，叫声声魂在无？歔欷，哭哀哀泪渐枯。（丑持囊出介）（作盛囊入匣介）香囊盛放停当，女工每那里？（众上）（丑）你每把这玉匣放在墓中，快些封起坟来。（众作筑坟介）

【水红花】当时花貌与香躯，化虚无，一抔空墓；今朝玉匣与珠襦，费工夫，重泉深锢。更立新碑一统，细把泪痕书。从今流恨满山隅也啰。贱日悼亡，贵来营葬，元微之俸钱百万之诗，痴情正复类此。（丑）坟已封完，每人赏钱一贯。去罢。（众谢赏，叩头介）（净、贴、杂先下）（丑问老旦介）你这婆子，为何不去？（老旦）禀上公公，老妇人旧年在马嵬坡下，拾得杨娘娘锦袜一只，带来献上老万岁爷。（丑）待我与你启奏。（见生介）启万岁爷，有个女工说，拾得杨娘娘锦袜一只，带来献上。（生）快宣过来。（丑唤老旦进见介）婢子叩见老万岁爷。（献袜介）（生）取上来。（丑取送生介）（老旦起立介）（生看哭介）呀！果然是妃子的锦袜，你看芳香未散，莲印犹存。我那妃子呵，（哭介）

【山坡羊】俊弯弯一钩重睹，暗濛濛余香犹度。袅亭亭记当年翠盘，瘦尖尖稳逐红鸳舞。还忆取、深宵残醉余，梦酣春透勾人觑。今日里空伴香囊留恨俱。映带香囊，有情致。（哭介）号呼，叫声声魂在无？歔欷，哭哀哀泪渐枯。高力士，赐他金钱五千贯，就着在此看守贵妃坟墓。（老旦叩头介）多谢

老万岁爷。(起出看锄介)"无心再学持锄女,有钞甘为守墓人。"(下)
(外引四军上)"见辟乾坤新定位,看题日月更高悬。"(见介)臣朔方节
度使郭子仪,钦奉上命,带领卤簿,恭迎太上皇圣驾。子仪迎接回
銮,亦是排场随手收拾处。(生)卿荡平逆寇,收复神京,宗庙重新,乾
坤再造,真不世之功也。(外)臣忝为大帅,破贼已迟,负罪不遑,何
功之有!(生)卿说那里话来,高力士,分付起行。(丑)领旨。(传介)
(生更吉服介)(众引生行介)

【水红花】五云芝盖簇銮舆,返皇都,旌旗溢路。黄童
白叟共相扶,尽欢呼,天颜重睹。从此新丰行乐,少帝奉兴
居。千秋万载巩皇图也啰。贴切上皇,方与复辟有异。若漫然落笔,
必照顾不到矣。

肠断将军改葬归,徐　夤　明皇密遣高力士改葬贵妃。力士官骠
骑将军,故诗句云然。　下山回马尚迟迟。杜　牧
经过此地千年恨,刘　沧　空有香囊和泪滋。郑　嵎

第四十四出　怂　合

乞巧前盟,双星作合,若无此折,便漏却牛郎矣。写牛郎为明皇怂愿,亦情
理所必至者。

【南吕引子】【阮郎归】(小生上)碧梧天上叶初飞,秋风
又报期。云中遥望鹊桥齐,隔河影半迷。"岂是仙家好别离,
故教迢递作佳期。只缘碧落银河畔,好在金风玉露时。"吾乃牵牛
是也。今当下界上元二年,七月七夕,天孙将次渡河,因此先在河

边伺候。记得天宝十载，吾与天孙相会之时，见唐天子与贵妃杨玉环，在长生殿上拜祷设誓，愿世世为夫妇。岂料转眼之间，把玉环生生断送，好不可怜人也。

【过曲】【香遍满】佳人绝世，千秋第一冤祸奇。把无限绸缪轻抛弃，可怜非得已。死生无见期，空留万种悲，枉罚下多情誓。千古薄情事，得千古有情人原谅，遂开生面。

【朝天懒】〔朝天子〕(贴引杂扮二仙女上)好会年年天上期，不似尘缘浅，有变移。见仙郎河畔独徘徊，把驾频催。(杂报介)天孙到。(小生迎介)天孙来了。(同织女对拜介)〔懒画眉〕(合)相逢一笑深深拜，隔岁离情各自知。妙在各自知，不待言而喻矣。(小生)天孙，请同到斗牛宫去。(携贴行介)携手步云中，(贴)仙裙飐好风。(合)河明乌鹊渚，星聚斗牛宫。(到介)(杂暗下)(小生)天孙请坐。(坐介)

【二犯梧桐树】徐曰：此调沈谱题作〔梧桐树犯〕，而以前四句并注为〔梧桐树〕，非也。〔梧桐树〕本调，见《破窑记》"人无害虎心"一曲。沈谱收《杀狗》"腌臜小贼奴"一曲为〔梧桐树〕，亦误。余新谱中辨之。〔金梧桐〕琼花绕绣帷，霞锦摇珠珮。(贴)(合)斗府星宫，岁岁今宵会。〔梧桐树〕银河碧落神仙配，地久天长，岂但朝朝暮暮期。〔五更转〕愿教他人世上夫妻辈，都似我和伊，永远成双作对。(小生)天孙，

【浣溪纱】你且漫提，人间世、有一处怎偏忘记？(贴)忘了何处？(小生)可记得长生殿里人一对，曾向我焚香密誓齐？(贴)此李三郎与杨玉环之事也，我怎不记得。(小生)天孙既然记得，须念彼、堕万古伤心地，他愿世世生生，忍教中路分离。即就

天孙语中引出情事,方不唐突。　　　徐曰:"须念彼"以下,沈谱句法多讹,此依
古体校定。(贴)提起玉环之事,委实伤心。我前因马嵬土地之奏,

【刘泼帽】念他独抱情无际,死和生守定不移,含冤流落
幽冥地。因此呵,为他奏玉墀,令再证蓬莱位。(小生笑介)天孙虽则
如此,只是他呵,

【秋夜月】做玉妃、不过群仙队,寡鹄孤鸾白云内,何如
并翼鸳鸯美。念盟言在彼,与圆成仗你。牛郎意本为明皇也,却
只就织女语中偏惜玉妃孤寡,而意自见,且以"圆成"歆动之。词令之妙,真似
盲左。(贴)仙郎,我岂不欲为他重续断缘,只是李三郎呵,

【东瓯令】他情轻断,誓先隳,那玉环呵,一个钟情枉自
痴。从来薄幸男儿辈,多负了佳人意。伯劳东去燕西飞,怎
使做双栖。男女各以类为扬抑,言外微讽牛郎。牛以鸾鹄、鸳鸯为比,而女
以伯劳、飞燕应之,语亦滑稽可喜。　　　徐曰:此陈大声体也。(小生)天孙所言,
李三郎自应知罪。但是当日马嵬之变呵,

【金莲子】国事危,君王有令也反抗逼,怎救的佳人命
摧。想今日也不知怎生般悔恨与伤悲。(贴)仙郎恁般说,李三
郎罪有可原。他若果有悔心,再为证完前誓便了。(二杂上)启娘娘,
天鸡将唱,请娘娘渡河。(贴)就此告辞。(小生)河边相送。(携手行介)

【尾声】没来由将他人情事闲评议,把这度良宵虚废。
唉!李三郎、杨玉环,可知俺破一夜工夫都为着你。非悔未愜欢情,
亦非欲杨、李知感。有心人玉成人事,往往故作反语,莫与痴人错解。

云阶月地一相过，_杜 _牧 争奈闲思往事何。_{白居易}
一自仙娥归碧落，_刘 _沧 千秋休恨马嵬坡。_徐 _夤

第四十五出　雨　梦

【越调引子】【霜天晓角】(生上)愁深梦杳，引起"梦"字。白发添多少？最苦佳人逝早，伤独夜，恨闲宵。"不堪闲夜雨声频，一念重泉一怆神。挑尽灯花眠不得，凄凉南内更何人。"朕自幸蜀还京，退居南内，每日只是思想妃子。前在马嵬改葬，指望一睹遗容，不想变为空穴，只剩香囊一个。不知果然尸解，还是玉化香消？徒然展转寻思，怎得见他一面？今夜对着这一庭苦雨，半壁愁灯，好不凄凉人也！

【越调过曲】【小桃红】冷风掠雨战长宵，听点点都向那梧桐哨也，萧萧飒飒，一齐暗把乱愁敲，才住了又还飘。那堪是凤帏空，串烟销，人独坐，厮凑着孤灯照也，恨同听没个娇娆。(泪介)猛想着旧欢娱，止不住泪痕交。切切凄凄，读之萧萧头白。与白仁甫北词参看，虽有采撷，殆未易议优劣也。　不恨独听，而恨不同听。因想起旧欢，自然落泪。(内打初更介)(小生内唱，生作听介)呀！何处歌声，凄凄入耳，夜雨闻歌，愈觉凄凉满耳。得非梨园旧人乎？不免到帘前，凭栏一听。(作起立凭栏介)此张野狐之声也，且听他唱的是甚曲儿？(作一面听、一面欷歔掩泪介)(小生在场内立高处唱介)〔下山虎〕万山蜀道，古栈岩峣。急雨催林杪，铎铃乱敲。似怨如愁，碎聒不了，响应空山魂暗消。一声儿忽慢嫋，一声儿忽紧摇。无限伤心事，被他斗挑，写入清商传恨遥。〔清平调〕杨妃㬎歌，〔雨淋铃〕野狐补唱，同一侧写之法，又能使鼊粟儿不致遗漏。(内二鼓介)(生悲介)

呀！原来是朕所制〔雨淋铃〕之曲。记昔朕在栈道，雨中闻铃声相应，痛念妃子，因采其声，制成此曲。今夜闻之，想起蜀道悲凄，愈加肠断也。

【五韵美】听淋铃，伤怀抱。凄凉万种新旧绕，把愁人禁虐得十分恼。天荒地老，这种恨谁人知道。你听窗外雨声越发大了。疏还密，低复高，才合眼，又几阵窗前把人梦搅。又引"梦"字，三层，文情酣畅。(丑上)"西宫南内多秋草，夜雨梧桐落叶时。"(见介)夜已深了，请万岁爷安寝罢。(内三鼓介)(生)呀！漏鼓三交，且自隐几而卧。哎！今夜呵，知甚梦儿得到俺眼里来也。(仰哭介)

【南吕引子】【哭相思】悠悠生死别经年，魂魄不曾来入梦。(睡介)(丑)万岁爷睡了，咱家也去歇息儿罢。(虚下)(小生、副净扮二内侍带剑上)"幽情消未得，入梦感君王。"(向上跪介)万岁爷请醒来。(生作醒看介)你二人是那里来的？(小生、副净)奴婢奉杨娘娘之命，来请万岁爷。

【越调过曲】【五般宜】只为当日个乱军中祸殃惨遭，悄地向人丛里换妆隐逃，因此上流落久蓬飘。才情竭处，忽生幻想，真有水尽山穷，坐看云起之妙。(生惊喜介)呀！原来杨娘娘不曾死，如今却在那里？(小生、副净)为陛下朝想暮想，恨萦愁绕，因此把驿庭静扫，(叩头介)望銮舆幸早。说要把牛女会深盟，和君王续未了。(生泪介)朕为妃子，百般思想，那晓得却在驿中。你二人快随朕前去，连夜迎回便了。(小生、副净)领旨。(引生行介)

【山麻稽】〔换头〕喜听说、如花貌，犹兀自现在人间，当面堪邀。忙教、潜出了御苑内夹城复道，顾不得夜深人静，露凉

风冷，月黑途遥。(末上拦介)陛下久已安居南内，因何深夜微行，到那里去？(生惊介)

【蛮牌令】何处泼官僚，拦驾语哓哓？(末)臣乃陈元礼，陛下快请回宫。(生怒介)咄！陈元礼，你当日在马嵬驿中，暗激军士，逼死贵妃，罪不容诛。今日又特来犯驾么？君臣全不顾，辄敢肆狂骁。(末)陛下若不回宫，只怕六军又将生变。(生)咄！陈元礼，你欺朕无权柄，闲居退朝。只逞你有威风，卒悍兵骄。法难恕，罪怎饶。叫内侍，快把这乱臣贼子，首级悬枭。陈将军忠烈治国，少陵已有定评。然为明皇极写钟情，不得不痛恨元礼。而在蜀之时，欲杀不敢；回銮之后，欲杀又不能，故于梦寐中见之。观者勿疑为鬯荒快意，颠倒是非也。(小生、副净)领旨。(作擒末杀下，转介)启万岁爷，已到驿前了。请万岁爷进去。(暗下)(生进介)

【黑麻令】徐曰：此调见《教子记》，坊本刻连上曲，作〔醉归迟〕，非也。〔醉归迟〕即〔五韵美〕之别名耳。只见没多半空寥废寮，冷清清临着这荒郊远郊。内侍，娘娘在那里？(回顾介)呀！怎一个也不见了。单则听飒剌剌风摇树摇，啾唧唧四壁寒蛩，絮一片愁苗怨苗。(哭介)哎哟！我那妃子呵，叫不出花娇月娇，不放下妃子，迷离中仍是楚楚。料多应形消影消。(内鸣锣，生惊介)呀！好奇怪，一霎时连驿亭也都不见，倒来到曲江池上了。好一片大水也。不堤防断砌颓垣，翻做了惊涛沸涛。(望介)你看大水中间，又涌出一个怪物。猪首龙身，舞爪张牙，奔突而来。好怕人也！梦境中大水数见不鲜矣，却以曲江衬出，将欢娱旧地，变成荒凉。又洪水中幻出猪龙，为禄山结案，岂是寻常思议所及。或疑猪龙当于《刺逆》折见之，令人醒目，此处翻似赘疣。不知剧中纯用侧写，文章灵妙法门，无一呆笔板墨也。(内鸣锣,扮猪龙、项带铁索、跳上扑生,生惊奔,赶至原处睡介)(二金甲神执锤上,击猪龙喝介)哎! 孽畜,好无礼! 怎又逃出,到此惊犯圣驾,还不快去。(作牵猪龙打下)(生作惊叫介)哎哟! 唬杀我也。(丑急上扶介)万岁爷,为何梦中大叫? (生作呆坐定神介)高力士,外边什么响? (丑)是梧桐上的雨声。(内打四更介)

【江神子】〔别一体〕(生)我只道谁惊残梦飘,原来是乱雨萧萧。恨煞他枕边不肯相饶,声声点点到寒梢,只待把泼梧桐锯倒。高力士,朕方才梦见两个内侍,说杨娘娘在马嵬驿中来请朕去。多应芳魂未散。朕想昔时汉武帝思念李夫人,有李少君为之召魂相见,今日岂无其人! 你待天明,可即传旨,遍觅方士来与杨娘娘召魂。即从梦境引起召魂便妙。(丑)领旨。(内五鼓介)

【尾声】(生)纷纷泪点如珠掉,梧桐上雨声厮闹。只隔着一个窗儿直滴到晓。一篇中唐诗、宋词、元曲,奔赴腕下,都为我用,技至此神矣!

半壁残灯闪闪明,吴　融　雨中因想雨淋铃。罗　隐
伤心一觉兴亡梦,方壶居士　直欲裁书问杳冥。魏　朴

第四十六出　觅　魂

(净扮道士,小生、贴扮道童,执旛引上)"临邛道士鸿都客,能以精诚致魂魄。为感君王展转思,便教遍处殷勤觅。"贫道杨通幽是也。籍隶丹台,名登紫篆。呼风掣电,御气天门。摄鬼招魂,游神地府。只为太上皇帝思念杨妃,遍访异人,召魂相见,俺因此应诏而来。太

上皇十分欢喜，诏于东华门内，依科行法。已曾结就法坛，今晚登坛宣召。童儿，随我到坛上去来。(童捧剑、水同行科)

【仙吕】【点绛唇】(净)仔为他一点情缘，死生衔怨。思重见，凭着咱道力无边，特地把神通显。(场上建高坛科)(小生、贴)已到坛了。(净)是好一座法坛也。

【混江龙】临川《冥判》，纯是驾虚罗列，未有此折语语撞实，如游丝百丈，独象晴空，然工力亦相当。　徐曰：〔混江龙〕旧称可以增损，字句不拘，然必当从第六句下增入。"户牖"下，增句也。这坛本在虚空辟建，象涵太极法先天。无中有阴阳攒聚，有中无水火陶甄。(童)基址从何而立？(净)基址呵，遣五丁，差六甲，运戊己中央当下立。(童)用何工夫而成？(净)用工夫，养婴儿，调姹女，配乙庚金水刹那全。(童)坛上可有户牖？(净)户牖呵，对金鸡，朝玉兔，坎离卯酉。(童)方向呢？(净)方向呵，镇黄庭，通紫极，子午坤乾。(童)这坛可有多少大？(净)虽只是倚方隅，占基阶，坛场咫尺，却可也纳须弥，藏世界，道里由延。(童)原来包罗恁宽！(净)上包着一周天三百六十躔度，内星辰日月。(童)想那分统处量也不小。(净)中分统四大洲，亿万百千阎浮界，岳渎山川。(童)坛上谁听号令？(净)听号令，则那些无稽滞，司风司火，司雷司电。(童)谁供驱遣？(净)供驱遣，无非这有职掌，值时值日，值月值年。(童)绕坛有何景象？(净)半空中绕嚜嚜鸾吟凤啸，两壁厢列森森虎伏龙眠。端的是一尘不染，众妄都蠲。(童)若非吾师无边道力，安能建此无上法坛？(净)这全托赖着大唐朝君王分福，敢夸俺小鸿都道力精虔。有此一顿，如中流砥柱，文势方不散漫。并后拈香祝国祝民二义亦有来历。(童)请吾师上坛去者。

(内细乐，二童引净上坛科)(净)趁天风，徐曰："趁天风"以下，盖增而又增，妙在仍协本调音律，非如临川，但骋才情野战。随仙乐，双引着鸾旌高步斗。(内钟鼓科)(净)响金钟，鸣法鼓，恭擎象简迥朝元。(童献香科)请吾师拈香。(净拈香科)这香呵，不数他西天竺旃檀林青狮窟，根蟠鸷鸷，东洋海波斯国瑞龙脑形似蚕蝉。结祥云，腾宝雾，直冲霄汉。透清微，萦碧落，普供真玄。第一炷，祝当今皇帝、享无疆圣寿，保洪图社稷，巩国祚延绵。第二炷，愿疆场静，烽燧销，普天下各道、各州、各境里，民安盗息无征战。禾黍登，蚕桑茂，百姓每若老、若幼、若壮者，家封户给乐田园。第三炷，单只为死生分，情不灭，待凭这香头一点，温热了夜台魂。幽明隔，情难了，思倩此香烟百转，吹现出春风面。(童献花介)散花。(净散花科)这花呵，不学他老瞿昙对迦叶糊涂笑撚，漫劳他诸天女访维摩撒漫飞旋。俺特地采蘅芜，踏穿阆苑，几度价寻怀梦摘遍琼田。显神奇，要将他残英再接相思树，施伎俩，管教他落花重放并头莲。(童献灯科)献灯。(净捧灯科)这灯呵，烂辉辉灵光常向千秋照，灿荧荧心灯只为一情传。抵多少衡遥石怀中秘授，还形烛帐里高燃。他则要续痴情，接上这残灯焰，俺可待点神灯，照彻那旧冤愆。(童献法盏科)请吾师咒水。(净捧水科)这水呵，曾游比目，曾泛双鸳。你漫道当日个如鱼也那得水，可知道到头来，水米也没有半点交缠。数不尽情河爱海波终竭，似那等幻泡浮沤浪易掀。他只道曾经沧海难为水，怎如俺这一滴杨枝彻九泉。(童)供养已毕，请问吾师如何行法召魂咱？(净)你与我把招魂衣摄，遗照图悬，龙墀净扫，凤幄高搴。等到那二更以后，三鼓之前，眠猧不吠，宿鸟无喧，叶宁树杪，虫息阶沿，露明星黯，月漏风穿，潜潜隐隐，冉冉翩翩，看步珊珊是耶非一个佳人现，天下事多不可料，才一夸诩，亦非道心。鸿都客自谓夜半必致佳人，而孰知竟不现也。　　徐曰："步珊珊"以下，结正调。才折证人间幽恨，地下残缘。（内奏法音科）（丑捧青词上）"九天青鸟使，一幅紫鸾书"。（进跪科）高力士奉太上皇之命，谨送青词到此。（童接词进上科）（净向丑拱科）中官，且请坛外少候片时。（丑应下）

【油葫芦】徐曰：此调第二句三字，末句六字，是正格。"李夫人"二句，或三字、或六字不拘。　　此曲亦纯作活现语反击。（净）俺子见御笔青词写凤笺，漫从头仔细展。单子为死离生别那婵娟，牢守定真情一点无更变。待想他芳魂两下重相见，俺索召李夫人来帐中。煞强如西王母临殿前，稳情取汉刘郎遂却心头愿，向今宵同款款话因缘。（动法器科）（净作法、焚符念科）此道符章，鹤翥鸾翔，功曹符使，速沰坛场。（杂扮符官骑马舞上，见科）仙师，有何法旨？（净付符科）有烦使者，将此符命，速召贵妃杨氏阴魂到坛者。（杂接符科）领法旨。（做上马绕场下）

【天下乐】（净）俺只见力士黄巾去召宣，扬也波鞭不暂延。管教他闪阴风一灵儿勾向前，俺这里静悄悄坛上躬身等，徐曰："鞭"字用韵协调，"坛上躬身等"二句，用《陈抟高卧》格。他那里急煎煎宫中望眼穿，呀！怎多半日云头不见转？一句转出疑情，觉前语恍然若失，故下曲并诃符术不灵。为何此时还不到来，好疑惑也！

【那吒令】阔迢迢山前水前，望香魂渺然。黯沉沉星前月前，盼芳容杳然。冷清清阶前砌前，听灵踪悄然。徐曰：前六句皆二字一句，四字一句。此以四字作两字叠用，"前"字下皆以"然"字为叶，极合调。不免再烧一道催符去者。（焚符科）蠢朱符不住烧，歹剑诀空

148

掐遍，枉念杀波没准的真言。(杂上见科)覆仙师：小神人间遍觅杨
氏阴魂，无从召取。(净)符使且退。(杂)领法旨。(舞下)(净下坛科)童儿，
请高公公相见者。(童向内请科)高公公有请。(丑上)"玉漏听长短，芳魂
问有无。"(见科)仙师，杨娘娘可曾召到么？(净)方才符使到来，说娘
娘无从召取。(丑)呀！如此怎生是好？(净)公公且去覆旨，待贫道就
在坛中，飞出元神，不论上天入地，好歹寻着娘娘。不出三日，定有
消息回报。(丑)太上皇思念甚切，仙师是必用意者。"且传方士语，去
慰上皇情。"(下)(内细乐，净更鹤氅科)童儿在坛小心伺候，俺自打坐出神
去也。(童)领法旨。(内鸣钟、鼓各二十四声，净上坛端坐，叩齿作闭目出神科)出神
与梦不同，换扮脚色极是。亦便于演者，使分唱避劳也。(童)你看我师出
神去了，不免放下云帏，坛下伺候则个。(作放坛上帐幔，净暗下)(童)"坛
上钟声静，天边云影闲。"(同下)

【鹊踏枝】(末扮道士元神从坛后转行上)瞑子里出真元，抵多少
梦游仙。俺则待踏破虚空，去访婵娟。贫道杨通幽，为许上皇
寻觅杨妃魂魄，特出元神，到处遍求。如今先到那里去者？(思科)嗄，
有了，且慢自叫阊阖，轻干玉殿，索先去赴幽冥，大索黄泉。来
此已是酆都城了。(向内科)森罗殿上判官何在？(判官上，小鬼随上)"善
恶细分铁算子，古今不出大轮回。"仙师何事降临？(末)贫道特来寻
觅大唐贵妃杨玉环鬼魂。(判)凡是宫嫔妃后，地府另有文册。仙师
请坐，且待呈簿查看。(末坐科)(鬼送册，判递册科)(末看科)

【寄生草】这是一本宫嫔册，历朝妃后编。亡国妃后，类为
一册，阴骘自尔不爽。道士止于此册内捡寻，其品目杨妃可想矣。作者之旨
如许章明，而犹有谓其闇于讽劝者，吾不解也。有一个麋弧箕服把周宗
殄，有一个牝鸡野雉把刘宗煽，有一个蛾眉狐媚把唐宗变。

好奇怪,看古今来椒房金屋尽标题,怎没有杨太真名字其中现。地府既无,贫道去了。不免向天上寻觅一遭也。(虚下)(判跳舞下,鬼随下)(二仙女旌幢,引贴朝服执拂上)"高引霓旌朝绛阙,缓移凤舄踏红云。"吾乃天孙织女,因向玉宸朝见,来到天门。前面一个道士来了,看是谁也?

【么篇】(末上)拔足才离地,飞神直上天。(见贴科)原来是织女娘娘,小道杨通幽叩首。(贴)通幽免礼,到此何事?(末)小道奉大唐太上皇之命,寻访玉环杨氏之魂。适从地府求之不得,特来天上找寻。天上找寻,仅于白内见之,得详略之妙。且对面相值,天孙恰好问信,最简捷。谁知天上亦无,因此一径出来。若不是伴嫦娥共把蟾宫恋,多敢是趁双成同向瑶池现。(贴)通幽,那玉环之魂,原不在地下,不在天上也。(末)呀!早难道逐梁清又受天曹谴,要寻那霓裳善舞的俊杨妃,到做了留仙不住的乔飞燕。又一品题,仍是昭阳祸水,意更显然。　徐曰:二曲中结句"其中现"、"乔飞燕"务头也,俱属阳协调。"姓"字去声,"不住"上、去声,俱协。(贴)通幽,杨妃既无觅处,你索自去覆旨便了。(末)娘娘,覆旨不难。不争小道呵,

【后庭花滚】徐曰:此调亦可增减,但必增于第六句下。句皆五字叶,而平仄不更,末以一句单收之。自"钟情生死坚"以下,皆属增句。没来由向金銮出大言,运元神排空如电转。一口气许了他上下里寻花貌,莽担承向虚无中觅丽娟。(贴)谁教你弄嘴来?(末)非是俺没干缠,自寻驱遣,徐曰:"没干缠"七字,两句如一句,句法极好。单则为老君王钟情生死坚,旧盟不弃捐。(贴)马嵬坡下既已碎玉揉香,还讨甚情来?(末)娘娘,休屈了人也。想当日乱纷纷乘舆值播迁,翻滚滚羽林生闹喧,恶狠狠兵骄将又专,焰腾

腾威行虐肆煽，闹炒炒不由天子宣，昏惨惨结成妃后冤。土地为妃子诉冤，通幽为上皇辨屈，两两遥对。扑刺刺生分开交颈鸳，格支支轻挦搿并蒂莲，致使得娇怯怯游魂逐杜鹃，空落得哭哀哀悲啼咽楚猿。恨茫茫高和太华连，泪漫漫平将沧海填。(贴)如今死生久隔，岁月频更，只怕此情也渐淡了。(末)那上皇呵，精诚积岁年，说不尽相思累万千。镇日家把娇容心坎镌，每日里将芳名口上编。听残铃剑阁悬，感衰梧秋雨传。暗伤心肺腑煎，漫销魂形影怜。对香囊呵惹恨绵，抱锦袜呵空泪涟，弄玉笛呵怀旧怨，拨琵琶呵忆断弦。坐凄凉，思乱缠，睡迷离，梦倒颠。一心儿痴不变，十分家病怎痊！痛娇花不再鲜，盼芳魂重至前。止就本事一气数衍，转折不穷，才情雄放，较数花衬贴有难易之分。(贴)前夜牛郎曾为李三郎辨白，今听他说来，果如此情真，煞亦可怜人也！(末)小道呵，生怜他意中人缘未全，打动俺闲中客情漫牵，因此上不辞他往返蹎，甘将这辛苦肩。猛可把泉台踏的穿，早又将穿苍磨的圆。谁知他做长风吹断鸢，似晴曦散晓烟。莽桃源寻不出花一片，冷巫山找不着云半边。好教俺向空中难将袖手展，仁云头惟有睁目延。百忙里幻不出春风图画面，捏不就名花倾国妍。若不得红颜重出现，怎教俺黄冠独自还！好出大言者，每有进退维谷之状，不意道人亦复如是。娘娘呵，则问他那精灵何处也天？徐曰：末一句收，极协调法。(贴)通幽，你若必要见他，待我指一个所在，与你去寻访者。(末稽首科)请问娘娘，玉环见在何处？

【青哥儿】徐曰：查本调止五句，增者必于第三句下，用四字句增入，末以七字一句、三字一句收之。此"落在谁边"下皆增句，末以"情深"二句收，深协调法。谢娘娘与咱与咱方便，把玉人消息、消息亲传，得多少花有根芽水有源，则他落在谁边，望赐明言。我便疾到跟前，不敢留连。(贴)通幽，你不闻世界之外，别有世界，山川之内，另有山川么？(末)听说道世外山川，另有周旋，只不知洞府何天，问渡何缘？(贴)那东极巨海之外，有一仙山，名曰蓬莱。你到那里，便有杨妃消息了。(末)多谢娘娘指引。枉了上下俄延，都做了北辙南辕。元来只隔着弱水三千，溟渤风烟，在那麟凤洲偏，蓬阆山巅。那里有蕙圃芝田，白鹿玄猿。琪树翩翩，瑶草芊芊。碧瓦雕楹，月馆云轩。楼阁蜿蜒，门闼勾连。隔断尘喧，合住神仙。(贴)虽这般说，只怕那里绝天涯，跨海角，途路遥远，你去不得。(末)哎！娘娘他那里情深无底更绵绵，谅着这蓬山路何为远。此对忽出意表，通体俱振动。(贴)既如此，你自前去。咱"又闻人世无穷恨，待绾机丝补断缘"。(引仙女下)(末)不免御着天风，到海外仙山，找寻一遭去也。引起《补恨》折。(作御风行科)

【煞尾】稳踏着白云轻，巧趁取罡风便，把碗大沧溟跨展。回望齐州何处显，淡濛濛九点飞烟。说话之间，早来到海东边万仞峰巅。徐曰："海东边，万仞峰巅"，本上三下四句法，"边"字乃句中暗韵。这的是三岛十洲别洞天，俺只索绕清虚阆苑，到玲珑宫殿。是必破工夫找着那玉天仙。结语仍作大言，前后相应。

与招魂魄上苍苍，黄　滔　谁识蓬山不死乡。赵　嘏
此去人寰知远近，秦　系　五云遥指海中央。韦　庄

第四十七出　补　恨

【正宫引子】【燕归梁】(贴扮织女上)怜取君王情意切，魂

遍觅，费周折。好和蓬岛那人说，邀云珮，赴星阙。前夕渡
河之时，牛郎说起杨玉环与李三郎长生殿中之誓，要我与彼重续前
缘。今适在天门外，遇见人间道士杨通幽，说上皇思念贵妃，一意
不衰，令他遍觅幽魂。此情实为可悯。已指引通幽到蓬山去了，又
令侍儿召取太真到此，说与他知。再细探其衷曲，敢待来也。通幽
虽御天风，不如天上人往来之速，故玉妃已先到璇宫也。

【锦堂春】(仙女引旦上)闻说璇宫有命，云中忙驾香车。强
驱愁绪来天上，怕眉黛恨难遮。(仙女报，旦进见介)娘娘在上，杨玉
环叩见。(贴)太真免礼，请坐了。(旦坐介)适蒙娘娘呼唤，不知有何法
旨？(贴)一向不曾问你，可把生前与唐天子两下恩情，细说一遍与
我知道。(旦)娘娘听启：

【过曲】【普天乐】叹生前，冤和业。无始以来，无明种子，一语
道破。(悲介)才提起，声先咽。单则为一点情根，种出那欢苗爱
叶。他怜我慕，两下无分别。誓世世生生休抛撤，不堤防惨凄
凄月坠花折，悄冥冥云收雨歇，恨茫茫只落得死断生绝。

【雁过声】〔换头〕(贴)听说、旧情那些。似荷丝劈开未绝，
生前死后无休歇。万重深，万重结。你共他两边既恁疼热，
况盟言曾共设，怎生他陡地心如铁，马嵬坡便忍将伊负也？
〔旦泪介〕

【倾杯序】〔换头〕伤嗟，岂是他顿薄劣！想那日遭磨劫，
兵刃纵横，社稷阽危，蒙难君王怎护臣妾？妾甘就死，死而
无怨，无怨较能悔更难，所以仙也。与君何涉！(哭介)怎忘得定情钗

盒那根节。(出钗盒与贴看介)这金钗钿盒，就是君王定情日所赐。妾被难之时，带在身边。携入蓬莱，朝夕佩玩，思量再续前缘，只不知可能够也？

【玉芙蓉】(贴)你初心誓不赊，旧物怀难撇。太真，我想你马嵬一事，是千秋惨痛，此恨独绝。谁道你不将殡骨留微憾，只思断头香再爇。蓬莱阙，化愁城万叠。(还旦钗盒介)只是你如今已证仙班，情缘宜断。若一念牵缠呵，怕无端又令从此堕尘劫。为此一念不得生天，须如此洗发。(旦)念玉环呵，

【小桃红】位纵在神仙列，梦不离唐宫阙。千回万转情难灭。情至此，虽罗刹坐旁，亦当拥护，况天孙本情仙乎？(起介)娘娘在上，傥得情缘再续，情愿谪下仙班。双飞若注鸳鸯牒，三生旧好缘重结。(跪介)又何惜人间再受罚折！坐厌软红尘十丈，辄想生天，而上清又思沧谪。世运人心，循环不已。孔子序卦，颇露此机。《南华》苍苍正色，视下亦然，亦可引喻生悟。(贴扶介)太真，坐了。我久思为你重续前缘，只因马嵬之事，恨唐帝情薄负盟，难为作合。方才见道士杨通幽，说你遭难之后，唐帝痛念不衰，特令通幽升天入地，各处寻觅芳魂。我念他如此钟情，已指引通幽到蓬莱山了。还怕你不无遗憾，故此召问。今知两下真情，合是一对。我当上奏天庭，使你两人世居忉利天中，永远成双，以补从前离别之恨。

【大石】【催拍】那壁厢人间痛绝，这壁厢仙家念热。两下痴情怎奢，痴情怎奢。我把彼此精诚，上请天阙。补恨填愁，万古无缺。(旦背泪介)还只怕孽障周遮，缘尚塞，会犹赊。正气千古不灭，即强死者犹能为厉，总是精诚不散耳。不曾有此精诚，

徒以痴情妄思补恨，无益也。作者惟恐世人不解寓言，故急以杨妃尊障正词接之。绮语泥犁，吾知免矣。(转向贴介)多蒙娘娘怜念，只求与上皇一见，于愿足矣。(贴)也罢！闻得中秋之夕，月中奏你新谱《霓裳》，必然邀你。恰好此夕，正是唐帝飞升之候。你可回去，令通幽届期径引上皇，到月宫一见，如何？(旦)只恐月宫之内，不便私会。(贴)不妨，待我先与姮娥说明。你等相见之时，我就奏请玉音到来，使你情缘永证便了。(旦)多谢娘娘，就此告辞。

【尾声】(贴)团圆等待中秋节，管教你情偿意惬。(旦)只我这万种伤心，见他时怎地说！含情无尽。

(旦)身前身后事茫茫，天竺牧童　却厌仙家日月长。曹　唐
(贴)今日与君除万恨，薛　逢　　月宫琼树是仙乡。薛　能

第四十八出　寄　情

此折敷衍《长恨歌》一段，如风行水上，自然成文，绝无笔墨之迹。

【南吕过曲】〔懒画眉〕(末扮道士元神上)海外曾闻有仙山，山在虚无缥缈间。贫道杨通幽，适见织女娘娘，说杨妃在蓬莱山上，即便飞过海上诸山，一径到此。见参差宫殿彩云寒。前面洞门深闭，不免上前看来。(看介)试将银榜端详觑，(念介)"玉妃太真之院。"呀！是这里了。(做抽簪叩门介)不免抽取琼簪轻叩关。徐曰：首句用仄仄平平起，合调。第四句不用韵更稳。

【前腔】(贴扮仙女上)云海沉沉洞天寒，深锁云房鹤径闲。

（末又叩介）（贴）**谁来花下叩铜环？**（开门介）是那个？（末见介）贫道杨通幽稽首。（贴）到此何事？（末）大唐太上皇帝，特遣贫道问候玉妃。（贴）娘娘到璇玑宫去了，请仙师少待。（末）原来如此。我且从容伫立瑶阶上，（贴）远远望见娘娘来了。（末）遥听仙风吹珮环。

【前腔】（旦引仙女上）归自云中步珊珊，闻有青鸾信远颁。（见末介）呀！果然仙客候重关。（贴迎介）（旦）道士何来？（贴）正要禀知娘娘，他是唐家天子人间使，衔命迢遥来此山。（旦进介）既是上皇使者，快请相见。（仙女请末见介）（末见科）贫道杨通幽稽首。（旦）仙师请坐。（末坐介）（旦）请问仙师何来？（末）贫道奉上皇之命，特来问候娘娘。（旦）上皇安否？（末）上皇朝夕思念娘娘，因而成疾。

【宜春令】自回銮后，日夜思，镇昏朝潸潸泪滋。春风秋雨，无非即景伤心事。映芙蓉人面俱非，对杨柳新眉谁试？特地将他一点旧情，倩咱传示。通幽代白上情，玉妃对客叙意，只宜如此淡淡描写。若作深语，反失体矣。（旦泪介）

【前腔】肠千断，泪万丝。谢君王钟情似兹。音容一别，仙山隔断违亲侍。蓬莱院月悴花憔，昭阳殿人非物是。漫自将咱一点旧情，倩伊回示。（末）贫道领命。只求娘娘再将一物，寄去为信。（旦）也罢！当年承宠之时，上皇赐有金钗、钿盒，如今就分钗一股，劈盒一扇，烦仙师代奏上皇。只要两意能坚，自可前盟不负。剧中钗盒定情，长生盟誓，是两大关节。钗盒自殉葬一结，又携归仙院，分劈寄情，月宫复合。盟誓则是证仙张本，尤为吃紧。以此二者传信，已足收束全剧。下二折，特申衍其义耳。（作分钗、盒，泪介）侍儿，将这钗、盒送

与仙师。(贴递钗、盒与末介)(旦)仙师请上,待妾拜烦。(末)不敢。(拜介)

【三学士】旧物亲传全仗尔,深情略表孜孜。半边钿盒伤孤另,一股金钗寄远思。幸达上皇,只愿此心坚似始,终还有相见时。(末)贫道还有一说,钗盒乃人间所有之物,献与上皇,恐未深信。须得当年一事,他人不知者,传去取验,才见贫道所言不谬。(旦)这也说得有理。(旦低头沉吟介)

【前腔】临别殷勤重寄词,词中无限情思。哦,有了。记得天宝十载,七月七夕长生殿,夜半无人私语时。用本事诗恰好,又能协律,古人所难。那时上皇与妾并肩而立,因感牛女之事,密相誓心:愿世世生生,永为夫妇。(泣介)谁知道比翼分飞连理死,绵绵恨无尽止。(末)有此一事,贫道可覆上皇了。就此告辞。(旦)且住,还有一言。丁宁急切,极有唇吻。今年八月十五日夜,月中大会,奏演《霓裳》,恰好此夕,正是上皇飞升之候。我在那里专等一会,敢烦仙师届期指引上皇到彼。失此机会,便永无再见之期了。(末)贫道领命。(旦)仙师,说我

含情凝睇谢君王,白居易　尘梦何如鹤梦长。　曹　唐
(末)密奏君王知入月,王　建　众仙同日咏霓裳。　李商隐

第四十九出　得　信

【仙吕引子】【醉落魄】(生病装,宫女扶上)相思透骨沉疴久,越添消瘦。蘅芜烧尽魂来否? 望断仙音,一片晚云秋。较碧云暮合,美人未来,十倍凄凉。"黯黯愁难释,绵绵病转成。哀蝉将落叶,

一种为伤情。"寡人梦想妃子,染成一病。因令方士杨通幽摄召芳魂,谁料无从寻觅。通幽又为我出神访求去了。唉!不知是方士妄言,还不知果能寻着?寡人转展萦怀,病体越重。已遣高力士到坛打听,还不见来。对着这一庭秋景,好生悬望人也!

【过曲】【二犯桂枝香】〔桂枝香〕叶枯红藕,条疏青柳。渐刺刺满处西风,都送与愁人消受。〔四时花〕悠悠、欲眠不眠欹枕头。切初秋景物,起便与中秋之约关会。又妙是病昏语,不碍后文。"今是几时"一问,中间紧接招魂不得,横生怨悔。即"悠悠"二字,从"展转反侧"诗得来,亦非漫下,真绝世妙文也。非耶是耶睁望眸。问巫阳,浑未剖。〔皂罗袍〕活时难救,死时怎求? 他生未就,此生顿休。〔桂枝香〕可怜他渺渺魂无觅,量我这恹恹病怎瘳。

【不是路】(丑持钗、盒上)鹤转瀛洲,信物携将远寄投。忙回奏,(见生叩介)仙坛传语慰离忧。(生)高力士,你来了么? 问因由,佳人果有佳音否? 莫为我淹煎把浪语诌。(丑)万岁爷听启,那仙师呵,追寻久,遍黄泉碧落俱无有。(生惊哭介) 呀! 这等说来,妃子永无再见之期了。兀的不痛杀寡人也! 一波一折,文情荡漾。(丑)万岁爷,请休偝恼,请休偝恼。那仙师呵,

【前腔】御气遨游,遇织女传知在海上洲。(生) 可曾得见? 檃括语意甚难,细思方见其妙。(丑)蓬莱岫,见太真仙院榜高头。(生)元来妃子果然成仙了。可有甚么说话? (丑)说来由,含情只谢君恩厚,下望尘寰两泪流。(生)果然有这等事? (丑)非虚谬,有当年钗、盒亲分授,寄来呈奏,寄来呈奏。幻谈甚妙。(进钗、盒介)这钿盒、金钗,就是娘娘临终时,付奴婢殉葬的,不想娘娘携到仙山

去了。(生执钗、盒大哭介)我那妃子嗄,

【长拍】钿盒分开,钿盒分开,金钗拆对,都似玉人别后,单形只影,两载寡侣,徐曰:"两载寡侣",四上声字,妙合。一般儿做成离愁。钗耶? 盒耶? 仙乎? 人乎? 合成一片,并写离愁,奇绝! 奇绝! 还忆付伊收,助晓妆云鬓,晚香罗袖。此际轻分远寄与,无限恨,个中留,见了怎生释手。枉自想同心再合,双股重俦。且住,这钗、盒乃人间之物,怎到得天上? 前日墓中不见,朕正疑心,今日如何却在他手内? (丑)万岁爷休疑,那仙师早已虑及,向娘娘问得当年一件密事在此。(生)是那一事? 你可说来。(丑)娘娘呵,

【短拍】把天宝年间,天宝年间,长生殿里,恨茫茫说起从头。七夕对牵牛,正夜半凭肩私咒。(生)此事果然有之。谁料钗分盒剖! (泣介)只今日呵,翻做了孤雁汉宫秋。(丑)万岁爷,且省愁烦,娘娘还有话说。(生)还说甚么? (丑)娘娘说,今年中秋之夕,月宫奏演《霓裳》,娘娘也在那里。教仙师引着万岁爷,到月宫里相会。(生喜介)既有此语,你何不早说? 如今是几时了? (丑)如今七月将尽,中秋之期只有半月了。请万岁爷将息龙体。(生)妃子既许重逢,我病体一些也没有了。

【尾声】广寒宫,容相就。十分愁病一时休,倒捱不过人间半月秋。

海外传书怪鹤迟,卢　纶　词中有誓两心知。白居易
更期十五团圆夜,徐　夤　纵有清光知对谁。戴叔纶

第五十出　重　圆

【双调引子】【谒金门】(净扮道士上)情一片，幻出人天姻眷。但使有情终不变，定能偿夙愿。作者本意，与《传概》〔满江红〕相发明。普天下有情人皆当稽首作礼。贫道杨通幽，前出元神，在于蓬莱。蒙玉妃面嘱，中秋之夕，引上皇到月宫相会。上皇原是孔升真人，今夜八月十五数合飞升。此时黄昏以后，你看碧天如水，银汉无尘，正好引上皇前去。道犹未了，上皇出宫来也。

【仙吕入双调过曲】【忒忒令】(生上)碧澄澄云开远天，光皎皎月明瑶殿。(净见介)上皇，贫道稽首。(生)仙师少礼。今夜呵，只因你传信，约蟾宫相见，急得我盼黄昏，眼儿穿。盼黄昏而眼穿，则半月来可知矣。这青霄际，全托赖引步展。徐曰："步展"去上声，协调。(净)夜色已深，就请同行。(行介)(净)明月在何许？挥手上青天。(生)不知天上宫阙，今夕是何年？(净)我欲乘风归去，只恐琼楼玉宇，高处不胜寒。(合)起舞弄清影，何似在人间。(生)仙师，天路迢遥，怎生飞渡？(净)上皇不必忧心，待贫道将手中拂子，掷作仙桥，引到月宫便了。通幽不送至月宫，方有情景。(掷拂子化桥下)(生)你看一道仙桥，从空现出，仙师忽然不见，只得独自上桥而行。

【嘉庆子】看彩虹一道随步显，幻化之桥，行过即灭。"随步显"三字，写得神妙。直与银河霄汉连，香雾濛濛不辨。(内作乐介)听何处奏钧天，想近着桂丛边。(虚下)

【沉醉东风】(老旦引仙女，执扇随上)助秋光玉轮正圆，奏霓裳

约开清宴。句句照映收拾,不冗不漏。吾乃月主嫦娥是也。月中向
有《霓裳》天乐一部,昔为唐皇贵妃杨太真于梦中闻得,遂谱出人
间。其音反胜天上。天乐安能胜之?要是新声靡靡,更悦心耳。听古欲
睡,即天上人不免风会日流耳。近贵妃已证仙班,吾向蓬山觅取其谱,
补入钧天,拟于今夕奏演。不想天孙怜彼情深,欲为重续良缘,要
借我月府,与二人相会。太真已令道士杨通幽引唐皇今夜到此,真
千秋一段佳话也。只为他情儿久,意儿坚,合天人重见。因此
上感天孙为他方便。仙女每,候着太真到时,教他在桂阴下少待。
等上皇到来见过,然后与我相会。(仙女)领旨。(合)桂华正妍,露华
正鲜。撮成好会,在清虚府洞天。(老旦下)(场上设月宫,仙女立宫门候介)

【尹令】(旦引仙女行上)离却玉山仙院,行到彩蟾月殿,盼
着紫宸人面。三生愿偿,今夕相逢胜昔年。天上而兼有人间之
乐,真是胜也。(到介)(仙女)玉妃请进。(旦进介)月主娘娘在那里?(仙女)
娘娘分付,请玉妃少待。等上皇来见过,然后相会。请少坐。(旦坐介)
(仙女立月宫傍候介)

【品令】(生行上)行行度桥,桥尽漫俄延。身如梦里,飘
飘御风旋。清辉正显,徐曰:〔忒忒令〕"穿"字用韵学《琵琶》,〔品令〕
"显"字用韵学《拜月》,极合。入来翻不见。只见楼台隐隐,暗送
天香扑面。前曲已近桂丛,此曲接写步虚入月。状难状之情景,如在目前。
其殆游神碧落者耶?(看介)"广寒清虚之府",呀!这不是月府么?早
约定此地佳期,怎不见蓬莱别院仙?到月宫而不问嫦娥,急觅蓬莱
之约,直映出半月来凝望之情。(仙女迎介)来的莫非上皇么?(生)正是。
(仙女)玉妃在此久矣,请进相见。(生)妃子那里?(旦)上皇那里?
(生见旦哭介)我那妃子呵!(旦)我那上皇呵!(对抱哭介)

【豆叶黄】(生)乍相逢执手,痛咽难言。想当日玉折香摧,都只为时衰力软,累伊冤惨,尽咱罪愆。到今日满心惭愧,到今日满心惭愧,明皇万语千言,只"惭愧"二字,足以了之。诉不出相思万万千千。(旦)陛下,说那里话来!

【姐姐带五马】〔好姐姐〕是妾孽深命蹇,遭魔障,累君几不免。梨花玉殒,断魂随杜鹃。杜鹃,蜀帝也。明皇幸蜀,故以为比,绝非泛用。〔五马江儿水〕只为前盟未了,苦忆残缘,惟将旧盟痴抱坚。荷君王不弃,念切思专,碧落黄泉为奴寻遍。(生)寡人回驾马嵬,将妃子改葬。谁知玉骨全无,只剩香囊一个。后来朝夕思想,特令方士遍觅芳魂。

【玉交枝】才到仙山寻见,与卿卿把衷肠代传。(出钗、盒介)钗分一股盒一扇,又提起乞巧盟言。(旦出钗、盒介)妾的钗、盒也带在此。(合)同心钿盒今再联,双飞重对钗头燕。钗、盒自定情后凡六见:翠阁交收,固宠也;马嵬殉葬,志恨也;墓门夜玩,写怨也;仙山携带,守情也;璇宫呈示,求缘也;道士寄将,征信也。至此重圆结案。大抵此剧以钗、盒为经,盟言为纬,而借织女之机杼以织成之。呜呼,巧矣!漫回思不胜黯然,再相看不禁泪涟。(旦)幸荷天孙鉴怜,许令断缘重续。今夕之会,诚非偶然也。

【五供养】仙家美眷,比翼连枝,好合依然。天将离恨补,海把怨愁填。(生合)谢苍苍可怜,泼情肠翻新重建。添注个鸳鸯牒,紫霄边,千秋万古证奇缘。(仙女)月主娘娘来也。(老旦上)"白榆历历月中影,丹桂飘飘云外香。"(生见介)月姊拜揖。(老旦)上皇稽首。(旦见介)娘娘稽首。(老旦)玉妃少礼,请坐了。(各坐介)(老旦)上皇,玉妃,恭喜仙果重成,情缘永证。往事休提了。

【江儿水】只怕无情种,何愁有断缘。_{唤醒千古薄幸人,安得}特建情场,齐令忏悔? 你两人呵,把别离生死同磨炼,打破情关开真面,前因后果随缘现。觉会合寻常犹浅,偏您相逢,在这团圆宫殿。此剧月宫重圆,与《牡丹亭》朝门重合,俱是千古奇特事,合于曲内表而出之。(仙女)玉旨降。(贴捧玉旨上)"织成天上千丝巧,绾就人间百世缘。"(生、旦跪介)(贴)"玉帝勅谕唐皇李隆基、贵妃杨玉环:咨尔二人,本系元始孔升真人、蓬莱仙子,偶因小谴,暂住人间。今谪限已满,准天孙所奏,鉴尔情深,命居忉利天宫,永为夫妇。如勅奉行。"积业未除,所重在悔。既能知悔,则忘情者自得逍遥,有情者亦谐凤愿。观剧内二番玉敕,可得人定胜天之理。(生、旦拜介)愿上帝圣寿无疆。(起介)(贴相见,坐介)(贴)上皇,太真,你两下心坚,情缘双证。如今已成天上夫妻,不比人世了。

【三月海棠】忉利天,看红尘碧海须臾变。永成双作对,总没牵缠。游衍,抹月批风随过遣,痴云腻雨无留恋。收拾钗和盒,旧情缘,生生世世消前愿。织女证盟,须有此一番垂戒。并钗、盒誓言俱扫却,方是神仙境界。(老旦)群真既集,桂宴宜张。聊奉一觞,为上皇、玉妃称贺。看酒过来。(仙女捧酒上)酒到。(老旦送酒介)

【川拨棹】清虚殿,集群真,列绮筵。桂花中一对神仙,桂花中一对神仙,占风流千秋万年。(合)会良宵,人并圆。照良宵,月也圆。人月双圆,映合中秋,又恰好是合唱语。(贴向旦介)

【前腔】〔换头〕羡你死抱痴情犹太坚,(向生介)笑你生守前

盟几变迁。总空花幻影当前，总空花幻影当前，扫凡尘一齐上天。天孙于马嵬一事，终未释然，故语有差等。(合前)

【前腔】〔换头〕(生、旦)敬谢嫦娥把衷曲怜，敬谢天孙把长恨填。历愁城苦海无边，历愁城苦海无边，猛回头痴情笑捐。前此惟恐情不深，至此并情亦捐，真回头是岸矣。(合前)

【尾声】此尾声是结本剧，后尾声是结作者之意。死生仙鬼都经遍，直作天宫并蒂莲，才证却长生殿里盟言。(贴)今夕之会，原为玉妃新谱《霓裳》。天女每那里？(众天女各执乐器上)"夜月歌残鸣凤曲，天风吹落步虚声。"天女每稽首。(贴)把《霓裳羽衣》之曲，歌舞一番。(众舞介)

【高平调】【羽衣第三叠】〔锦缠道〕桂轮芳，按新声，分排舞行。仙珮互趋跄，趁天风，惟闻遥送叮当。〔玉芙蓉〕宛如龙起游千状，翩若鸾回色五章。霞裙荡，对琼丝袖张。〔四块玉〕撒团团翠云，堆一溜秋光。贴切月宫按舞，不夹杂尘埃一语，却又合太真新谱，字字斟酌的尽善，复藻耀而高翔。〔锦渔灯〕袅亭亭现缑岭笙边鹤氅，艳晶晶会瑶池筵畔虹幢，香馥馥蕊殿群姝散玉芳。〔锦上花〕呈独立，鹄步昂；偷低度，凤影藏。敛衣调扇恰相当，〔一撮棹〕一字一回翔。〔普天乐〕伴洛妃，凌波样；动巫娥行云想。音和态，宛转悠扬。仍收到月宫舞曲，首尾相应。〔舞霓裳〕珊珊步蹴高霞唱，更泠泠节奏应宫商。〔千秋岁〕映红蕊，含风放；逐银汉，流云漾。不似人间赏，要铺莲慢踏，比燕轻飏。〔麻婆子〕步虚、步虚瑶台上，飞琼引兴狂。弄玉、弄玉秦台上，吹箫也自忙。凡情仙意两参详。〔滚绣球〕把钧天换腔，巧翻成余弄儿盘旋未央。徐曰：〔滚绣球〕即"闹花深处"一曲也，沈谱误作〔越恁好〕又一体，非。〔红绣鞋〕银蟾亮，玉漏长，千秋一曲舞霓裳。又曰：〔红绣鞋〕末句七字，用〔同庚会〕体。(贴)妙哉此曲，真个擅绝千秋也。就借此乐，送孔升真人同玉妃，到忉利天宫去。(老旦) 天女每，奏乐引导。(天女奏乐引生、旦介）

【黄钟过曲】【永团圆】神仙本是多情种，蓬山远，有情通。情根历劫无生死，看到底终相共。尘缘倥偬，忉利有天情更永。不比凡间梦，悲欢和哄，恩与爱总成空。跳出痴迷洞，割断相思鞚。金枷脱，玉锁松。笑骑双飞凤，潇洒到天宫。

无情者欲其有情，有情者欲其忘情。情之根性者，理也，不可见；情之纵理者，欲也，不可有。此曲明示生天之路。痴迷者，庶知勇猛忏悔矣乎!

【尾声】旧《霓裳》，新翻弄。唱与知音心自懂，要使情留万古无穷。《中庸》一篇，末章与首章回环相应。此折〔谒金门〕及此二曲，皆发首折〔满江红〕之意，作法正同。再变之郑卫，固无伤于名教也。

谁令醉舞拂宾筵，张　说　上界群仙待谪仙。方　干
一曲霓裳听不尽，吴　融　香风引到大罗天。韦　绚
看修水殿号长生，王　建　天路悠悠接上清。曹　唐
从此玉皇须破例，司空图　神仙有分不关情。李商隐此诗
结本折意。　　此诗结通本意，又翻倒情字，唤醒痴人，婆心娓娓。

附　录

长生殿原跋

　　洪子昉思少工五七言诗,而以余波绮丽,溢为填词,为杂剧院本,一时乐人争唱之。其客长安日,取《长恨歌传》编为《长生殿传奇》,非但藻思妍辞远接实甫,近追义仍,而宾白科目,具入元人阃奥。至其撝采天宝事,总以白、陈《歌》、《传》为准,亦未尝臆为留弃也。自此剧风行天下,莫不知昉思为词客,而若忘其为诗人也者。嗟乎!洪子游名场四十余年,其诗宗法三唐,矫然出流俗之外,而几为词曲所蔽。郑广文画师之感,何以异此?

仁和王晫题

　　夫以旋娟燕殿,飞燕汉宫,金屋纪其缠绵,璧台宣其缱绻。虽说钟情,宁云尽美。今者一曲淋铃,惜佳人之不再;半庭残月,思往事之难忘。得方士以传情,藉才人而写怨。双栖忉利,永联钗盒之盟;并处仙宫,终守死生之约。空怜白傅,歌《长恨》以何为;足笑青莲,赋《清平》而无当。

同里末学胡梁拜题

　　名冠昭阳,争说赵家飞燕;恩承天宝,艳传杨氏阿环。事本同符,情终异致。沉香亭畔,供奉之丽制犹新;凝碧池头,贺老之琵琶未歇。而乃玉碎马嵬,顿减六宫粉黛;愁牵秦栈,徒悲一曲淋铃。宝镜初分,彩虹长断。欲红丝之再续,未冷前盟;求仙路以非遥,还闻私语。

每维遗事，实怆中怀。赖兹绣口才人，为填别怨；代彼白头宫女，聊诉含冤。鹦鹉何来，探瑶编而领香斯在；马床诇舞，聆绮语而罗袜如看。爰纪短篇，附陈高制。

表弟吴牧之跋

汤临川游罗念庵之门，好为词曲。念庵每以相规，临川曰："师言性，弟子言情。"至今艺林传之。梅从稗畦先生游，颇悉先生为人。大抵不合时宜，质直无机械。发而为文，则又空灵变化，不可端倪。《长生殿》一剧，梅窃附桓谭论《太玄》之例，决其必传无疑也。昔陈子昂才名未高，于宣阳里中击碎胡琴，文章遂达宫禁。先生诗文妙天下，负才不遇，布衣终老。此剧之作，其亦碎琴之微意欤？世之人争演之，徒以法曲相赏，且将因填词而掩其诗文之名，孰知先生有龃龉于时宜者，姑托此以佯狂玩世，而自晦于玉箫檀板之间耶？使遇临川，定应莫逆而笑。第不知念庵见之，以为何如也。

门人吴作梅拜书后

《国学典藏》丛书已出书目

李商隐诗集 [唐] 李商隐 著
　　　　　[清] 朱鹤龄 笺注
杜牧诗集 [唐] 杜牧 著 [清] 冯集梧 注
李煜词集（附李璟词集、冯延巳词集）
　　　　　[南唐] 李煜 著
柳永词集 [宋] 柳永 著
晏殊词集·晏幾道词集
　　　　　[宋] 晏殊 晏幾道 著
苏轼词集 [宋] 苏轼 著 [宋] 傅幹 注
黄庭坚词集·秦观词集
　　　　　[宋] 黄庭坚 著 [宋] 秦观 著
李清照诗词集 [宋] 李清照 著
辛弃疾词集 [宋] 辛弃疾 著
纳兰性德词集 [清] 纳兰性德 著
六朝文絜 [清] 许槤 评选
　　　　　[清] 黎经诰 笺注
古文辞类纂 [清] 姚鼐 纂集
乐府诗集 [宋] 郭茂倩 编撰
玉台新咏 [南朝陈] 徐陵 编
　　　　　[清] 吴兆宜 注 [清] 程琰 删补
古诗源 [清] 沈德潜 选评
千家诗 [宋] 谢枋得 编
　　　　　[清] 王相 注 [清] 黎恂 注
瀛奎律髓 [元] 方回 选评
花间集 [后蜀] 赵崇祚 集
　　　　　[明] 汤显祖 评
绝妙好词 [宋] 周密 选辑
　　　　　[清] 项纲 笺 [清] 查为仁 厉鹗 笺

词综 [清] 朱彝尊 汪森 编
花庵词选 [宋] 黄昇 选编
阳春白雪 [元] 杨朝英 选编
唐宋八大家文钞 [清] 张伯行 选编
宋诗精华录 [清] 陈衍 评选
古文观止 [清] 吴楚材 吴调侯 选注
唐诗三百首 [清] 蘅塘退士 编选
　　　　　[清] 陈婉俊 补注
宋词三百首 [清] 朱祖谋 编选
文心雕龙 [南朝梁] 刘勰 著
　　　　　[清] 黄叔琳 注 纪昀 评
　　　　　李详 补注 刘咸炘 阐说
诗品 [南朝梁] 钟嵘 著
　　　　　古直 笺 许文雨 讲疏
人间词话·王国维词集 王国维 著

戏曲系列
西厢记 [元] 王实甫 著
　　　　　[清] 金圣叹 评点
牡丹亭 [明] 汤显祖 著
　　　　　[清] 陈同 谈则 钱宜 合评
长生殿 [清] 洪昇 著 [清] 吴人 评点
桃花扇 [清] 孔尚任 著
　　　　　[清] 云亭山人 评点

小说系列
封神演义 [明] 许仲琳 编 [明] 钟惺 评
儒林外史 [清] 吴敬梓 著
　　　　　[清] 卧闲草堂等 评

部分将出书目